KB043312

우선 이것부터 먹고

우선 이것부터 먹고

하라다 히카 연작소설

최고은 옮김

하빌리스

◎ **일러두기**

옮긴이 주는 괄호 안에 '옮긴이'를 함께 넣어 표기하거나,
각주로 표기하였다.

목차

제1화 사과와 함께 나타난 마녀 6

제2화 뽀빠이가 아니라도 맛있는 스프 60

제3화 이시다 미쓰나리의 콤부차 120

제4화 눈물 젖은 라면을 먹어 본 사람만이 170

제5화 계란프라이에는 소스? 간장? 234

제6화 가케이 미노리의 오찬회 292

에필로그 362

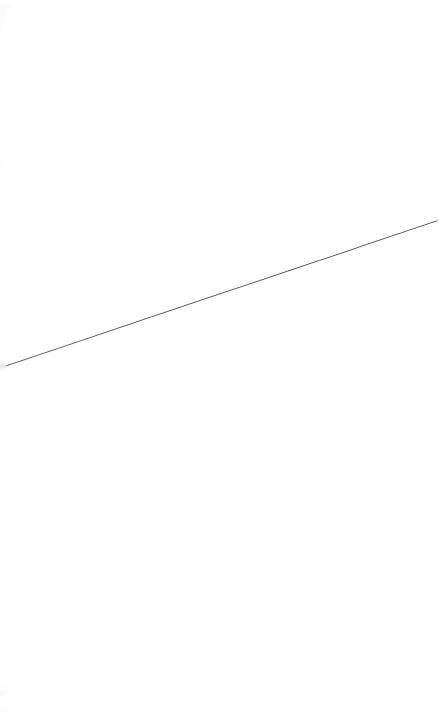

제1화

사과와 함께 나타난 마녀

현관부터 달라져 있었다.

이케우치 고유키가 외근을 마치고 돌아왔을 때, 현관 바닥에 늘 쌓여 있던 지저분한 신발들이 싹 사라져 있었다. 바닥도 먼지 하나 없이 깔끔했다.

예전이었다면 기뻐했을 광경이지만 고유키는 미간을 찌푸렸다.

그녀는 학창 시절, 친구들과 창업을 했다. 의료 계열 스타트업. 주거 공간을 겸한 방 두 개짜리 맨션◎이 그녀의 사무실이다. 친구들과 어울려 다니며 '취직하기 싫다'고 징징대다 회사를 뚝딱 차리는 걸 당시에는 '창업'이라 불렀다.

나이도 먹을 만큼 먹어서는 여전히 학생 기분에서 벗어나지 못한 데다 그게 용인되는 환경에 있다 보니, 고유키와 동료들은 외근이라도 나가는 날이 아니면 편한 운동화 아니면 여름에는 크록스 샌들을 신고 출근했다. 그 신발들은 회사 현관에 어지럽게 널브러져 있었다.

고유키 역시 스니커 두 켤레, 구두 한 켤레를 회사에

....

◎　한국에서 맨션은 빌라나 연립주택과 혼용되어 쓰이지만, 일본의 맨션은 고급 주택가나 신축 오피스텔과 유사한 의미로 쓰인다.

두고 다녔다. 떨떠름한 표정으로 신발장 문을 열었다. 혹시나 없어진 게 있다면(그 신발은 구멍이 나서 어차피 버려야 했지만) 잔뜩 성을 낼 작정이었다.

하지만 신발장 안에는 친구들의 신발이 가지런히 놓여 있을 뿐이었다. 선반에는 폐신문지를 깔아 두었고(회사에서는 신문 구독을 따로 신청한 적이 없는데 대체 어디서 난 것인지 의문이었다), 광을 내지는 않았지만 지금까지 쌓여 있던 먼지도 깨끗이 털어 놓았다.

"으하하하하." 그때 실내에서 동료들의 웃음소리가 들려왔다. 고유키는 그 소리가 몰래 신발장을 들여다본 자신을 비웃는 소리 같아서 몸을 움츠렸다.

동료들과 세운 회사인데….

그런 자신에게 화가 나서 아무도 안 보는데 고개를 빳빳하게 들고 신발을 벗어 신발장에 넣었다. 그러자 왼편에 위치한 부엌에 서 있는 여자의 뒷모습이 보였다. 키가 크고 여윈 여자였는데, 설거지를 하는 것 같았다.

손을 씻으려고 그 앞쪽 세면대로 향했다. 여자는 고유키가 말을 걸기 전에 홱 몸을 돌렸다.

광대뼈가 불거진 투박한 외모, 짧게 자른 머리카락은

희끗희끗했다. 여성스러운 느낌은 조금도 들지 않는 그녀의 외양에 고유키는 살짝 안도했다.

"오늘부터 일하게 된 가사 도우미 가케이 미노리입니다."

억양이 없는 낮은 목소리였다. 체형과 외모에 딱 어울리는.

그 역시 싫지 않았다. 여성스럽지만 묘하게 강약이 또렷한 어머니의 감정적인 목소리에 진저리가 났기 때문이다.

하지만 그렇다고 살갑게 굴 생각은 없었다. 고유키는 똑같이 무뚝뚝한 태도로 대꾸했다.

"아, 이케우치 고유키입니다."

이름 말고 다른 정보도 말하는 게 좋을까. 나이나 취미, 회사 직무 같은….

고유키가 고민하는 동안 가케이는 다시 몸을 돌려 설거지를 하기 시작했다.

기껏 고민하고 있는데 저 태도는 뭐지? 고유키는 다시 울컥하며 그 자리에 서 있었다.

그때, 모모라는 애칭으로 불리는 IT 담당 모모타 유야

가 나타났다.

아까 들은 웃음소리는 모모타가 낸 것이었는지, 올라
간 입꼬리에 아직 웃음기가 남아 있었다. 곧장 냉장고
로 다가온 그는 망설임 없이 문을 열고 생수가 든 페트
병을 꺼냈다. 보지 않아도 생수병에는 그의 이름이 적혀
있을 것이다. 부엌의 음식물에는 자기 이름을 적어 두는
게 규칙이었고, 그는 규칙을 잘 지키는 성격이니까. 병
에 입을 대려던 모모타는 고유키와 가케이 사이를 가로
막은 어색한 분위기를 알아챈 모양이었다.

"뭐야?"

그쪽이 들어와 놓고 '뭐야?'가 뭐람. 고유키는 그렇게
생각했다.

"괜찮아?"

모모타는 쭈뼛거리며 고유키에게 물었다.

"뭐가?"

무슨 의도로 묻는지는 알고 있었지만 무시하고 되물
었다.

"응? 그냥…"

그러고는 가케이의 뒷모습을 힐끗 보았다.

"냉장고 열어도 되죠?"

방금 전과는 달리 모모타가 평범하게 물었다.

뒤돌아본 가케이는 "아, 그럼요" 하고 대답했다.

모모타는 꾸벅 인사를 한 뒤 부엌을 나갔다.

그렇다. 모모타는 저런 녀석이다. 대학 때부터 함께한 사이라 잘 안다.

IT 분야의 전문가였고, 체격은 좋지만 등산을 제외한 스포츠에는 전혀 관심이 없었다. 중학교 2학년 때 갑자기 키가 컸고, 딱히 운동을 하지 않아도 근육이 잘 붙는 체질 덕에 어딜 가나 운동부에 들어오지 않겠냐는 권유를 받았다. 그는 그걸 피해 다니다 고등학교 생활이 끝났다고 했다. 그 탓인지 늘 쭈뼛거리는 태도로 사람을 대하고는 했다. 요즈음은 산을 타려고 헬스클럽에 다녀서 몸이 더욱더 우람해졌다.

내면과 외면 모두 여성들이 좋아할 법한 타입이었지만 정신을 차렸을 때는 이미 여자가 떠난 뒤였다. 한마디로 눈치가 없는 성격이었다.

모모타가 나간 뒤 고유키는 세면실로 갔다. 회사에서는 감기 예방을 위해 외출 후에는 손을 씻고 가글을 하게 되어 있었다.

세면실에 들어선 고유키는 충격에 휩싸였다.

사무실이라 해도 평범한 주거용 맨션이었고, 종종 직원들이 자고 가기도 했다. 그래서 세면대 주변, 거울과 수도꼭지에는 양치질하다 튄 치약이 묻어 있었다. 그런데 그 얼룩이 깨끗하게 닦여 있었다. 어지럽게 널려 있던 칫솔과 치약도 선반에 가지런히 수납되어 있었다.

혹시나 해서 욕실을 들여다봤다. 욕실 역시 방금 청소한 것처럼 깔끔했다. 지금까지 바닥에 놓여 있던 공용 샴푸와 린스가 한쪽 구석에 깔끔하게 정리되어 있었다.

혹시나 싶어 샴푸를 하나 들어 보았다. 바닥은 여전히 지저분했다. 바닥에는 물때인지 곰팡이인지 모를 검은 얼룩이 피어 있었다.

고유키는 저도 모르게 씩 웃어 버렸다.

뭐야, 가사 도우미라더니. 집안일의 프로일 텐데 이런 것도 안 닦아 놨네?

"아직 완벽하게 치우진 못했어요."

갑자기 뒤에서 들려온 목소리에 샴푸를 떨어뜨릴 뻔했다. 어느샌가 가케이가 뒤에 서 있었다.

"앞으로 두세 번 더 오면 완벽해질 겁니다."

그렇게 말하더니 가케이는 문을 닫고 나갔다.

역시 마음에 안 드는 여자야! 소리도 없이 다가오다니 소름 끼쳐. 말투도 재수 없고.

고유키는 한껏 얼굴을 찡그리며 버럭 소리 지르고 싶은 충동을 억눌렀다.

"가사 도우미를 부르려고."

대학 동창들과 설립한 회사 '그랜마'의 CEO, 다나카 유이치로가 그런 이야기를 꺼낸 건 한 달 전쯤이었다.

"가사 도우미?"

그렇게 되물은 건 영업 담당인 이타미 다이고였다. 그는 모모타와 달리 초등학교에 입학하기 전부터 유소년 클럽에 가입했을 것 같은 운동부 체질이었다.

하지만 한 스포츠에 오래 몸담지 않고 자주 종목을 바꿨다. 초등학교 때는 야구, 중학교 때는 축구, 고등학교 때는 럭비, 대학 때는 미식축구… 놀라울 정도로 일관성이 없었다.

어느 종목이든 제법 잘했고, 늘 주전 자리를 놓치지

않았을 정도로 운동신경이 좋았지만 프로를 목표로 할 정도의 근성이나 야심은 없었다. 그런데 왜 운동을 했냐고 물어보면 "동아리 활동이라는 게 원래 그런 거 아냐?"라고 태연하게 대꾸했다.

"운동부 말고 다른 동아리도 많잖아."

알고 지낸 지 얼마 되지 않았을 때 고유키가 그렇게 묻자 "운동부 말고 다른 동아리 활동은 별 의미 없잖아. 종류도 뭐, 몇 개는 있지만… 얼마 안 되잖아?"라고 대답했다. "브라스밴드(금관악기를 주체로 하고 그것에 타악기를 더하는 합주 형태-옮긴이)랑… 또 뭐가 있지?"

그런 해맑은 성격이 그의 장점이었지만 거꾸로 말하면 그것밖에 장점이 없었다.

좌우지간 사람들에게 호감을 사는 성격으로, 사람을 대하는 것에 전혀 스트레스를 받지 않았고 선후배 관계 같은 걸 좋아하는 모양이었다. 영업용 넥타이를 매고 태어났다 해도 과언이 아닌 남자였다. 그런 이타미가 왜 평범하게 취직하지 않고 창업에 뛰어든 것인지 아직도 의문이었다.

"가사 도우미면 그런 건가? 남의 집에 가서 아이를 엄하게 혼내는 사람.”

　보통 이럴 때 예로 드는 건 〈가정부는 보았다!〉◎일 테지만, 이타미는 비교적 최근에 나온 가사 도우미 드라 마를 이야기했다.

　“회사에서 뭘 하는데? 회사에도 와 준대?”

　월요일 저녁마다 열리는 회의 '월요회'에서 나온 이야 기였다.

　매주 월요일이면 오후 5시에 모여 미팅과 보고를 한 다. 그날이 사적인 스케줄을 거의 잡지 않는 요일이기 때문이었다. 5시면 아무리 바빠도 식사를 하며 이야기 를 나눌 수 있는 시간이었다.

　회사를 설립한 8년 전에는 회의가 끝나면 술을 마시 러 나가거나, 술과 안주를 사와 술자리를 갖기도 했다. 겨울에는 전골을 만들어 먹거나 보졸레누보를 마시기도 했고, 다코야키 파티를 한 적도 있었다.

....

◎　1983년부터 2008년까지 일본에서 방영된 TV 드라마 시리즈. 상류층 가정에 파견된 가사 도우미 주인공이 자신이 보고 들은 허영 과 기만에 가득 찬 가정의 실상을 마지막에 폭로한 뒤 그 집을 떠나 는 결말로 유명하다.

하지만 지난 몇 달 동안은 모든 멤버가 모인 적이 한 번도 없었다. 다들 바빠서 밖에 있거나 마감이 가까워졌거나 "그런 이야기를 할 바에야 1분이라도 더 자고 싶다"며 눈을 붙였다.

그런데 일주일 전쯤에 "할 이야기가 있다. 불가피한 사정이 있으면 미리 말해 달라"며 다나카에게 라인이 왔다.

새삼스러운 다나카의 태도에 고개를 갸웃거리며 4명의 창립 멤버가 모였다.

"회사에도 와 주는 모양이야."

"갑자기 왜 그런 생각을 한 거야?"

고유키는 비난조로 들리지 않도록 신경 쓰며 물었다.

"요즈음 다들 바쁘잖아. 전에는 시간 나는 사람이 집안일을 하거나 아르바이트생한테 부탁하기도 했지. 하지만 지금은 아르바이트생들도 바빠서 거기까지 신경 쓸 여력이 없잖아. 그런데 여전히 회사에서 먹고 자고."

거기까지 말했을 때 회사에서 숙식을 해결하는 일이 가장 많은 모모타가 몸을 움츠렸다.

"회사에서 식사를 하거나, 욕실을 쓰는 사람이 늘어

나고 있어. 어쩔 수 없는 일이지만 주방이나 욕실도 늘 지저분하고. 식사도 외식 자체가 지극히 사치스러운 일이 되면서 모두 편의점이나 도시락 가게에서 사 먹거나 배달을 시키지. 그나마 그거라도 먹으면 다행이야. 종일 아무것도 못 먹는 사람도 있어. 건강에도 안 좋고, 뭔가 회사 분위기도 살벌해진 것 같아. 요즈음 계속."

그 말에는 아무도 대답하지 않았다.

"매일 부를 건 아니고 일주일에 사흘, 오후 2시에서 6시까지 4시간 동안 주방과 욕실 청소, 저녁과 야식을 만들어 달라고 부탁할 거야."

야식을 부탁하는 까닭은 회사의 업무 시간이 전체적으로 늦게 시작했기 때문이다. 점심 조금 전에 출근해 저녁 10시가 지나 퇴근하는 사람이 가장 많았다. 영업 담당인 이타미만 9시쯤에 출근해서 6시에 퇴근했다. 원래 그 시간에 일하는 걸 좋아했고, 담당 업무가 영업인 만큼 그 역시 거래처 업무 시간에 맞춰야 했기 때문이다. 물론 일반 회사에 다니는 연하의 여자 친구도 한몫을 했다.

"야식을 안 먹는 사람은?"

당연히 이타미가 그렇게 물었다.

"그건 도우미 분한테 말해서 양을 줄여도 되고, 다음 날 아침에 먹어도 되니까 유연하게 대처하자고. 일단 가사 도우미를 부르게 된다면 근무 시간은 그렇게 고정해 두고 안 맞으면 바꾸면 되니까. 도우미 인건비와 식비는 회사에서 경비 처리할 거야."

"가사 도우미는 여자 분이야?"

그때, 술렁거리는 가슴을 추스르며 고유키가 처음으로 물었다.

"응? 그런데?"

다나카는 뭐 문제 있느냐는 표정으로 대답했다.

"어떤 사람이야?"

"아직 안 정했어. 어느 회사로 할 건지도 안 정했고. 가사 도우미 파견 사무소는 여러 곳 있으니 지금부터 찾아보려고. 아마 여성이겠지."

"…너무 젊은 사람은 좀 그래."

고유키는 그렇게 말했다. 너무 깐깐하다는 느낌을 주지 않도록, 하지만 최소한의 요구 사항은 말해 두고 싶었다.

"비슷한 또래면 이것저것 부탁하기 힘들겠지. 사십 대도… 그렇다고 너무 나이 든 분도 좀 그렇고. 일하기 힘들 정도의 나이면 부탁하기도 미안하잖아… 엄마처럼 일일이 참견해도 불편하고."

"그렇게 따지면 올 사람이 없지."

이타미가 웃으며 말을 얹었다.

"그런 건 아니고. 그냥 미리 신경 써야 할 점을 확인해 본 것뿐이야."

그렇게 말했지만 고유키는 너무 강하게 부정했나 싶어서 신경이 쓰였다. 까탈스러운 여자라는 인상을 주는 것만큼은 피하고 싶었다.

"알았어, 알았다고. 아무튼 몇 군데 알아보고 추천받은 사람을 만난 뒤에 정할게. 우리가 원하는 대로 일해 줄 사람이 있을지도 모르겠고. 그리고 마음에 안 들면 그만 오시라고 하면 돼. 아까부터 말했지만 인력 사무소는 많으니까 우리랑 안 맞으면 다른 데서 구하면 돼."

그렇게까지 말하니 고유키도 더 이상 반대할 수 없었다.

다나카는 늘 그랬다. 완벽하게 논리를 세워 둔 뒤에 제안을 했다.

모모타가 조심스레 손을 들었다.

"왜?"

다나카가 묻기 전에 모모타가 말했다.

"그 사람이 침실에 들어오기도 하는 거야?"

사무실에는 간이침대를 놓아둔 침실이 하나 있다. 원칙적으로는 모든 직원이 사용하는 공간이었지만, 모모타가 그중 가장 많이 썼다. 프로그램을 개발하는 일을 맡다 보니 자연히 회사에 머무는 시간이 길어졌기 때문이다. 그는 그곳에 컴퓨터를 설치해서 거의 자기 방처럼 쓰고 있었다.

모모타가 회사에 공헌하는 비율을 생각하면 그것은 지극히 자연스러운 흐름이었고 아무도 뭐라고 하지 않았다.

"아니. 청소를 부탁하고 싶으면 해도 되지만"

"부탁하고 싶을 때는 말할게. 말 안 하면 안 하는 걸로 해도 될까?"

너무 내 생각만 하나. 모모타가 걱정스레 한마디 덧붙였다.

"아니, 마음대로 해. 우리도 이런 일은 처음이잖아. 그

냥 서로 너무 신경 쓰지 말고 시범 삼아 해 보자. 아까도
말했듯이 불편하면 그만 오시라고 하면 되니까.”

그렇게 해서 가사 도우미를 고용하게 된 것이다.

고유키는 갈 곳을 잃었다.

화장실에 들어가 변기에 앉았다. 물론 화장실도 깔끔
하게 정돈되어 있었다. 핸드 타월과 바닥의 매트… 그
냥 놓여 있던 것들이 전부 깨끗이 세탁된 것들로 교체되
어 있었다. 여벌로 준비해 둔 걸 꺼낸 것인지(그게 어디 있
는지도 고유키는 몰랐다), 오자마자 수거해서 세탁한 것인
지… 세탁기에는 건조기가 달려 있으니 충분히 가능한
일이겠지만.

화장실 휴지 끝을 삼각으로 접어 놓지 않은 걸 보니 살
짝 마음이 놓였다. 그런 쓸데없는 배려를 하는 여자를 좋
아하지 않았고, 휴지를 접는 손이 과연 얼마나 청결할지
의문을 느끼게 된 뒤로 그 행위 자체가 싫어졌다.

고유키는 지금까지 사내에서 가사 노동을 하지 않기
위해 애썼다.

여자라는 이유로 회사에서 가사 노동을 해야 한다는

법은 없다. 창업 멤버 중 '홍일점'이라 해도.

아니, 예전에는 조금 했다. 설립 초기까지만 해도.

전골 파티에서 빈 잔이 없으면 말하지 않아도 알아서 씻어 두었고, 다코야키 파티를 할 때면 부족한 재료는 없는지 수시로 확인했다.

언제부터 그런 일들을 하지 않게 된 걸까. 기억나지 않는다.

게다가 아무리 깨끗해졌다 하더라도 언제까지고 화장실에 있을 수는 없다.

고유키는 쏴 하는 물소리와 함께 화장실을 나섰다.

그러고는 그랜마의 중심부라 할 수 있는 CEO 다나카의 방 앞에서 걸음을 멈췄다.

사무실은 메구로역에서 도보 11분(부동산에서는 역에서 걸리는 분 수가 한 자리냐 두 자리냐에 따라 월세가 2만 엔쯤 차이 난다고 했다) 정도 걸렸다. 건물 단면이 클로버 형태라고 할까, 찌그러진 미키마우스라고 할까, 다소 특이한 디자인의 맨션 한 층에 자리하고 있었다.

방 2개에 주방이 방사형으로 이어진 구조. 일반 가정집이라면 거실에 해당하는 공간을 다나카와 고유키, 이타미 같은 사무와 영업 담당 직원들이 썼고, 침실은 모모타를 비롯한 IT 팀이 쓰고 있었다. 고유키는 그들을 모모와 친구들이라고 불렀다. 모모타를 제외하고는 모두 아르바이트 학생이었다.

사장이 사무와 영업 담당과 한방을 쓰는 건 일반적이지 않았지만, 시스템과 보안이 가장 중요한 회사의 성격상 아무도 이의를 제기하지 않았다. 물론 IT 방도 침대도, 누구나 사용할 수 있었다. 다나카는 그런 걸 오히려 즐기는 성격이었다. 웃으며 "사장인 내가 제일 좁은 방으로 밀려났어요"라면서.

하지만 그날, 고유키는 제 책상이 있는 거실에 들어가고 싶지 않았다.

반년 전부터 물밑에서 접촉해 왔던 아사가야 여성 클리닉 계약 건이 막판에 백지로 돌아갔기 때문이다.

"그래도 결국 환자의 프라이버시가 제일 중요해. 우리 병원 같은 곳은 특히."

"물론 저희도 그걸 최우선으로 고려해 가장 비중을 두고 있습니다. 그래서 하세가와 클리닉도 저희와 계약하신 거고요."

고유키는 벌써 몇 번이나 반복했는지 모를 내용을 다시 설명하고 있었다.

어쩌면 그때 저도 모르게 언성을 조금 높였던 걸까. 아니면 조금 강요하는 투로 들렸을까. 하세가와 클리닉이라는 이름을 대놓고 말한 게 잘못이었을지도 모른다.

무엇보다 '그러니까 몇 번이나 말했잖아'라는 분위기를 풍겼던 건지도 모른다.

'왕선생님'이라 불리는 할머니 선생님에게 "조금 생각해 봐도 될까?"라고 거절당했을 뿐 아니라, 단호한 어조로 "한동안은 안 와도 될 것 같아요"라는 말까지 들었다.

대체 그 병원에 얼마만큼의 노력과 시간을 쏟아부은 걸까.

여자라는 이유로 담당이 되었다. 저번까지만 해도 "우리도 그런 시스템을 도입할 시기가 왔는지도 모르겠네"라는 말까지 했으면서. 둘째인 다카코 씨와 "다음에 한잔하시죠"라는 말까지 나누는 사이가 됐는데…. 아직 실행에 옮기지는 않았지만.

"그러면 일단 병원 내부 진료 기록과 조제 기록만이라도 저희 시스템으로 재구축해 보는 건 어떠세요? 외부와 연계하는 건 나중에라도 가능하니까요."

"그래요. 아들하고 상의해 볼게요."

지난달에 그런 말을 끌어냈을 때에는 마음속으로 만세를 불렀을 정도였다.

어머니의 뒤를 이어 의사가 된 아들, '젊은 선생'을 고유키는 단순히 과묵한 사람이라고 생각하고 얕봤다. 왕선생보다 백배는 다루기 쉬울 것 같으니 이제 끝난 거나 마찬가지라고 생각했다.

하지만 오늘 방문했을 때, 분위기가 조금 달라져 있었다.

젊은 선생이 지시한 걸까. 아니면 최근에 이 집안에 들어왔다던 젊은 며느리의 영향일까.

두 사람은 롯폰기의 회원제 클럽에서 만났다고 했다. 클럽이라 해도 게이샤 출신의 마담이 발레리나나 연극배우 등 '꿈을 좇는 젊은이'들을 모은 곳으로, 부인은 결혼식에서 자신을 호스티스가 아닌 발레리나 지망생이라고 소개했다는 이야기를 간호사들에게 들었다. 한마디로 빼어난 미모에 자존심도 센 여자. 시어머니인 왕선생에게 순종적인 모습을 보이면서도, 젊은 선생을 조종해 그 병원을 이미 쥐락펴락하기 시작한 모양이니 보통내기가 아니었다. 머리도 좋은 여자겠지.

그녀에게 밉보인 건지도 모른다. 이유는 전혀 짚이는데가 없었다. 동갑이라는 것 말고는.

아무튼 다나카도 다나카다. 여성 클리닉이라는 이유로 여자에게 담당하게 하다니, 편견이라고. 너무 안이한 발상 아냐? 고유키는 속으로 투덜거렸다.

여자끼리 잘 지낼 수 있을 리 없잖아.

하는 수 없이 거실로 들어갔다. 아무리 싫어도 언젠가는 가야 하니까.

정면에 앉아 있던 다나카가 곧장 고개를 들었다. 하얀 피부에 조금 기다란 얼굴. 진지한 인상과 더불어 귀족 같은 고상함을 겸비하고 있었다.

"아, 고유키"

아, 는 무슨. 들어오는 소리 들었으면서.

속으로는 불평하면서도 고유키는 헤벌쭉 웃어 버렸다. 상대가 여느 때와 다름없이 다정한 미소를 짓고 있었기 때문이다. 부드럽게 포용하는 듯한 따스한 미소. 다나카의 장기였다.

"어땠어?"

"미안. 안 될 것 같아."

다나카의 앞에 서자 절로 고개가 숙여졌다.

"아니, 괜찮아. 처음부터 거기는 좀 힘들 것 같다고 생각했어."

고유키가 설명하려고 입을 열었을 때 그는 한층 더 미소를 지었다.

"그래도…"

"한동안 상황을 살펴보자. 다음번엔 이타미한테 가 보라고 할게."

물론 바로 옆에 있던 이타미도 그 말을 듣고 "그래" 하고 손을 들었다.

그걸로 끝이었다. 설명이나 변명할 필요도 없었다.

고유키는 말없이 제자리에 앉았다. 다나카의 옆, 이타미의 앞자리. 세 사람의 자리는 거의 삼각형을 이루고 있었다.

영업과 함께 사무도 담당하는 고유키가 할 일은 많았다. 다음 달 급여 계산도 해야 했고, 장부도 정리해야 했다.

하지만 곧바로 일을 시작할 기분이 들지 않았다.

늘 이렇다.

혼나거나 질책을 듣는 경우는 거의 없다.

대학 동창들끼리 운영하는 회사다 보니 아직도 친구 관계의 연장선 같은 느낌이라 상사도, 부하도 없었다.

다나카가 명목상 CEO를 맡았고, 직원과 아르바이트 학생 정도의 차이가 있을 뿐이었다.

질책을 들은 건 딱 한 번뿐이었다. 창업하고 6년째 되던 해, 하세가와 클리닉이 주요 거래처가 되면서 순식간에 수입이 늘어났을 때였다. 세무사를 고용하지 않았을 때라 고유키가 확정신고서를 제출했는데, 큰 금액을 누락한 채 신고하는 바람에 세무서의 조사를 받았다. 고유키뿐 아니라 다른 직원들도 일이 배로 늘어나서 온 회사가 엉망진창이었던 시기였다.

아니, 질책이라고 할 것까지도 없었다.

세무서에서 다나카와 같이 돌아오자, 모모타와 이타미가 걱정스레 "고유키, 미안해" 하고 사과했다. 다나카는 세무서를 나오자마자 "앞으로 조심하자"라고 했다. 왈칵 눈물이 쏟아졌다.

엄하게 혼내지 않은 건 애초에 기대하지 않았기 때문이리라.

창업 당시, 어쩌다 사무와 경리를 맡게 되어서 부기 자격증을 땄다. 그 후에 사무실에만 있기 싫다고 호소해 영업 업무도 맡게 되었다. 하지만 별다른 성과는 거두지 못했다. 사실은 사무 업무만 보다가 회사 경영에서 소외될 것 같아 무서웠다.

다나카가 사장이 아니었다면 이 회사는 어떻게 됐을까. 분명 진작 문을 닫았을 것이다. 이타미는 타고난 영업 맨, 모모는 IT의 천재, 그에 비해 아무 재능도 없는 나.

학창 시절, 성적만큼은 꽤 좋았지만 그건 그냥 성실하게 공부만 했기 때문이다.

책상 구석에 놓인 순은으로 만든 명함 꽂이가 고유키의 눈에 들어왔다. 예전에 그녀가 영업 업무를 하고 싶다는 이야기를 꺼냈을 때 가키에다가 선물해 준 것이었다. 금세 검게 변색되기 때문에 종종 닦아 줘야 하지만 닦는 동안은 마음이 차분히 가라앉으니 휴식 시간에 하기엔 더할 나위 없었다. 지금은 반짝반짝 빛나고 있어서 닦을 필요가 없었다. 당장이라도 천을 들고 닦고 싶은데.

그러므로 은이 빛나면 빛날수록 고유키의 가슴속에 응어리가 쌓였다는 뜻이다.

가키에다가 있었다면 뭐라고 했을까. 불현듯 그런 생각이 들었다.

가키에다 하야오도 학창 시절 고유키 그룹의 일원이었다.

인간적이라고 할까 남성적이라고 할까, 그런 매력으로는 그룹에서 그를 따라올 사람이 없었다.

고유키는 처음 가키에다가 자신에게 말을 걸었던 때를 또렷이 기억했다.

입학 초, 대학 교양 과목을 고민하고 있을 때였다.

아직 친구라 할 만한 사람도 없었다.

중고등학교 시절, 새로운 반에서 앞뒤 자리나 옆자리의 친구와 전부터 알던 사이처럼 이야기하는 광경을 볼 때마다 다들 어떻게 저럴 수가 있는지 신기할 따름이었다.

'거저'라 불리는, 따로 공부를 하지 않아도 A학점을 받을 수 있는 수업이나, 다소 엄해도 장래에 도움이 되는 수업을 재미있게 하는 교수가 있다는 이야기는 들었지만, 친구가 없는 고유키에게 그런 정보가 들어올 리 만무했다. 어쩌면 좋을지 몰라서 그냥 손 놓고 있다가 수업 신청 용지를 사무국에 제출하러 갔다.

고유키가 일반교양으로 선택한 과목은 '심리' '문학' '독일어' '통계학'이었다.

  "심리학은 별로래."

  갑자기 뒤에 서 있던 남학생이 고유키의 용지를 들여다보며 말했다.

  "어?"

  "인기 엄청 많아서 수강 신청 성공하기도 힘들고. 수강 신청 실패하면 다른 수업으로 대체되는데 수학이나 물리 같은 거 걸리면 고생이잖아."

  "…그런 걸 어떻게 알아?"

  두근거리는 마음으로 돌아보니 가키에다와 다나카가 나란히 서 있었다. 가키에다는 키도 크고 잘생긴 축이었고, 다나카는 그때나 지금이나 비쩍 마른 체형이었다.

  "사촌 형이 우리 학교 나왔거든."

  "아, 그렇구나."

  태연하게 대꾸했지만 속으로는 기뻐서 춤을 추고 있었다. 멀끔한 외모에 누구에게나 살갑게 말을 붙이는 가키에다는 과에서도 눈에 띄는 존재였다.

  "심리 과목 듣고 싶으면 '교육'은 어때? 인기는 별로 없는데 내용은 교육심리거든. 심리가 꼭 듣고 싶으면 내년에 하든지. 2학년이 우선으로 수강할 수 있거든."

"그렇구나."

"아니면 생물도 괜찮아. 영국 생물학 TV 프로그램 비디오 보고 레포트 제출하는 게 다라 어렵지 않고, 교수님도 재미있는 분이래."

"진짜 잘 안다."

또 똑같은 소리를 해 버렸다. 사실은 조금 더 센스 있는 대답을 하고 싶었는데.

그때 다나카가 처음으로 입을 열었다.

"통계는 어차피 3학년 때 경제 과목에서 질리도록 배울 거니까."

"너희도 경제학과야?"

시치미를 떼고 그렇게 말했다.

"응. 너도 경제학과지? A반 이케우치 고유키."

그때… 가키에다와 다나카가 어떻게 고유키의 이름을 알고 있었는지 아직까지 물어보지 못했다.

물어보지는 않았어도 그 이유가 '귀여워서'나 '예뻐

서', '매력적이라서'가 아니라는 사실은 오래전부터 알고 있었다.

자신이 그런 이유로 남자들에게 선택받는 여자가 아니라는 건 유치원 때부터 잘 알고 있었다.

하지만 그 외의 어떤 이유든 들으면 실망할 것 같아서 두려웠다.

고유키는 힘없이 컴퓨터 전원을 켜고 엑셀로 직원들과 아르바이트생들의 급여를 계산했다.

단순 작업이라 딴생각을 하면서도 할 수 있었다.

사업 아이디어를 낸 사람은 가키에다였다.

다양한 병원에서 받은 검사, 치료, 투약 등의 기록을 모두 일괄로 한 장의 카드나 스마트폰 앱으로 관리할 수 있는 시스템을 만드는 게 그의 꿈이었다. 여든을 넘은 가키에다의 할머니가 여러 병원에서 몇 번씩 같은 검사를 받는 게 마음에 걸렸다고 했다.

"보험이 적용된다고는 해도 돈과 시간을 낭비하는 짓이지. 보험료는 계속 오르기만 하고 환자는 환자대로 번거롭고. 게다가 할머니는 MRI라면 질색하셨는데, 그 검사를 받을 때마다 오히려 건강이 나빠지는 것 같았어."

그의 뜻을 존중해서 회사명도 '그랜마'로 지었다.

처음 창업했을 때는 병원에서 상대도 해 주지 않았지만, 이타미의 끈질긴 영업이 결실을 맺어 미용성형외과로 유명한 하세가와 클리닉과 계약한 뒤로 조금씩 고객이 늘어났다. 지금은 후생성(한국의 보건복지부에 해당된다-옮긴이)의 위원회에서 종종 사장인 다나카를 초빙하기도 했다.

우리는 줄곧 그의 꿈을 좇아 왔다. 어쩌면 앞으로도 그럴지 모르고.

고유키가 회사에서 가사를 하지 않게 된 건, 가키에다가 떠나고 나서부터가 아닐까.

예전에는 전골 파티 때 거품을 걷어 내거나, 빈 잔을 가져다 헹구는 정도는 했다.

전골은 모모가 만들었고, 마지막 정리는 다 같이 했지만.

가키에다는 그럴 때 슥 다가와 일을 돕고는 했다.

고유키 옆에서 잔의 물기를 닦거나 "고유키는 어떤 다코야키가 좋아? 겉이 바삭한 간토식? 부드러운 간사이식?"이라고 묻기도 했다.

그랬구나. 가키에다가 사라졌을 즈음부터 가사를 하

지 않게 된 거구나… 아니, 그게 아니라 엄마와 언니의 결혼 압박이 시작되었을 때부터일까?

고유키보다 여섯 살 많은 언니 고하루는 큰딸이 벌써 초등학교 4학년이었다. 그 밑으로 유치원에 다니는 다섯 살배기 아들과 두 살배기 딸이 있다. 요즘 같은 때에 아이 셋은 다자녀 축에 들 것이다.

4학년인 큰딸을 사립중학교 입시 대비반에 다니게 할 것인가. 그것이 지난 정월 가족들의 중심 화제였다.

세 아이와 전업주부, 아이의 사립중학교 진학을 책임질 수 있을 만큼의 벌이가 있는 형부는 무역 회사에서 근무했다. 도큐센 노선에 구옥이지만 100평에 가까운 맨션을 구입했다.

평범.

언니와 엄마는 그것을 평범하다고 표현했다. 평범 내지는 남들 사는 만큼 사는 거라고.

평범이라는 외피를 쓴, 일반인과는 거리가 먼 엘리트 인생.

정말로 모르는 거면 몰라도 사실은 둘 다 속으로는 알고 있을 것이다. 언뜻 보기엔 평범해 보이지만 무척이나 행복한 삶을 영위하고 있다는 걸.

수입차는 아니더라도 미니밴을 몰고, 브랜드 유모차에 아이를 태우거나 유행하는 기저귀 가방을 사용하는 그 모든 것이 '고급스러운 평범함'을 명확하게 나타내고 있었다.

그 삶에 자신이 발붙일 곳은 없다고 느낀 고유키는 새해 둘째 날에 곧장 제 집으로 돌아왔다.

일이 있다고 둘러대고.

그리고 그길로 출근하자, 당연하다는 듯 모모와 아르바이트 학생들이 있었다. 연말부터 계속 회사에 있었던 모양이다. 평소와 달리 그날은 억지로 그들을 데리고 술을 마시러 갔다.

그래, 이래저래 불만은 많았지만 이 회사는 늘 자신에게 있을 곳을 마련해 주었다. 일이라는 구실, 동료라는 친구들을.

어머니는 지난 몇 년 동안 기회가 있을 때마다 결혼 이야기를 꺼냈다.

"언니는 네 나이에 아이를 둘이나 낳았다"고 했다.

굳이 말하지 않아도 알고 있었고, 정확히는 둘이 아

니라 둘째는 아직 배 속에 있다고 표현해야 맞지만 그걸 지적하기도 귀찮았다. 어차피 '그게 그거지'라고 할 테니까.

"넌 '남초회사'에 다니면서 남자 친구도 없니?"

언니 역시 해마다 그렇게 물었다.

애초에 고유키가 대학을 졸업한 뒤 취직하지 않고 친구들과 창업하겠다는 이야기를 꺼냈을 때 가장 반대했던 게 언니였다.

"큰일을 하려면 큰 회사로 가야 해."

그때 언니의 의기양양한 얼굴을 지금도 똑똑히 기억한다.

큰일이 뭔데?

언니는 결혼 전에 대형 건설사에서 일했으니, 말 그대로 빌딩이나 역을 짓는 걸 '큰일'이라고 표현했을지도 모른다.

하지만 정작 언니의 걱정거리는 따로 있음을 곧 알게 되었다.

"엄마도, 아빠도 고유키를 너무 오냐오냐하는 거 아니에요? 얼른 취업하라고 해요. 그것도 인생 경험 중 하나라고요!"

거기까지는 상관없었다. 하지만 그게 다가 아니었다. 언니는 정말 하고 싶은 말을 나중으로 미루는 버릇이 있었다.

"동생이 제대로 된 회사에 안 다닌다니, 남편하고 시댁 보기 창피하다고요."

"뭐 어떠니. 고유키는 여자앤데."

평소 과묵한 아버지가 웬일로 언니를 타일렀다. 고유키는 그걸 옆방에서 듣고 말았다(물론 아버지의 말도 마음에 들지는 않았지만).

"혹시 창업이 잘 안 돼서 빚이라도 지면 어쩌려고 그래요? 집에다 빚 갚아 달라고 하고 우리 재산 가져다 쓰면요?"

"가져다 쓸 재산도 없다."

아버지가 슬쩍 말을 돌렸지만 언니는 전혀 물러서지 않았다.

"보증 서 달라고 하거나, 파산해서 가족까지 빚쟁이들한테 시달리고, 조폭이 집에 찾아오면…"

대단한 상상력이다. 고유키는 혀를 내둘렀다. 창업하

겠다는 말 한마디로 저렇게까지 이야기를 상상해 낼 줄이야. 실제로는 대학 동창들과 아르바이트로 모은 돈을 20만 엔씩 각출해서 100만 엔의 자본금으로 창업했을 뿐인데.

뭐 실제로 그 뒤에 가키에다가 수천만 엔의 투자를 받아와서 언니가 걱정하는 것처럼 큰돈이 움직이기는 했다.

"그렇게 되면 어쩌려고요! 말씀 좀 해 보세요!"

왜 저래, 고유키는 속으로 중얼거렸다.

좌우지간 언니의 머릿속에서는 '창업→벽에 부딪침→빚을 짐→조폭의 채무 독촉→파산'이라는 도식이 깔끔하게 완성되어 있는 것 같았다.

정의를 내세우는 사람만큼 무서운 건 없다.

자신이 옳다고 생각하는 사람은 어째서 저렇게 오만한 걸까. 평범한 인생에서 벗어나는 걸 어째서 저토록 두려워할까.

그저 창업했을 뿐인데. 그저 함께할 동료가 필요했던 것뿐인데.

불현듯 시선이 느껴졌다.

가사 도우미 가케이 미노리가 문가에 서서 분위기를 살피고 있었다. 고유키와 눈이 마주치자 이리로 오라는 양 손짓을 했다.

고유키가 자기를 가리키며 "저요?" 하고 묻자 고개를 끄덕였다.

다나카도, 이타미도 아닌 자신을 부르고 있었다. 고유키는 하는 수 없이 자리에서 일어났다.

"무슨 일이시죠?"

부엌에 들어서자마자 퉁명스레 물었다.

"야식, 만들어 놨거든."

가케이는 구릿빛의 커다란 알루미늄 냄비 뚜껑을 열었다. 카레와 비슷하지만 그보다 더 부드러운 달콤한 냄새가 퍼졌다. 냄비 속에는 카레 빛깔의 액체가 넉넉하게 담겨 있었다.

분명 심기가 불편했을 터인데 고유키는 저도 모르게 입꼬리가 올라가는 걸 느꼈다. 그러고는 애써 무표정으로 돌아와 물었다.

"이게 뭐죠?"

"카레 우동 국물."

"주방에 이런 냄비가 있었나요?"

"찬장 위 칸에 있길래 꺼내서 썼는데."

아, 기억났다.

처음으로 전골 요리를 했을 때, 역 앞 슈퍼에서 제일 큰 사이즈의 양손 냄비를 샀다. 당시에는 다나카의 자취 방을 사무실로 썼다. 분명히 지름이 30센티인 냄비였다. 원래 돌솥을 사려고 했지만, 전골용은 가격이 꽤 나가서 알루미늄 냄비를 골랐다.

고유키는 다나카와 단둘이서 냄비를 사러 갔던 날을 떠올렸다. 계산원이 냄비를 커다란 비닐봉지에 넣어 주었고, 둘이서 비닐봉지를 한쪽씩 들고 걸어갔다.

"남들이 보면 동거하는 커플인 줄 아는 거 아냐?"

"바보 같은 소리 마."

다나카의 농담에 둘이서 낄낄댔다. 동거보다 훨씬 신나는 일을 시작하려던 참이었으니까.

돈도 없었다. 신용도 없었다. 일도 없었다. 아무것도 없었지만 무언가를 시작하는 기대와 설렘은 있었다.

그로부터 몇 번이나 썼을까. 전골 요리는 물론이고, 여름에는 국수를 잔뜩 말았고, 모모가 산에서 죽순을 캐

왔을 때도 이 냄비로 삶았다. 가을에는 도호쿠 출신인 다나카가 '토란 찜 모임(일본 도호쿠 지방에서는 계절 행사로 가을에 야외에서 토란을 넣어 전골 요리를 만들어 먹는다-옮긴이)'을 열기도 했다. 처음에는 탁한 금빛으로 빛나던 표면에도 군데군데 파인 자국이 보였다.

하지만 지난 몇 년 동안은 거의 꺼내지 않았다. 이곳으로 사무실을 이전했을 때, 거래처로부터 지방의 유명 브랜드 돌솥을 선물받았기 때문이다. 그랜마란 회사의 돈독한 분위기를 잘 아는 사람이 이사 기념으로 준 센스 있는 선물이었다.

"…예전에는 돌솥을 살 돈이 없어서."

돌솥은 알루미늄 냄비보다 배로 비쌌다.

"정답."

가케이는 퀴즈 프로그램의 진행자처럼 집게손가락을 들며 말했다.

"네?"

단호하게 내뱉은 그 말뜻을 이해하지 못하고 고유키가 되물었다.

"잘 샀다고. 돌솥은 전골이나 솥 밥할 때밖에 안 쓰잖

아. 이 냄비는 야채도 데칠 수 있고, 카레도 만들 수 있지. 밥도 지을 수 있고."

"그런가요."

"냉동실에 냉동 우동 있는 거 전자레인지에 데워서 이 국물 부어 먹으면 돼."

아, 그래서 카레 말고도 간장과 설탕 냄새가 난 건가. 순수한 카레가 아니라 육수도 들어간 모양이었다.

"파는 채 썰어서 냉장고에 넣어 놨어. 고명으로 올려도 되고 국물에 넣어도 되는데, 지금 넣으면 물러지니까."

가케이는 테이블 위의 큰 대접을 가리켰다. 위에 씌워 둔 랩에 김이 서려 있었다.

"이건 주먹밥이랑 닭튀김. 저녁으로 먹어. 열무, 멸치, 계란 볶음을 넣은 주먹밥이랑, 유카리(차조기 맛 후리카케)하고 완두콩을 넣은 주먹밥, 참치하고 참기름을 넣은 주먹밥까지 세 종류야. 한 사람당 하나씩 먹으면 돼. 남으면 냉동해 뒀다 내일 아침에 렌지에 돌려서 먹어. 닭튀김은 식어도 맛있을 거야. 그리고 저기 돌솥에는 건더기 많이 들어간 돈지루(된장에 돼지고기와 야채를 넣어서 끓이는 국물 요리-옮긴이)가 들어 있어."

돌솥은 가스레인지에 놓여 있었다. 가케이가 묵직한 뚜껑을 열자 김이 확 피어올랐다.

"데워서 먹고… 그리고-"

"…그거, 저한테 하라는 건가요?"

"어?"

여태까지 당당하게 행동하던 가케이가 처음으로 허를 찔린 표정을 지었다. 고유키는 살짝 속이 시원해졌다. 그래서일까, 한층 사나운 목소리로 말을 이었다.

"그거, 저한테 하라는 뜻이냐고 물어봤어요."

"아가씨가… 뭐?"

가케이는 무슨 말인지 모르겠다는 양 더욱더 의아한 표정을 지었다.

"제가 여자라서 직원들 저녁하고 야식 준비를 하라는 말인가요? 그런 의도로 저한테 말을 거셨냐고요."

나지막하지만 가케이에게 똑똑히 들리도록 말했다.

"아니, 그런 건 아니고."

"그런 게 아니긴요. 저한테 말을 거셨잖아요. 저도 업무가 있어요. 앞으로 오실 때마다 제가 식사 준비를 해야 하는 거면…. 뭐, 음식을 만드는 건 가케이 씨지만, 마지막에 식사 준비라고 할까 마무리라고 할까… 그런 걸 제가 해야 하나요? 그런 이야기는 못 들었고, 그렇게 생각하시는 거라면 좀 곤란한데요.”

“…그게 아닌데.”

“뭐가 아니죠? 실제로 지금 저를 지목해서 설명하셨잖아요.”

“그런 의도가 아니었어. 그렇게 느꼈다면 미안해.”

가케이는 의외로 순순히 사과했다.

“그냥 곧 가야 할 시간이라 누군가한테 말을 해 둬야 할 것 같아서 둘러봤더니, 아가씨가 제일 한가해 보여서…”

“한가…?”

더욱더 열이 올랐다. 어쩌면 여자라서 말을 걸었다고 생각했을 때보다 더 흥분했을지도 모른다.

“아니, 그걸 어떻게 아세요? 전 월급 계산을 하고 있었어요. 나름대로 바빴다고요. 남자들이 하는 일하고 다르지만, 그래도 바쁜 건 마찬가지라고요.”

언성이 점점 높아지고 있는 걸 고유키는 말하면서도 느꼈다. 어쩌면 다나카나 이타미가 들었을지도 모른다.

하지만 멈출 수가 없었다.

"우습게 보지 말라고요."

"미안. 그러려던 게 아니라, 아까 둘러보니까 아가씨한테서만 살기라고 할까… 각오라고 할까… 그런 기운이 느껴지지 않았거든. 다른 사람들하고 달리. 하지만 그건 그냥 내 느낌이고 혼자만의 생각이니까 아니었다면 미안해."

각오…?

고유키는 온몸에서 힘이 빠져나가는 걸 느끼며 옆에 있던 의자에 힘없이 털썩 앉았다.

각오가 되어 있지 않다고?

"그래서 순간적으로 말을 걸었어. 부엌일은 여자가 해야 한다, 그런 생각은 아니었어."

"…알았어요."

이제 됐다고 말하며 일어나려 했지만, 이번에는 정말 갈 곳이 없다는 것을 깨달았다.

지금 나눈 대화를 다른 직원들이 들었다면 다른 곳으로 가기도 뭐했다. 거실에도, 침실에도 고유키의 자리는 없었다.

"저도 노력하고 있어요…. 각오가 안 되어 있다는 소리 마세요."

　어느샌가 울고 있었다.

　그런 건 말 안 해도 자신이 제일 잘 알고 있었다. 친구들이 창업한다는 소리에 별생각 없이 따라나섰다. 사실은 딱히 하고 싶은 일도 없었다. 그저 대학 시절의 그 기분을 계속 맛보고 싶어서… 남자들 사이에서 '홍일점'으로 있고 싶어서 여기까지 왔다.

　언니가 했던 말도 틀리지는 않았다. 취업에서 도망쳤다.

　가사는 하고 싶지 않은 주제에 여자라는 걸 방패로 삼고 있다는 건 스스로가 제일 잘 알고 있었다.

　남자와 여자는 같다고 생각했다. 중학교, 고등학교, 대학교, 계속 남자와 여자가 동등한 권리를 가진 세상에서 자라 왔다.

　그랬는데.

　서른이 되자 갑자기 주변에서는 '그럼 안 돼'라고 했다.

　엄마가, 언니가, 무심한 친척들이, 우연히 들른 술집에서 옆자리에 앉은 아저씨가, 생리 불순으로 찾아간 산부인과에서….

"결혼을 강요하는 건 아니지만 여성에게 가임기가 존재하는 것도 사실이니까요."

산부인과 의사는 그렇게 말했다.

헤이세이 원년(1989)에 태어난 고유키가 그로부터 30년 뒤 레이와(2019)가 시작되자 직면한 현실.

아무것도 모르면서. 왜 오늘 처음 만난 사람에게 '각오가 안 되어 있다' 같은 소리를 들어야 하는 거지?

흐느끼는 고유키를 보고 가케이는 말없이 가방을 꺼냈다. 얄팍한, 가방이라기보다는 봉투에 가까운 나일론 가방을. 슈퍼에서 사은품으로 주는 에코 백이나 장례식 답례품으로 주는 싸구려 가방처럼 촌스럽기 그지없었다.

그 가방에서 그녀가 꺼낸 건 사과였다.

반질반질 윤이 나지만, 설익었는지 아직 완전히 붉은 빛이 돌지 않는 사과를 줄줄이 꺼냈다.

사과를 든 비쩍 마른 중년의 여자. 동화 속 마녀 그 자체였다.

"오늘 나올 때 시골에서 보낸 사과라고 집주인이 줬어. 태풍으로 떨어진 낙과인데 빛깔은 안 좋지만 달다고 하더라."

"이건 예산에서 제외야." 앞으로 잘 부탁한다는 뜻이
라며 그녀는 살짝 웃었다.

가사 도우미에게 재료비를 주고 야식이나 석식 준비
를 부탁하겠다던 다나카의 말을 떠올렸다. 그 예산에 포
함되는 게 아니라는 뜻이리라.

가케이는 능숙한 손놀림으로 껍질을 술술 벗겼다. 사
과를 4등분한 뒤 그걸 다시 여덟 조각으로 잘랐다.

손이 참 예쁘다고 생각했다. 체격도 크고 뼈마디가 불
거졌지만 기다란 손가락만큼은 하얗고 고왔다.

그대로 먹으라고 주는 줄 알았는데, 가케이는 주방 찬
장에서 코팅된 프라이팬을 꺼냈다.

가스레인지에 올려놓고 약불로 맞춘 뒤 뚜껑을 닫았다.

그 모습을 가만히 보고 있는 동안 조금씩 눈물이 말랐
다. 살며시 눈물을 훔쳤다.

"사과를 굽는 건가요?"

"맞아."

그러는 동안에도 가케이는 손을 멈추지 않고 나머지 사
과를 모두 깎아서 잘랐다. 자른 사과가 하나둘 구워졌다.

주방에 달콤한 냄새가 은은하게 감돌았다.

"설탕도, 물도, 아무것도 안 넣어. 그냥 사과를 프라이 팬에 넣고 뚜껑을 덮어 놓으면 돼."

도중에 가케이는 뚜껑을 열고 사과를 보여 주었다. 싱싱하던 사과에서 수분이 흘러나왔고, 가장자리는 캐러멜 빛깔로 구워지고 있었다. 가케이는 프라이팬을 뒤집었다.

"이렇게 앞뒤가 노릇노릇하게 구워지면 완성."

가케이는 냉동실에서 아이스크림을 꺼냈다. 편의점 등에서 쉽게 구입할 수 있는 저렴한 제품이었다.

작은 접시에 예쁘게 아이스크림을 담고 갓 구운 사과를 올렸다.

"자, 우선 이것부터 먹어 봐."

아이스크림 접시와 스푼을 내밀며 가케이는 고유키 앞에 앉았다.

"원래는 디저트용이었는데"

"…잘 먹겠습니다"

구운 사과 밑의 아이스크림이 사르르 녹기 시작했다. 아이스크림과 새콤달콤한 사과를 함께 입에 넣었다.

"맛이 어때?"

가케이는 고유키의 얼굴을 들여다보며 물었다.

"맛있어요."

"다행이다."

가케이는 일어나 도마와 식칼 등 사용한 조리 도구를 정리했다.

"…여직원이 있다는 얘기를 듣고."

물소리 사이로 가케이의 조용한 목소리가 들렸다.

"사과가 있으니까 아이스크림을 사야 할 것 같아서."

여자니까 단 걸 좋아할 거라니… 내가 너무 생각이 짧았지, 가케이가 나지막이 중얼거렸다.

솔직하게 고맙다고 말할 수가 없었다.

하지만 너무 달지 않은, 아이스크림 말고는 설탕을 쓰지 않은 디저트가 고유키의 마음을 녹였다.

"이 사과, 홍옥인가요?"

미안하다는 말 대신 그렇게 물었다.

"응? 아니. 그냥 사과야. 애플파이나 잼, 본격적인 양과자에 쓸 거면 홍옥이 좋지만, 비싸기도 하고 설탕을 많이 넣어야 맛있어지거든."

이런 건 그냥 사과로도 만들 수 있으니까 가끔 해 먹

어. 가케이는 그렇게 가르쳐 주었다. 그러고는 디저트 같은 건 나랑 안 어울리지만, 하고 중얼거렸다.

"그렇구나."

"사과 종류를 잘 아네. 제과 제빵 같은 것도 해?"

"엄마하고 언니가요."

엄마와 언니가 만드는 케이크에는 설탕과 버터가 듬뿍 들어간다.

그 자체가 자신들의 풍족한 생활을 과시하는 듯한 케이크였다.

하지만 이건 태풍 피해를 입은 낙과를 구워 냈을 뿐이다. 그럼에도 달다. 충분히 달고 부드럽다.

먹다 보니 아이스크림이 녹아서 구운 사과를 아이스 소스에 찍어 먹는 모양새가 되었지만, 그 역시 맛있었다.

지금의 자신에게 제일 알맞는 디저트인 게 아닐까. 고유키는 그런 생각을 했다.

"여직원이 있다는 얘기를 듣고 디저트를 만들어야겠다고 생각한 건, 어쩌면 여자는 단 걸 좋아한다는 편견이나 차별이 무의식적으로 나온 건지도 모르겠네."

가케이는 혼잣말하듯 이어서 말했다.

"하지만 그 사람이 기뻐하는 모습을 보고 싶었을 뿐이야. 그뿐이었어."

"감사합니다. 저도 너무 감정적으로 굴어서 죄송했어요."

이런 식으로 누군가에게 사과한 건 오랜만이었다. 어쩐지 속이 시원해졌다.

"남자의 역할이나 여자의 입장 같은 건 너무 신경 쓰지 마."

가케이가 조용히 말했다.

"내가 가사 도우미로 일하는 건 이 일을 잘하고 좋아하기 때문이야."

"아, 뭔가 맛있어 보이는 거 먹고 있네."

갑자기 들려온 목소리에 고유키가 흠칫했다.

자다가 깬 모모가 주방을 들여다보며 외치고 있었다.

"맛있어 보여. 나도 먹을래."

"이건 디저트, 먼저 식사부터 하고."

가케이는 아까 고유키에게 했던 것처럼 모모에게도 저녁과 야식을 어떻게 먹는지 설명했다.

이건 주먹밥, 이건 돈지루, 냉동 우동은 전자레인지에

돌려서 카레 국물을 부어 먹어라 등등.

"와, 맛있어 보인다."

"밤을 새거나 늦게까지 일하는 사람한테는 카레 우동이 좋대. 소화도 잘되고 향신료가 뇌를 활성화시켜서."

"와, 그렇구나."

"식사한 뒤에 30분쯤 눈을 붙이면 더 효율이 좋대."

"밥 먹고 자면 그때부터 영원히 깨지 못할 것 같은데요."

가케이와 모모가 함께 웃었다.

그래. 여성 직원을 위해 달콤한 디저트(너무 달지 않은 걸로)를 만드는 것과 밤샘 작업을 하는 사람을 위해 카레 우동을 만드는 것이 뭐가 다르겠는가.

"카레 한 입만 맛봐도 될까요?"

"한 입만이야."

가케이는 작은 접시에 카레를 담아 모모타에게 내밀었다.

"진짜 맛있다!"

"유부하고 구운 어묵하고 양파를 넣었어. 먹을 때 파를 고명으로 올려서 먹어."

"이거 맛있네요. 밥이랑 먹어도 맛있을 것 같아. 일반 카레하고 조금 다르지만."

"카레 우동의 비법이 뭔지 알아?"

"뭔데요?"

고유키와 모모타는 어린애 같은 목소리로 동시에 물었다.

"설탕 한 스푼. 설탕을 넣으면 맛이 풍부해져."

"그렇구나."

"그럼 난 그만 가 볼게."

가케이는 싱크대를 닦아 놓고, 앞치마를 의자 등받이에 걸쳐 놓은 뒤에 코트를 입고 나일론 가방을 들었다.

"잘 있어."

모두 방에서 나와 현관으로 나가는 가케이를 배웅했다.

"감사합니다."

"다음에 뵈어요."

"이러지 않아도 되는데. 일하러 온 거니까."

자리로 돌아가라는 양 가케이는 손을 휘휘 내저었다.

"이러는 것도 오늘뿐일 거야. 이러다 익숙해지면 내다보지도 않을걸."

"들켰네요."

이타미가 웃으며 대꾸했다.

가케이가 현관을 나서자 직원들은 누가 먼저랄 것도 없이 얼굴을 마주 보며 "우리도 밥 먹을까?" 하고 말을 꺼냈다.

다나카와 이타미도 식탁에 앉아 저마다 주먹밥과 돈지루를 먹기 시작했다.

"이거, 맛있다."

열무를 넣은 주먹밥을 한 입 먹은 다나카가 홀린 듯 중얼거렸다.

"이 유카리 주먹밥도 맛있어."

"닭튀김 끝내준다. 왠지 운동회 때 먹던 도시락 생각나."

"돈지루 마시니까 몸이 따뜻해지네."

모두 분명 아까 고유키와 가케이가 나눈 대화를 들었을 것이다. 하지만 자연스럽게 식사가 시작된 까닭인지 아무도 그 이야기를 꺼내지 않았다.

"나쁘지 않네, 가사 도우미." 고유키가 중얼거렸다.

"그렇지?" 다나카가 대꾸했다.

"그럼 계속 오시라고 할까."

"그래."

"나도 찬성!"

모모가 제일 큰 소리로 외쳤다.

식사를 마친 뒤 모두 자기가 먹은 그릇을 설거지해 정리했다.

고유키는 깜짝 놀랐다.

요즈음 줄곧 고독감에 휩싸여 있었다. 회사 분위기도 뭔가 살벌했다. 그런데 새로운 사람이 몇 시간 와 줬다고 이렇게 가족처럼 밥을 먹고 있다.

고유키는 자연스럽게 가케이의 앞치마를 개어서 주방 찬장에 넣어 놓았다. 아무런 의무감 없이.

자, 나도 일하러 가야지. 고유키가 살며시 미소 지었다.

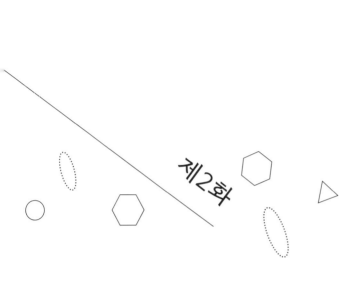

제2화

뽀빠이가 아니라도 맛있는 스프

오쿠보大久保(일본 도쿄도 신주쿠구의 지명-옮긴이)의 해외 송금소에서 직원인 마리가 송금 준비를 하는 동안 마이카는 스마트폰을 켜서 라인을 열었다.

아침에 온 이모의 메시지와 그랜마 직원 이케우치 고유키가 보낸 '오늘 몇 시쯤 올 수 있어?'라는 메시지가 바로 눈에 들어왔다.

이모가 보낸 '$400 asap(사백 달러, 최대한 빨리)'라는 메시지에는 바로 'IC(알았어)'라고 답장을 했지만 고유키의 메시지는 읽지도 않고 넘겼다.

고유키를 싫어하는 건 아니었지만, 늘 억울하다는 듯한 눈빛으로 가만히 생각에 잠겨 있는 그녀의 존재 자체가 마이카로서는 어쩐지 성가시게 느껴졌다.

이모에게는 'K(OK), I sent that(보냈어)'라고 답장했다. 'IST'라고만 써도 알아듣지 않을까, 생각하면서. 마닐라 교외에 사는 이모에게는 최소 몇 달에 한 번은 송금을 했다. 송금소 직원이 "오랜만이네, 잘 지냈어?"라고 격의 없이 말을 걸 정도로 마이카는 이곳의 단골이었다.

마이카도 일본에서 '마리'라는 이름을 쓰는, 눈앞에서 컴퓨터를 조작하는 중년의 필리핀 여직원을 좋아했다.

아마 본명은 '마리아'일 것이다. 물어본 적은 없지만.

파티션으로 나뉜 그녀의 책상에는 늘 사탕이 가득 든 바구니가 놓여 있었고, 마이카를 볼 때마다 먹으라며 건넸다. 그 사탕은 지금 마이카의 입속에 있다.

은행에서 꼬박 하루가 걸리는 해외 송금 업무가 이곳에서는 1시간이면 끝났다. 그 때문에 이곳은 일본에서 일하는 외국인들의 아지트 비슷한 곳이 되었다.

"자기가 모델로 나오는 잡지, 우리 딸이 보더라. 사진으로 보니까 엄청 어른스러운 분위기라 깜짝 놀랐어."

마리가 이쪽으로 시선을 보내며 말했다.

"대단하더라. 앞으로 연예인이 되려고?"

"이 나이에 무슨 연예인이에요, 아줌마가."

"내 앞에서 아줌마 소리 할 거야?"

마리는 최소 마흔은 넘어 보였다.

"그게 아니라 일본 연예계에서 그렇단 말이죠. 스무 살도 넘었고, 내 얼굴은 너무 외국 사람 같아서 안 된대요. 일본어도 잘하고."

"스카우트당한 적은 있구나?"

"일단 기획사에 소속되어 있으니까요. 한두 번 오디

션 보라고 해서 갔는데, 더 외국인처럼 어눌하게 말해 보라는 소리나 하더라고요.”

“흐음.”

일본과 필리핀 사정 모두에 훤한 마리는 마이카가 이따금 수백 달러 단위의 송금을 부탁해도 알았다고만 말하고 바로 진행해 주었다. ‘고생이네’ ‘대견하다’ 같은 말은 하지 않았다. 그저 어제 본 텔레비전 이야기나, 최근 키우기 시작한 고양이 이야기를 할 뿐이었다.

그들의 세상에서는 너무나도 당연한 일이었으니까.

마이카는 아르바이트를 할 수 있게 된 십대 고등학생 시절부터 이렇게 돈을 보내왔다.

패스트푸드점 직원으로 일하던 열여섯, 처음 몇 만 엔의 월급을 받고서는 어머니에게 “안젤리카한테 100달러 보내려고 하는데”라고 말하자, 그녀는 잠시 마이카의 얼굴을 물끄러미 바라보았다. 그러고는 송금소가 어디 있는지 알려 주었다.

어머니는 그때 무슨 생각을 했을까. 대견한 딸이라고 생각했을까. 아니면 자신의 딸 역시 이 끝없는 빈곤의 굴레에 빠져들었다고 생각했을까. 예전에 자신이 마이카에게 한 짓에 대해 생각했을까.

　조만간 물어봐야겠다고 생각만 하고 몇 년이 흘렀다. 아마 어머니는 기억하지 못할 것이다. 뭐든 잘 잊어버리는 사람이니까. 자기 자식조차도.

　오래 알고 지낸 사이라 마리는 마이카가 돈을 보내는 이유도, 받는 사람도 알고 있었다. 알면서도 아무 말도 하지 않았다. 그 대신 크리스마스가 되면 과자 꾸러미와 촌스러운 오리지널 티셔츠를 슬며시 건넸다. 이것이 마리 나름의 '고생이네' '대견하다'는 표현일 것이다. 모든 것을 '오픈'하는 필리피노답지 않은 행동이었다. 그녀 역시 일본인의 감각에 물들었는지도 모른다. 작년 티셔츠에는 빨간색과 노란색 글자로 'money&love'라고 적혀 있었다. 송금소에서 제작하는 티셔츠에 'money&love'라는 문구라니. 너무 직설적이지 않은가. 그렇게 생각하면서도 마음에 들어서 마이카는 잠옷으로 입고 있었다.

　사랑은 돈이 아니다. 돈으로 사랑은 살 수 없다. 돈보다 중요한 것이 있다. 이 나라에서는 지겹도록 말한다.

　사랑이 아니라면 '동료'나 '인연'이라는 말로 바꾸어

도 좋다.

그런 것들은 '돈'보다 중요하다고.

그럼 이 송금소에서 사람들이 보내는 건 '사랑'이 아니면 무엇일까.

이곳에서 오가는 건 사랑 그 자체다.

"올해도 티셔츠 제작했어."

마리가 씩 웃으며 말했다.

"크리스마스 시즌에 와. 하나 빼 둘게."

"올해는 어떤 티셔츠야?"

"후후후, 비밀이야. 꽤 인상적인 티셔츠라고만 말해 둘게."

앞으로 몇 주만 있으면 크리스마스다. 그렇다는 건 그 전에 마이카가 또 찾아올 거라고 생각하는 것이리라.

"그때까지 안 올지도 모르는데"

마이카의 대답에 마리는 살짝 어깨를 으쓱했다.

글쎄, 과연 그럴까. 그렇게 말하고 싶은 걸지도 모른다.

하기야 이 나라 사람들이 돈이 없을 때 쓰는 '설 쇠기도 힘들다' '떡값이 없다'는 표현처럼 '크리스마스 선물 값이 없다'는 말로 송금을 보채는 건 흔한 일이었다.

하지만 마이카는 살짝 짜증이 났다. 마리의 제스처에서 왠지 '다 안다'는 뉘앙스가 읽혔기 때문이다.

마리는 갖가지 구실을 붙여 돈을 졸라 대는 본국의 가족이며 친척들에게 시달리는 사람들을 봐 온 것이리라. 때로는 사기나 다름없는 행위나, 한 끗만 어긋나도 범죄가 되는 송금 업무도 경험했으리라.

하지만 안젤리카는 그런 사람이 아니다. 정말 형편이 좋지 않았고, 마이카가 돈을 보내지 않으면 가족들은 길바닥에 나앉게 된다. 지난 몇 년 동안 그녀는 새 옷이나 장신구를 하나도 사지 않았다. 마이카가 보내 준 헌 옷을 좋아라 하며 입는다.

"꼭 볼일이 있어야 와? 그냥 놀러 와. 마이카는 언제든 환영이니까. 다른 사람들도 그래. 그냥 수다 떨러 들르는 거지."

슥 입을 다물어 버린 마이카의 속내를 알아챘는지 마리는 재빨리 말했다. 마이카를 생각해서 하는 이야기일지도 모르지만, 정말 딱히 볼일이 없어도 이곳에 오는 사람도 있을 것 같았다. 거액의 돈이 오가는 곳인데 괜찮은 걸까.

"그럼 크리스마스 케이크 사 와야겠다."

　"그러지 마. 다들 생각하는 게 똑같아서 케이크로 발디딜 곳 없어진다고. 신 게 좋아. 술안주로 먹을 수 있는."

　마리는 술을 마시는구나. 하기야 술이 세 보이기는 한다.

　"자, 끝났어. 여기 사인해 줘."

　"고마워."

　감사 인사를 하며 마이카는 이 송금소에 오는 건 이번이 마지막이 될지도 모른다고 생각했다.

　마이카는 세 살 때 처음으로 비행기를 탔다.

　요즘에도 어린애가 혼자 비행기를 탈 수 있을까. 보통은 안 되지 않을까. 아니면 그 노선, 필리핀 노선에 한해서만 허용되는 건지도 모른다. 서글프게도 자신과 같은 처지의 아이들은 요즘도 많은 것 같았다.

　당시, 일본에 있던 마이카의 어머니는 상황이 지극히 좋지 않았다. 그래서 그때 어머니는 그런 결정을 내릴 수밖에 없었다. 할머니와 이모가 사는 마닐라 교외의 마을로 딸인 마이카를 보내기로 한 것이다. 지금은 마이카도 납득하고 있었다.

하지만 겨우 세 살 때 혼자 5시간 동안이나 비행기를 타고 가야 했던 어린 자신을 생각하면 가슴이 에는 듯 아팠다.

마이카의 아버지는 트럭 운전수였지만, 마이카가 태어났을 때는 거의 일을 하지 않는 상태였다.

하루 종일 집에서 빈둥거리는 아버지를 어머니가 곱게 볼 리 없었고, 집안 분위기는 늘 살벌했다. 아버지는 집안일을 하는 법이 없었고, 어머니가 새벽에 들어올 때까지 게임만 하는 날도 있었다. 쫄쫄 굶고 있는 마이카를 방치해 두고.

그런 주제에 어머니가 이혼 이야기를 꺼내자 마이카의 친권은 넘겨줄 수 없다고 고집을 부렸다. 법원에서는 밤낮으로 일하느라 일본어도 제대로 익히지 못한 어머니보다 부모님도 근처에 살고, 의지만 있으면 바로 트럭 운전사로 일할 수 있는 자신이야말로 부모 자격이 있다고 판단할 것이라 생각하고 협박한 것이다.

언젠가 마이카를 뺏기는 게 아닐까. 일을 나가 있는 동안 아이를 데려가는 게 아닐까. 그런 공포로 어머니는 마이카를 마닐라행 비행기에 태웠다. 손님의 연줄을 이용해 항공사에 사정사정해 아이 혼자 태운 것이다.

"그 인간이 퍽이나. 아이를 데려갈 배짱이나 자신이 있었으면 이혼도 안 했지."

그때는 내가 정신이 나갔었나 봐. 지금은 웃으며 이야기할 수 있지만, 그 당시 어머니는 진지했다.

아마 객실 승무원이 불편하지 않게 여러모로 신경을 써 줬을 테지만, 마이카는 한 번도 웃음을 보이지 않은 채 목적지에 도착했다고 한다.

사실 이 모든 건 안젤리카에게 들은 이야기다. 그 내용을 바탕으로 당시 일을 추측한 것이기 때문에 뭐라고 '단언'할 수는 없다.

"항공사 직원 손을 잡고 나온 마이카가 얼마나 귀여웠는지 아니?"

안젤리카는 그 이야기를 몇 번이나 했는지 모른다. "하얀 토끼 가방(토끼 배에 달린 지퍼를 열면 수납할 수 있는 공간이 있다)을 꼭 안고 커다란 눈으로 나를 보았지."

하지만 그런 그녀도 공항에 2시간이나 늦게 도착했다. 이것 역시 나중에 들은 이야기였지만, 필리핀에서는 그 정도 지각하는 건 일상적인지 안젤리카는 미안한 기색도 없이 "일어났더니 마이카가 공항에 도착할 시간이었어" 하고 웃었다.

세 살짜리 아이가 공항에서 얼마나 불안한 마음으로 2시간을 보냈을까. 마이카는 생각에 잠겼다. 철이 든 뒤에 그런 일을 당했으면 용서하지 못했을 것이다.

어머니의 여덟 살 어린 동생인 안젤리카는 당시 갓 스물을 넘긴 나이였다. 그녀도 잠시 일본에서 일한 적이 있어서 어눌하게나마 일본어를 할 수 있었다. 그래서 세 명의 이모 중 자연스레 마이카를 돌보는 담당이 된 것이다.

마이카는 필리핀에 도착한 그날 밤, 오랜만에 이불에 실례를 했다. 낯선 곳에서 낯선 사람들에게 둘러싸여 어쩔 줄 모르고 울음을 터뜨렸다. 안젤리카는 말없이 이불을 치우고 다시 마이카를 씻겨 주었다.

"이 마을에서 온수가 나오는 집은 우리 집밖에 없단다." 안젤리카는 그렇게 말했다. "할머니가 싱가포르에서 가사 도우미 일을 해서 돈을 벌어다 줬거든."

그 후로도 몇 번이나 들은 이야기를 반복해서 했다.

"죄송해요, 죄송해요."

마이카는 울면서 사과했다. 말은 온수였지만 일본에

비하면 훨씬 온도가 낮아서 좀처럼 몸이 따뜻해지지 않았다. 다리가 덜덜 떨렸다. 불안하고 서글퍼서.

"무슨 소리야."

안젤리카는 흠뻑 젖은 마이카를 꼭 안아 주었다.

"무슨 소리니. 가족끼리 뭐가 미안해."

그 기억만으로도 마이카는 안젤리카에게 은혜를 갚을 이유가 충분했지만, 그 후로도 안젤리카는 마이카에게 쭉 다정하게 대해 주었다.

한 살도 되기 전부터 어린이집에 맡겨진 탓인지, '남에게 폐를 끼치면 안 된다, 약속은 지켜야 한다, 시간은 정확히 지켜야 한다' 같은 규칙이 마이카의 무의식에 각인되었던 모양이다. 마이카가 어눌한 발음으로 "죄송항니다"라고 말하면 모두가 웃음을 터뜨렸다.

"가족끼리 뭐가 미안하다는 거니. 정말 특이한 애라니까."

시간이 흐르자 마이카는 가족들의 거칠지만 진한 사랑을 당연하게 받아들이게 되었다. 일어나면 옷을 갈아입혀 줬고, 밥을 먹여 줬으며 물도 먹여 줬다. 목욕도 시켜 주고 밤에는 잠도 재워 줬다. 게으르게 주어지는 애정을 받기만 했던 나날들.

할머니와 이모들은 식당을 경영했다. 마이카도 거의 대부분의 시간을 가게 구석에서 보냈다. 바쁜 시간대에는 빨간 플라스틱 의자에 혼자 가만히 앉아 가게 안을 둘러보았다.

"얌전하고 예절도 바른 아이야. 역시 일본 아이네."

손님들에게 같은 소리를 몇 번이나 들었는지 모른다.

하지만 손님들이 떠나면 마이카는 안젤리카 옆에 딱붙어 있었다. 곁에 있으면 가장 안심되는 사람의 치맛자락을 붙잡고 컸다.

3년이 지나자 어머니가 필리핀으로 마이카를 데리러 왔다.

마이카가 초등학교에 입학할 나이가 되었고, 이혼소송에서 이겨 친권을 가져왔기 때문이었다.

안젤리카와 헤어질 때 마이카는 엉엉 울었다. 비행기 안에서도 계속 울어서 어머니한테 "꼭 내가 애를 유괴하는 것 같잖아. 그만 좀 울어" 하고 혼이 났을 정도였다.

일본 초등학교에 입학한 뒤로 안젤리카와 마닐라의 식당에서 보낸 날들은 아련한 추억이 되었다.

필리핀에서 3년 동안 지낸 이야기를 하면 일본 친구들은 모두 고생 많았다고 위로하고는 했다.

　아니, 행복한 날들이었다. 풍족하지는 않았지만, 안젤리카와 할머니가 늘 곁에서 어리광을 받아 주었다. 언제나 타인의 애정에 에워싸여 있는 느낌이었다.

　남을 부러워하지 않는 사람으로 키워 준 안젤리카에게 마이카는 감사할 따름이었다.

　그런 이모에게 돈을 보내는 건 당연한 일이다.

　송금소를 나와 신오쿠보로 걸어가고 있는데 안젤리카로부터 라인으로 영상통화가 걸려 왔다.

　"고마워, 마이카."

　영상을 켜자 안젤리카는 갑자기 손 키스를 날렸다. '쪽쪽' 소리를 내며 손을 입에 대고 몇 번이고.

　마이카는 겸연쩍게 웃으며 "잘 갔을 거니까 걱정 말고"라고 대꾸했다.

　"정말 고마워."

　마이카는 역 앞에 앉을 곳이 없는지 찾았지만, 아무것도 없어서 인도 가장자리 가드레일에 앉았다.

"사라 진은 잘 지내?"

"그럼, 잘 지내지. 착하게 잘 있어."

안젤리카는 뒤로 돌아 침대를 보았다. 그녀의 어깨 부근에 호흡기가 비쳤다.

사라는 안젤리카와 전 남편 사이의 아이다. 그와는 마이카가 일본에 돌아간 뒤에 만났다고 했다. 안젤리카의 말로는, 마이카가 사라진 뒤 마음이 허해서 아이를 갖고픈 마음이 강해졌고, 그래서 그런 남자한테 속았다고 했다.

사실인지 아닌지는 모르지만 마이카는 어쨌든 그 설명이 마음에 들었고 싫지 않았다.

그는 업무차 필리핀에 온 미국인으로, 결혼 전에는 다정했다고 한다. 무릎을 꿇고 프러포즈를 하는 정열적인 태도에 안젤리카는 단번에 사랑의 포로가 되었다.

두 사람은 만난 지 몇 달 만에 결혼식을 올렸고, 안젤리카는 사라 진을 임신했다. 그때부터 남편의 무자비한 폭력이 시작됐다.

애초에 가족들은 너무 성급한 결정이라며 결혼을 반대했기 때문에 안젤리카는 어디 도움을 청할 수도 없었다. 멍들고 다친 얼굴을 보여 줄 수 없어서 어쩔 수 없이 부모, 친구들과 거리를 둘 수밖에 없었다. 남편의 폭력은 날이 갈수록 심해지기만 할 뿐 멈추지 않았다. 거듭된 폭력과 정신적 고통으로 안젤리카는 임신 8개월에 조산했고, 아이는 1킬로그램도 채 되지 않는 미숙아로 태어났다.

아이는 줄곧 인큐베이터 안에 있었고, 한 달 후 퇴원할 무렵 뇌성마비 진단을 받았다. 그로부터 10년 가까이 사라 진은 걷지도 못하고 학교에 다니지도 못하고 있다.

그나마 다행인 건 폭력을 휘두르던 남편이 병원에서 인큐베이터에 든 작은 아기를 보고 떠나 버렸다는 것이다. 덕분에 겨우 헤어질 수 있었다. 정식으로 혼인신고를 하지 않은 것도 안젤리카로서는 다행이었다.

몇 년 뒤, 그녀는 필리핀 남자와 재혼해 남자아이를 낳았다.

새로운 남편은 솔직하고 다정한 사람이었고, 당연히 폭력을 휘두르는 일도 없었다. 부부 사이는 무척 좋았다고 한다.

하지만 한 직장에 오래 다니지 못했다. 애초에 필리핀에서 남자들이 매달 꼬박꼬박 월급을 받을 수 있는 일자리는 많지 않았다. 그렇다면 할머니의 식당 일을 도우면 될 텐데, 그건 싫은지 빈둥거리며 살고 있었다. 장모가 대하기 어려운 건 어느 나라나 마찬가지인 모양이다. 그렇다고 사라를 돌봐야 하는 안젤리카가 일할 수도 없는 노릇이었다.

사라 진이 다닐 수 있는 학교는 필리핀에 얼마 없다. 아주 없지는 않지만 거액의 비용이 든다. 언젠가 안젤리카와 사라 진을 일본에 불러서 사라를 특수교육기관에 보내는 게 마이카의 은밀한 꿈이다.

예전에 안젤리카가 지나가는 말처럼 "간호사가 되고 싶다"고 했던 적이 있다. 사라를 가졌을 때, 다정하게 대해 준 간호사들에게 동경심을 품었던 모양이다. 그 마음이 진심이라면, 일본에 와서 간호학교에 들어가면 좋을 텐데. 학비도 마이카가 대 주고 싶었다.

마이카는 하고 싶은 일이 많았다. 그러려면 돈이 많이 필요했다. 취직으로는 어림없었다. 사업을 하고 싶었다. 사장이 되고 싶었다. 그래서 돈을 많이 벌고 싶었다.

"사라를 보여 줘."

마이카의 요청에 안젤리카는 스마트폰으로 딸을 비췄다.

코에 인공호흡기 튜브를 달고 있었다. 최근에서야 겨우 경식輕食을 먹을 수 있게 되어 목의 튜브를 뗐다.

"사라."

어디를 응시하는지 분간하기 어려웠지만, 손을 흔들자 사라는 마이카의 목소리에 희미하게 반응을 보였다. 살짝 입꼬리가 올라간 것 같았다.

"튜브를 떼고 나서 눈에 띄게 건강해졌어. 목소리도 나오게 됐고."

안젤리카는 환하게 웃으며 말했다.

"보고 싶어, 사라."

마이카는 화면을 향해 열심히 손을 흔들었다. 실제로 만난 건 재작년 필리핀에 놀러갔을 때가 처음이었지만, 마이카는 사라를 친동생처럼 아꼈다.

"다음에 말하면 영상 찍어 보내 줘."

"물론이지. 마이카, 돈 보내 줘서 정말 고마워. 사랑해."

"나도."

이모와 조카는 서로 손 키스를 날리며 전화를 끊었다.

불현듯 고개를 들자 대학생쯤으로 보이는 남자가 이

쪽을 빤히 바라보고 있었다.

그 시선을 알아차리고 나서야 눈가에 눈물이 고여 있다는 사실을 깨달았다. 황급히 눈물을 훔쳤다.

"괜찮아요?"

그 사이에 남자는 마이카의 앞에 서 있었다.

"괜찮아요, 괜찮아."

손을 흔들며 일어났다.

"왠지 힘들어 보여서 걱정됐어."

남자는 역으로 걸어가는 마이카를 따라왔다.

"괜찮아. 잇츠 오케이. 노 프로블럼."

이런 식으로 성가실 때 자주 쓰는 수법 '나 일본어 몰라요' 영어를 쓰기로 했다.

하지만 남자는 전혀 문제없이 영어로 대화를 이어 나갔다.

"정말 괜찮아? 힘든 일 있는 거면 이야기 들어줄게."

묘하게 희귀한 악센트가 강한 영어였지만, 어디 악센트인지는 알 수 없었다.

"귀찮게 왜 이래? 지금 바빠."

이번에는 강한 어조의 일본어로 대답하자, 남자는 하

하하, 고개를 들고 웃었다.

"그럼 전화번호 줄 테니까, 괜찮지 않을 때 연락해."

마이카가 얼굴을 찡그리자 남자는 물론 내킬 때 말이야, 하고 덧붙였다.

그제야 마이카는 남자의 얼굴을 제대로 보았다.

앞머리를 조금 무겁게 내리고, 곱슬머리를 버섯 모양으로 커트한 헤어스타일은 꼭 옛날 외국인 뮤지션 같은 분위기를 자아냈다. 약간 들창코였지만 개성적인 느낌이라 귀여운 인상이었다.

"연락은 안 하겠지만, 주고 싶으면 주든지."

그는 케이스에서 명함을 꺼냈다.

"유튜브 주소가 적혀 있네."

"응."

"유튜버야?"

내심 탐탁지 않게 생각했는데, 속내가 얼굴에 드러났는지도 모르겠다.

"전문학교에서 레코딩 스태프가 되기 위한 공부를 하면서 스튜디오에서 아르바이트를 하는데, 영상도 올려. 혼자서 ○○○연주해 보았다, 같은 거. 몰라?"

남자는 올해 홍백가합전[◎]에 첫 출연한다는 가수의 이름을 댔다.

"그 노래를 혼자 연주하는 영상이라든지."

"모르겠는데."

모르는구나, 아쉽네. 그는 살짝 괴로운 표정을 지어 보였다.

"요즘 좀 유명해진 줄 알았는데. 뭐, 아무튼 시간 날 때 한번 봐."

"연락처뿐 아니라 영상 주소까지 주려고?"

짧은 대화 중에 자기 정보를 알차게 전달하는 사람이네, 마이카는 그런 생각을 했다.

"지난 몇 년 동안 길거리에서 본 여자 중에 제일 예뻤거든. 열심히 자기 홍보해야지. 제일 자신 있고 좋은 모습을 보여 줘야 할 거 아냐."

그렇게까지 홍보를 했으면서 개찰구 앞에서 "잘 가" 하고 손을 흔들며 사라졌다.

의외로 이런 상황에 익숙한 건지도 모르겠네. 전철 안

....

◎ 매년 12월에 열리는 일본의 연말 가요제. 가수들이 홍팀과 백팀으로 나뉘어 대항 형식으로 노래를 부르는 대형 가요 프로그램이다.

에서 마이카는 이렇게 생각했다. 전철까지 쫓아오면 어떡하나 걱정했었다. 받은 명함은 곧바로 구겨졌다. 하지만 역 안에 쓰레기통이 없어서 회사에 도착하면 버리려고 바지 주머니에 넣었다.

"언니!"

약속 장소인 시부야 하치코(시부야역 부근의 대표적인 랜드마크. 그 근방의 약속 장소로 삼기 좋다−옮긴이) 앞에 도착하자, 교복 차림의 유카가 힘차게 손을 흔들었다. 배다른 여동생이다.

저렇게 요란스레 인사하지 않아도 알아보는데. 마이카는 겸연쩍게 웃었다.

언니의 표정을 알아챘는지는 모르겠지만 유카는 달려와 마이카의 팔에 매달렸다.

사라 진과는 다른 마이카의 또 다른 동생.

"언니, 나 기말고사 끝났어. 맛있는 거 사 줘."

그러고는 뒤에 있는 친구에게 "안녕" 하고 손을 흔들었다.

마이카도 뒤돌아 유카의 친구에게 인사를 했다.

친구들은 꺄악 하고 비명 같은 환성을 내질렀다.

"괜찮아?"

"뭐가?"

"친구들. 같이 안 가도."

"괜찮아, 괜찮아. 우리 언니가 〈Fancy〉 모델이라고
하니까 한번 보고 싶다고 멋대로 쫓아온 거야. 팬이래."

입으로는 그렇게 말했지만 유카는 다시 뒤돌아 "미안
해" 하고 사과했다.

까만 피지가 박힌 주먹코에 짧은 스커트 아래로 뻗은
통통한 다리. 유카는 마이카의 배다른 자매라는 게 믿기
지 않을 만큼 언니를 닮지 않았다. 그렇기 때문에 이곳에
친구를 데려와 배다른 언니를 자랑하고 싶었을 것이다.
마이카는 어쩐지 유카의 마음을 어렴풋이 알 것 같았다.

예전에 마이카를 방치했던 아버지는 그 후에 일본인 여
성과 재혼해 지금은 식구가 다섯 명이다. 마이카와는 중
학생 때 다시 만났는데, 이미 그땐 배다른 동생들이 셋이
나 있었다.

신기하게도 그토록 빈둥거리던 아버지는 재혼 상대
와 결혼한 뒤로 그녀의 부모가 경영하는 건설 회사에 취
직해 평범한 가정을 꾸렸다. 어쩌면 조만간 장인의 뒤를

이어 사장이 될지도 모른다고 했다.

대체 어떻게 된 걸까.

만나는 여자가 바뀌면 남자는 달라진다는 걸까. 역시 일본인끼리가 잘 맞는 건가. 아니면 연령이나 환경 때문일까? 상대가 전업주부라서? 아니면 그저 우연에 불과한 걸까.

그렇다면 안젤리카에게 폭력을 휘두른 그 쓰레기 같은 전남편도 지금쯤 본국에서 번듯한 가정을 꾸렸을지도 모른다.

아버지는 재혼해 낳은 자식들에게 마이카의 존재를 계속 비밀에 부쳐 왔지만, 몇 년 전 그 사실을 다 털어놓은 뒤로 이렇게 종종 만나게 되었다. 지금은 모바일 메신저 친구 추가도 했고, 특히 첫째이자 중학교 2학년인 유카와는 이렇게 둘이서 만나 차를 마시기도 했다.

"뭐 먹고 싶은 거 있어?"

"언니, 심야 파르페라고 알아?"

"응, 전에 오픈했을 때 취재 겸 미팅으로 편집자랑 같이 갔었어"

삿포로에서부터 유행하기 시작한 그 파르페 가게에

마이카는 가 본 적이 있었다.

"유카도 가 보고 싶어."

"거긴 밤에 문 여는데? 그리고 겉보기에만 화려하지 맛은 별로 없어. 게다가 이 겨울에 파르페?"

"힝, 가고 싶었는데."

"그럼 다른 데서 파르페 먹을까?"

마이카는 인터넷으로 검색해 전통 있는 과일 디저트 전문점을 찾았다.

둘이 나란히 과일이 듬뿍 들어간 파르페를 먹고 있으려니 기분이 조금 들뜨는 걸 느꼈다.

"그러니까 유카는 ○○대는 어느 학부든 상관없어. 그런데 아빠는 이과 아니면 영어나 경제학부로 가라고 잔소리해. 고등학교는 이과로 가래."

사진 찍기 좋은 화려한 파르페를 보고 유카는 완전히 기분이 좋아진 모양이었다. 원했던 가게가 아니라 침울해하던 애초의 모습은 온데간데없었다.

"하지만 요즘 시대에 대학에서 전공이 뭔지는 크게 중요하지 않잖아. 그보다 간판이 중요하지, 취직하려면"

어른처럼 말하며 유카는 크림을 입에 넣었다.

무엇 하나 부족한 것 없이 자랐고, 피아노를 배우고 대학까지 일체형인 사립여자중학교에 입학했다. 배구부 활동을 하며 어느 학부든 상관없으니 대학 입학만 하면 된다고 말하는 동생을 보고 있으려니 마이카는 기묘한 감정에 휩싸였다.

마닐라에서 보낸 3년. 그 후에도 밤에 일하는 어머니가 돌아올 때까지 마이카는 늘 혼자 집을 지켰다. 몇 번이고 필리핀에 돌아가고 싶다고 생각했다. 중학생 때는 탈선할 뻔도 했다. 남들과 다른 외모로 친구들에게 따돌림을 당한 적도 한두 번이 아니었다. 고등학생이 되어 잡지 모델로 일하게 된 건 학비와 안젤리카에게 보낼 돈 때문이었다.

그런 자신과 이 배다른 동생의 처지는 너무나도 달랐다. 고작 여섯 살 차이다. 절반은 같은 유전자를 가지고 있다. 하지만 동생은 돈 걱정을 해 본 적이 없는 것 같았다. 대학에 입학할 때 학비를 누가 댈지 생각해 본 적도 없으리라. 이과 이야기도 마찬가지다. 그런 게 마이카가 다니던 고등학교에 있었다면 곧바로 갔을 텐데.

어쩌면 나도 이렇게 살 수 있지 않았을까? 이렇게 유

복하고 평탄한 인생을. 마이카는 막연히 이런저런 생각에 휩싸였다.

"어휴, 유카는 불행해."

갑자기 동생이 내뱉은 말에 놀란 마이카는 그 얼굴을 보았다.

"갑자기 왜? 무슨 일 있었어?"

저도 모르게 화난 목소리가 나왔다. 어머니가 다르고, 최근에서야 존재를 알았지만 동생의 불행을 그냥 모른 척할 수는 없었다.

"어?"

마이카의 태도에 유카는 놀란 듯했다.

"뭐가 불행한데? 언니가 도울 수 있는 일이면 뭐든 할게."

진심이었다.

"그냥 이것저것. 진학이나 부모님 문제… 친구들도 그래, 다들 날 이해해 주지 않아."

"그리고?"

"그게 다야."

유카는 한숨을 내쉬었다.

한숨을 내쉬고 싶은 건 마이카였다.

"네가 왜 불행해, 부모님도 계시고."

"그리고 못생겼고."

외모는 중요하지 않다. 유카도 대학에 들어가 살을 조금 빼고 좋은 화장품을 쓰면 몰라볼 정도로 아름다워질 것이다. 그때도 마이카를 '언니'라 불러 줄까.

"잘 생각해 봐."

어느샌가 마이카는 낮은 목소리로 말하고 있었다.

"어?"

평소 자기 말이라면 무조건 고개를 끄덕여 주던 배다른 언니가 타이르듯 말하자 유카는 놀란 듯했다.

"학부는 꽤 중요해. 하고 싶은 공부를 해야지."

"역시."

유카는 눈을 반짝이며 고개를 끄덕였다.

"뭐가?"

"역시 언니는 혼혈답네. 하고 싶은 말을 거침없이 하고. 멋져."

저도 모르게 다시 쓴웃음이 비어져 나왔다.

"유카도 잘 생각해 볼게. 전공."

"그렇게 해. 하고 싶지 않은 일을 4년 동안 계속 한다는 건 지옥이니까.”

“…언니, 유카 좀 살쪘지?”

“뭐?”

갑자기 화제가 바뀌자 이번엔 마이카가 놀랐다.

유카는 곧바로 가방에서 작은 거울을 꺼내 턱 언저리를 쓸었다.

“2킬로나 쪘더니 여기에 살이 붙었어.”

“그런가?”

“솔직하게 말해 줘. 다들 아니라고 하지만 언니는 솔직하게 말해 줄 것 같아. 혼혈이니까.”

주변 사람과 달라도 제 인생을 저주한 적은 없었고, 동생을 원망한 적도 없다.

이건 마이카의 인생이니까.

불행하다는 건 남편의 폭력에 고통받고 아이가 뇌성마비인 안젤리카 같은 사람을 두고 하는 말이 아닐까.

그랜마에 도착한 마이카는 먼저 부엌으로 들어갔다.

“안녕하세요.”

최근 집안일을 봐주는 가사 도우미 가케이 미노리에

게 인사를 건넸다.

"잘 지냈어?"

가케이는 고구마 껍질을 벗기며 돌아봤다.

"네, 오늘 메뉴는 뭐예요?"

"먹어 보면 알 거야."

"파르페 먹고 오긴 했는데, 그래도 먹을래요."

"자기 좋은 점은 젊은 애치고 잘 먹는다는 거야."

"그거 하나?"

"외모도 빼어나고. 정말 예쁜 얼굴이야. 할리우드 배우 같은 얼굴이지."

집에서 나오는 순간부터 누군가에게 예쁘다는 소리를 듣는 마이카였지만, 가케이처럼 겉과 속이 똑같은, 입이 찢어져도 빈말은 하지 않는 사람에게 대놓고 칭찬을 받으니 살짝 쑥스러웠다.

"엄마가 엄청난 미인이시지?"

"아뇨, 평범한데. 아빠도 평범한 축이고. 사람들이 나한테 일본과 필리핀의 기적이래."

마이카는 낯빛 하나 바꾸지 않고 외모 칭찬을 받았을 때 늘 하는, 자학인지 자랑인지 모를 소리를 태연하게 내뱉었다.

"격세유전인가."

"외할머니하고도 별로 안 닮았는데. 키도 작고."

"그럼 외할아버지?"

"거기까진 모르겠는데."

그때 고유키가 성큼성큼 다가왔다.

"마이카, 언제 오나 했어. 좀 와 볼래? 공식 홈페이지
영어 번역 좀 도와줘."

"갑니다, 가요."

마이카는 가케이에게만 보이게 어깨를 살짝 으쓱한
뒤 "그럼 이따가 봐요" 하고 말했다.

"아, 맞다. IT 방에 모모타가 쓰는 담요에서 좀 냄새나
는 것 같은데, 시간 나면 빨아 둬요."

부엌을 나가면서 퍼뜩 생각이 나서 가케이에게 그렇
게 말했다. 가케이는 돌아보지 않고 "알았어" 하고 대꾸
했다.

거실로 들어서자 CEO인 다나카와 고유키가 목소리를
낮추고 뭔가 이야기를 하고 있었다.

"마이카, 데이터 입력 부탁해."

고유키가 아르바이트생 자리에 두툼한 서류를 내려놓았다. 아르바이트란 그걸 컴퓨터에 입력할 뿐인 '쉬운 일'이다.

고유키가 몇 번이고 마이카에게 메시지를 보낸 건 이런 일 때문일까.

이런 일은 외주를 주면 될 텐데. 회사 말로는 하세가와 클리닉 환자들의 소중한 데이터라 외부로 내보낼 수 없단다.

실제로 데이터 입력은 대부분 외주로 진행됐다. 하지만 첫 거래처가 되어 준 하세가와 클리닉은 특별 취급을 했다. 원장의 집요한 당부가 있어서인지는 몰라도 회사에서 직접 입력하기로 한 것이다.

그렇다고는 해도 대부분이 숫자를 나열한 것뿐이라, 본다고 해서 금방 알 수 있는 내용은 아니었다.

그다지 달갑지 않은 일이라도 "네"라고 대응한다. 비즈니스 매너라고 할까, 이곳에서는 그런 일반적인 태도라는 걸 배웠다.

애당초 마이카는 고등학생 때부터 모델 아르바이트를 하고 있어서 배울 게 없으면 딱히 이곳에서 일하지 않아도 상관없었다.

조금 더 재미있는 일을 찾아볼까 생각하면서도 마이카는 단순 작업을 계속했다.

CEO인 다나카 씨도 뭐, 좋은 사람이고. 이런 거라도 안 하면 지루하니까.

마이카는 다나카와 단둘이서 식사를 한 적이 있었다.

물론 사전에 약속을 하거나 밖에서 따로 만난 게 아니라(만나자고 했으면 거절했겠지), 늦게까지 일한 날에 같이 밥을 먹었을 뿐이다.

그날, 정신을 차려 보니 사무실에는 다나카와 마이카밖에 없었다. 반년 전 초여름이었다.

"수고가 많네."

머리 위에서 들려온 목소리에 고개를 들었을 때, 사무실은 텅 비어 있었다. 그날은 붙박이처럼 늘 자리를 지키던 모모타조차 웬일로 퇴근한 뒤였다.

"난 그만 들어가 보려는데 마이카는 어떻게 할래? 열쇠 줄까?"

"아, 저도 갈래요. 거의 다 끝났거든요."

같이 사무실을 나와 다나카가 문을 잠그는 걸 뒤에서

지켜보았다.

"시간이 늦었네. 뭐 좀 먹고 갈래?"

그런 말이 다나카의 입에서 나왔을 때도 부자연스럽다고 생각하지는 않았다.

열세 살 때부터, 이미 열여섯 살쯤은 되어 보이는 딸에게 어머니는 입에서 단내가 나도록 남자를 조심하라고 충고했다.

늙은 놈도, 젊은 놈도, 성인도, 악당도, 지인도, 모르는 사람도, 남자란 족속들을 절대 따라가서는 안 된다, 단둘이서 밀폐된 공간에 들어가서는 안 된다, 가게도 마찬가지다. 단체 술자리에서도 잔에서 눈을 떼지 말아라, 나체 사진은 무슨 일이 있어도 찍으면 안 된다, 혹시라도 재수 없게 관계를 가져야 하는 사태가 생기면 반드시 콘돔을 써라.

오랫동안 술집에서 일해 온 어머니의 충고는 지극히 노골적이었다. 빈말로도 고상하다 할 수는 없었지만 현실적이었다.

어머니의 충고가 아니더라도 마이카 역시 나이가 들면서 남들보다 더 남자에 대한 면역과 경계심이 강해졌다. 자랑은 아니지만, 거의 대부분의 남자들이 자신에게 관심을 가지거나, 끈적거리는 시선을 던지곤 했다. 일본에는 외국인스러운 얼굴을 좋아하지 않는 남자도 많으니 모든 시선에 호의가 담겨 있다고는 생각하지 않았지만, 어느 쪽이든 그저 한번 어떻게 해 보려는 사람이 많다는 건 알고 있었다.

때문에 다나카의 말에 순간 망설였다.

그가 자신에게 관심을 가지고 있는지는 모르겠지만, 적어도 사무실에서 그런 낌새를 보인 적은 없었다. 되도록 그에게 실망하고 싶지 않았고, 아르바이트도 관두고 싶지 않았다.

"목이 마르네. 차가운 화이트 와인 한잔했으면. 잔에 물방울이 맺힐 정도로 찬 걸로."

하지만 거절하려고 했을 때 그가 혼잣말처럼 내뱉은 말을 듣고 마이카는 저도 모르게 "좋네요" 하고 대꾸했다. 찌는 듯 무더운 날이었다. 차가운 화이트 와인이라는 말에 스스로 얼마나 갈증을 느끼는지 깨달은 것이다.

다나카가 들어간 가게는 메구로역 앞 빌딩에 있는 이탈리안 레스토랑이었다. 평범한 가게라서 절로 경계심이 풀렸다. 개별 룸은 따로 없었고, 가게 구석의 4인용 테이블에 앉았다. 옆 테이블에는 요즈음 메구로에서도 흔히 볼 수 있는 스페인계 가족 관광객이 앉아 있었는데, 아이가 엉엉 울고 있었다.

"고생하셨습니다."

인사를 건넨 뒤 건배를 했다. 와인이 마시고 싶다고 했으면서 다나카는 맥주부터 주문했다. 마이카는 물론 화이트 와인을 글라스로 주문했다. 두런두런 이야기를 나누며 마이카는 자신이 얼마나 창업을 하고 싶은지에 대해 말했다. 놀랍게도 다나카는 CEO치고 남의 이야기를 잘 들어 주는 사람이었다.

"좌우지간 사장이 되고 싶어요. 돈 많이 필요하거든요."

그 말을 들은 다나카는 처음으로 환하게 웃었다.

"노골적이네. 하지만 솔직해서 좋아."

응원할게, 그는 그렇게 말해 주었다.

"부럽다, 그렇게 말할 수 있는 마이카가."

"전 사장님처럼 되고 싶은데요. 사장님이 제 롤 모델이에요."

말하고 나서 아차, 싶었다. 상대가 착각할 여지를 주

는 말이었을지도 모른다. 여지를 주지 않으려고 늘 조심했는데, 어째서인지 다나카 앞에서는 경계심이 풀려서 말실수를 했다.

"그렇게 말해 주니 고맙긴 한데, 나 그 정도로 대단한 사람 아니야."

그는 다른 남자들처럼 거기서 '남자'로 돌변하지 않았다. 오히려 입가에 감돌던 미소와 함께 주름이 짙어져서, 갑자기 훅 늙어 보였다.

"창업하려면 어떻게 해야 하나요?"

"역시 제일 중요한 건 아이디어지."

마이카는 힘주어 고개를 끄덕였다.

"마이카는 해외에 인맥도 있고, 친척들도 있잖아. 어학 능력도 좋고. 역시 그런 점을 살릴 수 있는 쪽으로 생각해 보면 좋지 않을까. 진부한 말이지만, 필리핀과 일본을 잇는 다리가 된다든지. 마이카도 그 편이 보람 있을 테고. 돈도 중요하지만 좌절했을 때 이상이 널 구해줄 거야."

"그렇군요."

마이카는 고개를 끄덕이며 황급히 스마트폰을 꺼내,

다나카에게 허락을 구한 뒤 메모를 했다.

"'그랜마'의 아이디어는 어디서 나온 건가요? 아이디어가 정말 좋아요. 사장님이 저희 학교로 강연 오셨을 때 들으러 갔는데, 그때도 그 얘기는 안 하시더라고요."

"음."

다나카는 순간 아득한 눈빛을 지었나.

"그 아이디어는 내가 낸 게 아냐."

"아, 그럼 직원 중에 누군가 아이디어를 냈다는 건가요?"

"맞아. 전에 같이 일하던 친구가."

"그 말은 지금은 회사에 없다는 뜻?"

"응."

"왜요?"

다나카는 대답하지 않고 주문한 화이트 와인 잔을 들고 빙글빙글 돌렸다.

그때 마이카는 다나카의 마음이 이곳에 없다는 걸 알았다. 열심히 그녀의 이야기를 들어 주던 남자는 어딘가로 사라졌다.

지금까지 이런 일은 거의 없었다. 아직 자지도 않은 남자가 마이카에게 관심을 보이지 않다니, 그건 그거대로 마음이 술렁거렸다.

"저기, 하나만 더 물어봐도 될까요?"

그렇지만 마이카는 포기하지 않고 다시 질문을 던졌다.

"뭔데?"

"사장이 되고, 성공한 뒤로 제일 기뻤던 일이 뭔가요?"

"글쎄, 뭘까."

다나카는 잠시 생각에 잠겼다.

"…동료이려나."

"네?"

"동료들하고 계속 같이 있을 수 있다, 같이 일할 수 있다는 안심? 확증?"

"동료라면 그랜마의 직원들?"

"응."

마이카는 이해가 가지 않았다. 다나카의 말 자체는 이해할 수 있었지만, 솔직히 그랜마의 멤버들에게 그만큼의 매력을 느끼지 못했기 때문이다. 늘 찌푸린 인상의 고유키, 거의 회사에 살면서 취미 하나 없는 듯 보이는 모모타, 그와 반대로 거의 회사에 없는 이타미, 그리고 부자연스러울 정도로 미소가 끊이지 않는 얼굴을 한, 그러면서도 좀처럼 거기서 감정을 읽어 낼 수 없는 다나카.

"아이디어를 낸 그 동료라는 사람은 떠난 건가요? 지금은 어디 있어요? 분명 대단한 사람이겠죠?"

다나카는 말없이 손안의 잔을 더 빨리 돌렸다. 아, 저러면 저렴한 와인이라 해도 맛이 없어질 텐데. 마이카는 그런 생각을 했다.

"그럼 질문을 바꿀게요. 그랜마가 성공한 뒤로 사장님이 구입한 물건 중에 제일 비싼 건 뭔가요?"

"비싼 거…?"

그 답을 통해 그의 욕망을 조금이나마 알 수 있지 않을까 생각했다.

"물건을 거의 안 사긴 하는데… 코트일까."

"코트?"

"작년에 이세탄(일본의 유명 백화점—옮긴이) 점원의 추천으로 20만 엔짜리 코트를 샀어. 영국제 원단이라나."

"아, 패션에 돈을 쓰시는군요."

그런 것치고는 늘 평범한 회사원 같은 복장이었다. 마이카 주변의 옷을 좋아하는 패션 관계자들과 달리.

"아니, 이 일을 시작하고 돈이 좀 생긴 뒤로 양복은 이

세탄에서 맞추게 되었을 뿐이야. 우리 일이라는 게, 신경 안 쓰면 바로 청바지에 티셔츠만 입게 되잖아. 하지만 그런 차림으로는 의사들의 신뢰를 얻을 수 없지. 패션에는 아무 관심이 없지만, 남루해 보이고 싶지는 않아. 코트는 매장 직원이 권해서 산 거고."

"사장님, 혹시 불행하세요?"

좀처럼 다나카의 욕망이 들여다보이지 않아서 마이카는 저도 모르게 그렇게 말했다.

"글쎄, 모르겠어. 하지만 행복하지 않은 것만은 분명해."

그는 그제야 자신과 확신에 찬, 내용에 어울리지 않는 목소리로 즉답했다.

묵묵히 데이터를 입력하고 있는데 다나카가 말을 걸었다.

"할 얘기가 있는데."

다나카는 목소리를 낮추고 말을 이었다.

"조금 조심하는 게 좋을 것 같아."

"네?"

"가케이 씨를 대하는 말투 말이야. 좀 신경이 쓰여서."

“뭐가요?”

　늘 미소를 잃지 않는 남자답게 주의를 줄 때에도 웃음은 잃지 않았다. 마치 웃으며 화를 내는 사람을 연기하는 개그맨처럼.

　“가케이 씨? 가사 도우미 가케이 씨 말이에요?”

　너무 놀라서 저도 모르게 확인하듯 물었다.

　“그래. 일단 마이카 어머니뻘 되는 나이니까 말을 공손하게 하고. ‘빨아 둬요’나 ‘모르겠는데’ 같은 말도 듣기 불편해. 이곳에서는 가케이 씨도, 직원인 우리도, 마이카 같은 아르바이트생들도 모두 평등해. 그런 회사였으면 좋겠어.”

　고유키를 힐끗 보니 그녀 역시 같은 생각인지 심각한 얼굴로 고개를 끄덕이고 있었다. 아까 둘이서 이 이야기를 했던 모양이다.

　평등한 회사인데 왜 당신들은 내 말투를 지적하고 있지? 마이카는 내심 그렇게 생각했다.

　“네.”

　내키진 않았지만 작은 목소리로 대답을 했다.

　납득할 수 없어도 자기보다 나이 많은 사람 말에는 따

르는 게 이 나라의 중요한 규칙임을 잘 알고 있기 때문이었다. 동시에 그것이 이 나라 밖으로 한 발자국만 나가도 통하지 않는다는 사실 역시 잘 알고 있었지만.

그렇지만 마음속에서는 각양각색의 감정들이 피어났다 사라졌다. 단순 작업을 하고 있으니 더욱더 그랬다.

왜 일본인은 이렇게 불행할까.

유카도, 고유키도, 다나카도.

모두 가족이 있고, 직업도 있고 다닐 학교도 있는 데다 돈이 부족한 것도 아닌데.

정말 불행한 건 안젤리카 같은 사람인데.

자기들이 불행하다고 남한테까지 불행의 씨앗을 뿌릴 필요는 없잖아.

참다 참다 감정이 폭발할 것 같아서 화장실에 가는 척 방을 나왔다.

마이카는 차를 가지러 부엌으로 들어갔다.

"기분 나빴어요?"

간 김에 물어봤다.

"뭐가?"

“아까 빨아 줘요, 라고 한 거.”

“갑자기 왜?”

가케이는 물고기처럼 무표정한 눈으로 마이카를 보았다.

“아뇨, 기분 안 나빴으면 됐어요.”

“이상한 애네.”

가케이는 다시 몸을 돌렸다.

드디어 불행해 보이지 않는 사람을 찾았다.

“가케이 씨는 결혼했어요?”

“뭐니, 뜬금없이.”

순간 놀란 표정을 지었지만 가케이는 순순히 대답했다.

“안 했어.”

“애인 있어요?”

“…없는데.”

“아, 지금 잠깐 망설였어. 순간 뜸 들였어. 수상하네… 하하.”

역시 딱딱한 존댓말을 안 쓰는 게 편하게 말할 수 있었다. 다나카가 들으면 또 혼내려나. 마이카는 그렇게 생각하며 말을 이었다.

“너 말이지.”

가케이는 땅이 꺼져라 한숨을 내쉬었다.

"얼굴은 할리우드 배우 같은데 하는 말이나 말투는 영락없는 일본인이네."

"일본인이거든요. 그보다 지금 왜 멈칫했어요? 말 돌리지 말고요. 남자 있죠?"

"없어."

"아이는요?"

"없는데."

"그럼 혼자 살아요?"

"…그렇지."

"아, 또 뜸 들였어."

"넌? 남자 친구 있니?"

"없어요."

"단번에 대답하네."

"그런 걸 뭣 하러 거짓말해요. 그럴 시간도 없고. 학교 다니고 아르바이트하느라 바빠요."

"너 좋다는 남자 많을 거 아냐."

"그렇죠, 아까도 이상한 남자가 말 걸었어요. 유튜버라나."

마이카는 아까 일을 떠올리고 주머니에서 구겨진 명함을 꺼내 쓰레기통에 버렸다.

"어머, 아까워라."

"어차피 돈도 못 벌면서 유튜버입네, 하는 거겠죠. 그런 응석받이들 진짜 싫어요."

가케이는 몸을 돌려 다시 냄비를 보았다. 마이카는 그녀의 어깨 너머로 냄비를 바라보았다.

가케이는 꽤 키가 컸다. 마이카는 그보다 머리 절반쯤 더 컸다. 아마 가케이의 키는 안젤리카와 비슷할 것이다. 불현듯 그리움이 차올랐다.

마이카는 가케이의 뒷모습이 보이는 부엌 식탁에 앉았다.

"사장님이 그러더라고요."

"뭐라고?"

마이카는 한동안 망설인 끝에 말문을 열었다.

"가케이 씨를… 평등하게 대하지 않는다고."

"뭐?"

가케이는 놀라서 뒤돌아봤다.

"내 말투가 적절하지 않대요. 가케이 씨한테 명령하

면 안 된다고요. 난 그냥…"

"난 그런 거…"

"일단 들어 봐요."

마이카는 가케이의 말을 끊고 이어서 말했다.

"우리 할머니도 '메이드'였어요. 싱가포르에서 일하며 가족에게 돈을 보내 엄마랑 이모들을 키웠죠. 한 달에 2~3만 엔밖에 못 벌었으면서 그걸 열심히 모아서 고향에 돌아와 식당을 열었어요. 허리가 안 좋아져서 지금은 닫았지만"

오랜 중노동으로 할머니의 허리가 안 좋아졌을 때, 안젤리카는 딸을 돌보느라 바빴고, 그 남편은 식당에서 일하고 싶지 않다고 해서 문을 닫을 수밖에 없었다.

마이카는 언젠가 그 식당도 다시 열고 싶었다.

"할아버지 이야기는 들어 본 적 없어요. 한 번도. 엄마랑 이모들의 아버지가 같은지도 모르겠고요. 격세유전이라는 얘기를 듣고 모른다고 했던 건, 정말 몰라서 그런 거예요. 퉁명스럽게 들렸을지도 모르겠지만"

가케이는 다시 냄비를 보고 있었다. 하지만 뒷모습을 보니 지금 마이카가 하는 이야기를 듣고 있다는 걸 알 수 있었다.

"그러니까 내가 가케이 씨를 무시할 리 없다는 거예요. 할머니를 진심으로 존경하거든요. 나도 돈을 많이 벌어서 가족들과 안젤리카를 더 행복하게 해 주고 싶어요. 하지만 가케이 씨가 기분 나빴다면…"

가케이는 아무 대답도 하지 않았다.

"정말 그러려던 게…"

"…우선 이것부터 먹어 봐."

가케이는 둥글고 작은 접시를 내밀었다.

접시 위에는 작디작은 햄버거가 놓여 있었다.

"이게 뭐예요?"

"오늘 슈퍼에 갔더니 파스코(일본의 빵 브랜드-옮긴이) 롤빵이 마감 세일로 반값이더라고. 있는 거 다 집어 와서 햄버거 만들어 봤어."

자그마한 패티에 아보카도, 토마토까지 끼워져 있었다.

"먹어 봐. 맛보고 어떤지 말해 줘."

마이카는 저도 모르게 슬그머니 눈을 올려 뜨며 가케이를 보았다.

"얼른."

가케이는 접시를 쓱 밀었다.

"그럼 잘 먹겠습니다."

마이카는 그 작은 햄버거를 집어 들었다.

"아, 맛있다."

필리핀 사람들은 그릴 요리를 좋아해서 집에서도 바비큐를 가끔 해 먹지만, 그보다 훨씬 맛있었다.

"이것도 먹어."

가케이는 머그잔에 스프를 담아 테이블에 올려놓았다.

마이카는 그걸 한 모금 마셨다.

따끈따끈하다. 채소의 감칠맛이 입안에 퍼졌다.

하아, 배 속 깊은 곳에서부터 감탄의 숨이 흘러나왔다.

"그치?"

아무 말도 안 했는데 가케이는 의기양양한 얼굴로 끄덕였다.

"시금치를 푹 고아서 만든 스프야."

"시금치를?"

"뿌리까지 다 넣었어. 육수는 따로 안 넣고. 소금하고 참기름으로만 간을 했지. 야채에서 나온 육수로 충분히 맛있거든."

마이카는 머그잔을 들여다보았다.

"그렇게 만들어도 이렇게 맛있구나."

듬뿍 들어간 짙은 초록색 잎을 보고 있으려니 어릴 적 필리핀에서 본 애니메이션이 떠올랐다.

할머니 식당에 있는 TV에서는 외국 애니메이션이나 드라마가 종일 흘러나오곤 했다. 안젤리카와 마이카는 시금치를 먹으면 힘이 솟는 주인공의 이야기를 제일 좋아했다. 그만큼은 아니더라도 이 스프를 먹으니 몸이 따뜻해지면서 기운이 솟는 것 같았다.

"한겨울에 파르페 같은 찬 걸 먹으니 얼굴에 그렇게 불만이 가득하지."

할리우드 얼굴 아깝게 말이야, 가케이는 그렇게 중얼거렸다.

"내 얼굴이 불만스러워 보였어요?"

"불만스럽지, 말도 못하게. 세상 불행은 다 짊어진 것 같은 표정이야."

뜻밖이었다. 불행한 척하는 사람을 내심 비웃고 있었는데.

사실은 안젤리카를 위한다던 것도 아니었으려나.

안젤리카를 핑계 삼아 제 불만을 누군가가 알아줬으면 했던 건지도 모른다.

하지만 내 불만이란 게 뭘까. 마이카는 새삼 그런 생각을 했다.

"이거, 맛있어요. 패티가 햄버거 전문점에서 파는 그 맛인데."

"어렵지 않아. 소고기 간 걸 사서 그대로 아무것도 안 넣고 뭉쳐서 후추 넣고 구우면 돼."

"아무것도 안 넣는다고요? 정말?"

"돼지고기를 섞거나, 양파나 빵가루를 넣으면 잘 익혀야 하니까 딱딱해지지. 백 퍼센트 소고기면 겉면만 노릇하게 구우면 되고, 육즙도 즐길 수 있으니까."

소고기가 비싸니까 많이는 못 먹지만. 가케이는 그렇게 말하며 웃었다.

"오늘 소고기 햄버거는 한 사람당 하나씩. 나머지는 닭고기 데리야끼 버거야. 마요네즈하고 양상추 넣어서."

가케이는 큰 그릇을 꺼내 햄버거를 담았다.

"좋은 빵이라 뭘 넣어도 맛있지."

"피클도 들어 있네요."

마이카는 입에 넣으려던 햄버거를 자세히 보았다.

"그건 오이 저민 걸로 만든 피클 비슷한 거야."

"와."

"넌 열심히 잘 살고 있어. 그래도 때로는 좀 쉬어. 부지런 그만 떨고 어린애로 돌아가."

어린애?

내가 어린애였던 적이 있었나. 마이카는 고개를 갸웃했다.

필리핀에서 지낸 몇 년뿐이었다. 일본에 돌아온 뒤로는 줄곧 어머니를 도와야 한다고 생각했다. 중학교를 졸업하고부터는 필리핀에 있는 친척들도 도왔다.

"마이카 넌 열심히 살고 있어."

고개를 들자 다나카와 고유키가 부엌을 들여다보고 있었다. 둘 다 걱정스러운 표정으로.

"맞아, 열심히 살고 있어. 평일에는 수업 끝나면 바로 여기로 출근하고, 휴일에는 모델 아르바이트하잖아."

고유키도 고개를 끄덕였다.

"다들 알고 있어."

"이거 봐, 다른 사람들도 그러잖아."

가케이는 고개를 끄덕였다.

그랬구나. 사실은 인정받고 싶었던 건가. 쉬고 싶었던 건가.

다나카가 머뭇거리며 말했다.

"···그리고 우리도 햄버거 먹고 싶은데요."

가케이가 하드보일드한 낮은 목소리로 말했다.

"여기 있어."

"신난다."

미니 햄버거 그릇을 놓고 머그잔에 스프를 담았다. 그 소리를 듣고 모모타도 방에서 나왔다.

"원래 야식용으로 만든 건데."

"저녁은 뭐예요?"

"당근 세 개 다져서 지은 밥으로 주먹밥을 만들었어. 계란말이랑 건더기 많이 넣은 겐친지루(두부를 짜서 수분을 빼 참기름으로 튀긴 후에 우엉, 당근, 무, 표고버섯 등을 튀겨 양념국으로 끓인 다음 채소의 맛이 우러나오면 간장으로 맛을 낸 맑은 국−옮긴이)도."

"그것도 맛있겠다."

"그걸 야식으로 먹어야겠네."

부엌에 서서 냄비를 들여다본 다나카가 말했다.

"이거, 겐친지루라기보다는 야채 조림 같은데요?"

"그래서 건더기 많이 넣은 겐친지루라고 했잖아."

"이게 건더기 많은 수준이에요?"

하하하하, 모두 웃음을 터뜨렸다.

가케이가 시금치 스프를 인원수대로 돌린 뒤에 식사가 시작됐다.

"야채 조림으로 착각할 만큼 건더기를 듬뿍 넣은 국물이라…. 역시 가케이 씨 요리는 집밥에 가까워요."

"맞아. 나도 모르게 야채를 엄청 먹고 있다니까."

"하지만 집밥보다는 좀 세련됐어."

"그건 그래."

두런두런 이야기를 나누는데 어디선가 작게 크리스마스 노래가 흘러나왔다.

음? 마이카는 고개를 들어 두리번거렸다. 소리는 가케이가 든 스마트폰에서 나오고 있었다.

"가케이 씨가 크리스마스 캐럴이라니, 뭔가 의외에요."

"아, 〈라스트 크리스마스〉네. Wham!의."

"편곡한 곡이네. 누가 커버한 거예요?"

모두의 질문에 대답하지 않고 스마트폰을 뚫어져라 바라보며 리듬을 타던 가케이가 "좋네" 하고 중얼거렸다.

"뭐가요?"

"이 친구 괜찮은 것 같아. 얼굴도 귀엽고."

가케이는 모두가 볼 수 있도록 화면을 옆으로 돌려 내밀었다. 화면에 비친 유튜브 속 젊은 남자는 열심히 노래를 부르고 있었다.

"〈라스트 크리스마스〉를 비틀스 스타일로 불러 봤다, 래."

"연주도 혼자서 하는 거예요? 실력 좋다."

모모타가 호기심 어린 얼굴로 화면을 들여다봤다.

"내 취향이야."

"노래에 연주, 퍼커션까지 혼자서 다 하고 나서 합친 거래. 링고 스타의 드럼 스타일을 잘 따라했네."

"어?"

마이카는 동영상을 뚫어져라 들여다보았다.

"이 사람, 어? 잠깐만!"

마이카가 황급히 자리에서 일어나 스마트폰을 뺏으려

했지만 가케이가 몸을 홱 피했다. 화면 속 남자는 분명히 아까 신오쿠보역 앞에서 만난 사람이었다.

"아까 나한테 명함 준 사람인데! 아까 만난 헌팅 남"

"그래. 쓰레기통에 있더라."

"뭐예요, 정말. 남의 걸."

"버린 시점에서 소유권을 포기한 거니까 내가 어떻게 쓰든 내 맘이지."

"괜찮은 청년이네요."

다나카가 웬일로 즐거운 표정으로 히죽거렸다.

"정말, 노래도 잘하고."

"뮤지션이랍시고 겉멋만 든 사람은 아닌 것 같아. 성실해 보이는데?"

고유키까지 가세했다.

가케이가 깨끗하게 편 명함을 마이카에게 건넸다.

"노래만 들어 봐도 얼마나 열심히 하는지 알겠어. 한번 연락해 봐도 좋지 않을까?"

"제가 알아서 할게요."

그렇게 말하며 마이카는 명함을 낚아챘지만, 버리지 않고 주머니에 넣었다. 알고 있었다. 그의 독특한 억양의 영어는 영국 시골 방언이라는 걸. 비틀스 흉내를 너무 열심히 내서 리버풀 방언까지 옮은 것이다.

"이제 퇴근해야겠네."

가케이는 서둘러 머플러를 두르고 코트를 입었다. 늘 눈 깜짝할 사이에 돌아갈 채비를 하는 그녀였다.

"오늘도 감사했습니다!"

"맛있었어요."

가케이는 시합에 이겨 인터뷰하는 야구 선수처럼 손을 올렸다.

그때였다.

띵동.

초인종이 울렸다.

"아."

모두가 돌아봤다.

"제가 나갈게요."

명함을 가지고 옥신각신하던 게 창피했던지라 마이카가 벌떡 일어났다.

현관 도어스코프로 밖을 내다보니 젊은 여자가 서 있었다. 캐주얼한 다운코트에 니트 모자를 쓰고 있었다.

분위기가 학생 같았다. 네, 하고 대답하며 문을 열었다.

여자는 꾸벅 고개를 숙였다.

"아, 저는 가키에다 하야오의 동생인 가키에다 마이라고 해요. 여기가 그랜마 사무실인가요?"

"네?"

"저기⋯ 오빠 일로 여쭤보고 싶은 게 있어서요."

여자를 현관에 세워 두고 마이카는 부엌으로 돌아갔다.

"저기요, 가키에다 하야오 씨의 동생이라는 분이 오셨는데요."

문을 열며 말했다.

그때 마이카의 눈에 들어온 건, 짐을 챙기는 가케이를 제외한 모든 사람들이 눈을 부릅뜨고 굳어 버린 모습이었다. 정말이지 우스울 정도로 다 같이 굳어 버렸다.

그 표정도, 동작도 모두 가족처럼 비슷했다.

그렇구나. 다나카가 말했던 '동료'란 바로 이런 걸지도 몰라. 마이카는 머리 한구석에서 그런 생각을 했다.

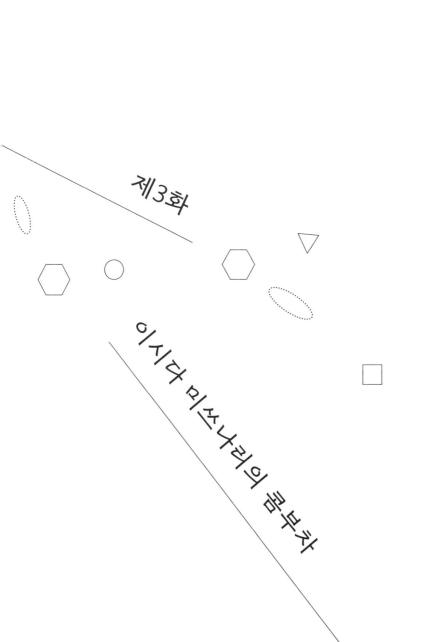

제3화

이시다 미쓰나리의 꿈부자

왜 인생은 늘 이렇게 쉬울까.

이타미 다이고는 롯폰기 거리를 걸으며 새삼 그런 생각을 했다.

"꼭 우리 회사에 와 줬으면 해."

롯폰기에 자리한 IT 기업의 최종 사장 면접을 보고 오는 길이었다. 상대는 언론에도 자주 얼굴을 비추는 유명한 경영자였다. 진짜인지 의심스러울 정도로 커다란 눈동자. 그 눈으로 빤히 바라볼 때에는 마치 사냥꾼 앞의 작은 동물이 된 기분이었는데, 그 느낌을 솔직하게 털어놓자 사장은 파안대소했다.

"역시 내 인상이 별로인가."

그는 뺨을 문지르며 물었다.

"눈이 너무 커서 무섭다, 마음속을 들여다보는 것 같다, 그런 말 자주 듣거든."

"아뇨, 그런 뜻으로 드린 말씀은 아니고요."

이타미는 저도 모르게 손사래를 치며 부정했다. 실제로 그의 외모는 수려하다고 표현해도 좋을 정도였다.

"좀 긴장했나 봅니다. 얼굴 문제가 아니라, 역시 사장님이 지금까지 해 오신 일들을 알고 있으니까요."

진심에서 우러나온 말이었다. 그것이 통했는지, 그 후의 면접은 물 흐르듯 진행됐다.

고향은 어디냐, 대학 시절은 어땠느냐, 뭘 좋아하고 뭘 싫어하는가, 지금 대학 동창들과 창업한 회사에서는 무슨 일을 하는가…. 그런 이야기를 하는 동안 이타미는 면접이라기보다는 편한 형에게 인생 상담을 하듯 편안하고 즐거운 시간을 보냈다.

역시 자수성가로 회사를 키운 사람은 달라. 이타미는 감탄하며 아까 일을 떠올렸다.

다른 사람들이 왜 그렇게 취직이나 영업에 고전하는지 이타미는 이해할 수가 없었다. 다들 좀 편하게 생각하면 좋을 텐데. 긴장하고 있다면 그걸 솔직하게 인정하고, 불안하다면 도움을 청하면 된다. 내가 먼저 마음을 열지 않는데 상대가 마음을 열어 줄까. 그래도 안 되면, 그건 그냥 안 되는 거다. 긴장한 채로 조심스레 이야기를 꺼내도 안 될 때는 안 된다. 만에 하나 입사한다 하더라도 즐거울 리 없다.

나와 맞는 사람하고만 지내면 된다. 이타미는 그렇게 생각했고, 지금까지 그렇게 살아왔다. 일이 잘 풀린 경우와 풀리지 않은 경우의 비율은 반반이었지만, 영업이든 면접이든 그 정도 성공률이면 충분했다.

사장은 그랜마에 대한 이야기도 열심히 들어 주었다.

"좋은 회사네. 인수하고 싶을 정도로."

순간 이쪽을 쳐다본 눈동자가 날카로운 빛을 발해서, 농담인 척 던지는 듯 보여도 진심이라는 걸 알 수 있었다.

"영광입니다"

"그런데 '지금부터'라는 느낌 아닌가? 지금까지 해 온 노력이 겨우 보상받으려는 시점에 왜 이직을 하려는 거지?"

이타미의 대답은 그날 그가 한 유일한 거짓말이었다.

"회사도 궤도에 올랐으니 이제 충분한 것 같아서요."

시선을 슬쩍 피한 걸 알아채지 못하도록 머리를 긁적였다.

"혹시 잘 질리는 성격인가?"

"아뇨. 중고등학교 때도, 대학에서도 동아리 활동을 중간에 그만둔 적은 없으니 그런 건 아닙니다. 그냥 다른 자리에서 도전해 보고 싶고, 큰물에서 놀아 보고 싶다는 생각이 들었습니다. 이제 서른이고 하니 한 단계를 마무리할 때도 됐다 싶어서요.”

“레이와의 첫해고 말이야.”

사장은 맞장구를 치며 웃었다. 하지만 다음 순간, 그는 웃음기를 거두며 말을 이었다.

“난 자네가 우리 회사에 와 줬으면 좋겠어. 하지만 정말 이직할 생각이 있는 건가? 막판에 와서 망설이는 것 같은데?”

정곡을 찔려서 순간적으로 말문이 막혔다. 딱 하나뿐인 거짓말을 전부 꿰뚫어 보는 것 같았다.

“본인이 말하는 것보다, 아니, 생각하는 것보다 자네는 훨씬 그랜마에 애착을 갖고 있고 소중히 여기고 있어. 그게 자네 발목을 잡고 있는 거 아닌가?”

“아뇨, 그런 건 아닌데…”

부정하긴 했지만 목소리는 한없이 작아졌다.

정말 관두고 싶으면 연락하게. 그렇게 말하며 사장은 비서의 명함을 건넸다.

갖가지 일들을 그럭저럭해 온 이타미도 그랜마 초기에 영업을 뛸 때는 고전했다.

무엇보다 의사와 약속 한번 잡기가 그렇게 힘들었다.

처음에는 전통적인 방법으로 전화번호부를 뒤져 의원이며 클리닉의 번호를 찾아 직접 전화를 걸었지만, 당연히 문전박대당했다. 다나카, 이타미, 고유키, 셋이서 종일 전화를 걸어서 한 건 약속을 잡으면 다행이었다(당시에도 모모는 회사 홈페이지와 초기 시스템을 만들고 있었다).

그렇게 어렵게 잡은 한 건의 약속도 병원을 찾아 본격적인 설명을 시작하려는 참에 "아, 시간이 없어서요" 하고 쫓겨나기 일쑤였다.

물론 "그럼 다음에는 언제쯤 시간이 나실까요?" 하고 애원해도 "나중에 연락드리겠습니다"라는 말뿐, 그걸로 끝이었다.

어느 정도 고전할 것이라 예상은 했다. 어떻게든 버텨보자, 무슨 짓을 해서라도 계약을 따내자고 했던 동료들도 조금씩 피폐해져 갔다.

젊었고 나름대로 각오도 되어 있었지만, 고작 한 달 만에 고유키가 약한 소리를 했다.

"뭔가 눈이 침침해."

저녁이면 고유키는 그렇게 말했다. 당시 그랜마는 다

나카의 자취방에서 식탁이며 고타쓰에 둘러앉아 일을 하고는 했다.

"그야 조그만 숫자를 계속 보고 있으니까 그렇지."

이타미가 위로하듯 말하자 고유키는 고개를 저었다.

"그런 느낌이 아니라… 뭐라고 해야 하지." 고유키가 눈을 감고 말을 이었다. "속이 울렁거려서 전화번호부에 토해 버리고 싶은 기분?"

모두가 힘없이 웃었다. 같은 마음이었기 때문이다.

"그리고 귀. 집에 가도 귓속에서 계속 소리가 나. '따르르르릉, 따르르르릉' 하고 통화 연결음이 울려."

다나카는 말없이 일어나 부엌에서 콤부차를 타서 돌아왔다.

"이제 안 될 것 같아, 앗 뜨거."

콤부차를 후후 불며 고유키가 말했다. 뜨거운 걸 잘 못 먹는 이타미는 입도 대지 않았다. 콤부차는 왜 늘 이렇게 뜨거운 걸까, 그런 생각이 들었다.

"무슨 뜻이야?"

고유키는 찻잔을 들여다보며 곱씹듯 말했다.

"획기적인 시스템이라고 생각하고, 건강보험 재정에

도 도움이 돼. 하지만 결국 의사가 득을 보는 게 없잖아. 의사 입장에선 검사료와 초기 진료비를 받기 힘들어지는 거잖아. 그런 주제에 늘 개인 정보 유출 위험을 안고 있고. 거기다 돈도 들지. 초기 비용이 엄청나니까. 그걸 우리 같은 사회 초년생한테 맡기다니… 내가 의사라도 안 할 것 같아.”

그날 가키에다는 자리에 없었다. 날마다 끈질기게 전화를 거는 작업을 그가 좋아할 리 없었고, 그날도 뭔가 핑계를 대고 사라졌다. 실제로 전화기 앞에 붙들어 두는 것보다 밖에서 나돌게 하는 게 훨씬 효과적이기도 했다.

그렇기 때문에 모두 속내를 털어놓을 수 있었던 건지도 모른다. 가키에다에게 홀려 여기까지 왔지만 사실은 불가능한 게 아닐까, 하고 정신을 차린 것이다.

문득 고개를 돌리니 뭔가를 열심히 쓰는 다나카의 모습이 보였다.

“뭐 해?”

다나카가 고개를 들었다.

“그럼 뭐가 좋을까?”

“어?”

"이 시스템의 장점이랄까, 목적은 뭘까?"

다나카가 쓰고 있던 걸 내밀었다. 고유키의 말을 항목별로 적고 있었다.

　　　< × >

　　　· 수입 감소

　　　· 개인 정보 유출 위험성

　　　· 초기 비용

　　　· 우리를 믿을 수 있는가?

"이 ×는 뭐야?"

"이건 의사 입장에서 본 그랜마 시스템의 마이너스 요소."

"그렇군."

"그럼 플러스 요소는?"

"…없네."

모모가 작게 중얼거렸다.

"아무것도 없어. 환자 입장에서는 장점이 많지만."

"그거야, 그거! 왜 지금까지 몰랐지?"

다나카가 의자에서 벌떡 일어나 손으로 머리를 쳤다. 그가 이토록 감정을 드러내는 일은 거의 없었다.

"그걸로 가자."

"무슨 소리야?"

"일단 환자 중시 시점으로 영업을 하자. 이건 '환자 분들을 위한 일입니다' '환자 분들에게 플러스가 됩니다' '환자 분들의 부담이 크게 줄어듭니다'. 그 얘기를 계속하는 거야. 싫어하거나, 얘기를 중단하거나, 거절하면 어쩔 수 없지. 정 안 되면 이 나라에는 환자를 생각하는 의사가 없다, 그렇게 생각하고 포기하지 뭐. 하지만 분명 환자를 최우선으로 생각하는 의사도 어딘가에–"

"어딘가에 있을 거야. 분명히."

이타미는 무심코 다나카의 말을 받았다.

"절대로, 분명히."

진심이었다. 빈말이나 위로가 아니라.

늘 희미하게 웃고 있던 다나카가 진지한 표정으로 이타미를 껴안았다. 이타미는 당황해하면서도 다나카의 어깨를 두드렸다.

"그걸로 가자. 그래도 안 되면 깔끔하게 포기할 수 있을 것 같아. 그런 예감이 들어.”

“알았어.”

“해 보자.”

고유키와 모모도 고개를 끄덕였다.

지금 돌이켜보니 알겠다. 그때는 다나카도 확신을 잃고 불안했던 것이다. 그래서 동의해 준 자신이 고마웠던 거겠지.

다나카는 그 말을 크게 적어서 벽에 붙였다.

· 환자를 위한 일입니다.

· 환자에게 이득이 됩니다.

· 환자의 부담이 크게 줄어듭니다.

“벽에 부딪치면 이걸 보는 거야.”

그날이 터닝 포인트였다.

다나카가 고육지책으로 짜낸 방법이 뜻밖에도 효과를 발휘했다. ‘환자를 위해서’라는데 단칼에 거절할 의사는 없었다. 건들건들 진중하지 못한 의사도, 거만한 태도로 사람을 내려다보는 듯한 의사도, 그때만큼은 조금 진지해진다. 최종적으로 계약까지 가지 못해도 약속을 잡게 해 주거나 이야기만큼은 끝까지 들어 주었다.

물론 첫 계약을 따낼 때까지는 그로부터 몇 달이 걸렸고, 처음으로 큰 거래처 '하세가와 클리닉'과 계약하기까지는 1년 이상의 시간이 필요했다.

그동안 서로의 인맥, 가족과 친척, 부모님의 지인 등을 통해 의사를 소개받거나, 만나서 이야기를 했다.

가키에다는 젊은 기업가들이 모이는 긴자나 롯폰기의 바를 알아내 다나카와 이타미를 데리고 밤마다 출근 도장을 찍었다. 그곳에 모인 사람들과 친분을 쌓아 일 이야기를 하거나 젊은 의사를 소개받았다.

그렇게 아주 조금씩이지만 그랜마는 고객을 늘려 갔다.

새로운 일을 해 보고 싶다고 한 건, 반은 진심이었지만 반은 거짓말이었다.

진짜 이유는 약혼자인 고토 아이나의 부모님이 '결혼할 거면 조금 더 큰 기업으로 옮긴 뒤에'라며 난색을 표했기 때문이었다.

아니, 실제로 그녀의 부모님이 그렇게 말했는지는 모

르겠다. 직접 들은 게 아니니까. 아이나에게서는 그저 '부모님이 반대한다'고만 들었다. 어쩌면 아이나의 바람이 반영되었는지도 모른다.

"엄마도, 아빠도, 다이 됨됨이는 참 마음에 든대."

아이나는 다이고를 '다이'라는 애칭으로 불렀다.

"정말 번듯한 청년이라고 했어. 하지만 그래서 아깝다는 거야. 더 큰물에서 놀아야 하는 사람이니까. 다행히도 요즘은 어디든 사람이 귀하잖아."

그녀는 아키타 출신이었다. 부모님이 도쿄에 왔을 때 같이 식사하며 서로 인사는 했다. 흰 피부에 이목구비가 또렷한, 아키타 미인이라는 말이 잘 어울리는 아이나의 부모님답게 단정한 부부였다. 그녀의 아버지는 아키타의 지방은행 임원이었다.

요즘 같으면 그랜마보다 지방은행이 더 위험하지 않나? 속으로는 그런 생각을 했지만, 당연히 입 밖으로 내지는 않았다. 설령 은행이 망하더라도 충분히 빠져나올 수 있는 나이기도 했다.

그렇다고는 해도 역시 아이나한테 푹 빠진 모양이다. 말이 나오기가 무섭게 제약 회사, 보험 회사, 그리고 IT

회사와 면접을 보고 채용 연락을 받았다.

이제 어떡할까….

사실 내심 그랜마는 이제 나 없이도 잘 돌아갈 것 같아서 조금 마음이 떠난 것도 사실이었다.

아이나는 의외로 그런 점을 잘 꿰뚫어 봤다.

말은 안 해도 맛집과 명품, '엄마처럼 귀여운 아내가 되는 것'만을 꿈꾸는 여자가 아니다. 그걸 알기 때문에 약혼까지 한 것이다.

그녀가 '대기업'을 원한다면, 어쩌면 그게 정답일지도 모른다.

취직을 결심한 8년 전에 다양한 기업들을 전부 마다하고 친구들과 그랜마를 창업한 건, 제 인생이 너무 잘 풀리는 게 아닌가 걱정이 되어서였다.

한 번쯤은 냉혹한 환경을 겪어 보는 게 어떨까 생각했다. 자신이 그런 환경에서도 잘 해낼 수 있는 사람인지 알고 싶었다.

하지만 창업 역시 성공했다.

솔직히 이제는 새 회사에 들어가 하나부터 다시 시작하고 사람들과 관계를 맺는 게 훨씬 위험부담이 클 것 같았다. 하물며 능력주의에 사원들 간의 경쟁이 치열한 유명 IT 기업이라면 말할 것도 없었다.

대체 내 자리는 어디일까. 이타미는 속으로 이런저런 생각을 했다.

하지만 그런 갈등을 더욱 헤집어 놓은 게 어젯밤 찾아온 가키에다의 동생이었다.

"오빠와 닮은 남자를 봤다는 사람이 있어요."

가키에다의 동생은 어깨 길이 정도 되는 부드러운 갈색 머리에 컬을 넣은 스타일을 하고 있었다. 캐주얼한 다운재킷과 청바지 차림이었지만 여성스러움이 느껴지는 외모였다.

그녀는 겉옷을 벗을 시간조차 아깝다는 양 자리에 앉자마자 말했다.

"네?"

고유키는 반쯤 일어나 있었다.

무리도 아니지. 이타미는 고유키의 모습을 떠올렸다.

고유키와 가키에다 사이에 무슨 일이 있었던 게 아닐까. 전부터 의심하긴 했다. 다나카 다음으로 가키에다와 가장 자주 이야기를 나누던 사람은 고유키였으니까.

친구끼리 연애를 하든 말든 상관없었다. 이타미는 그런 건 전혀 신경 쓰지 않는 성격이었고, 사귀다 결혼이라도 하면 좋겠다고 생각했다. 부부의 집은 모두의 아지트가 될 테니까.

하지만 그럴듯한 분위기만 풍겼지, 두 사람은 절대로 인정하지 않았다. 가키에다 같은 남자가 고유키를 선택할 것 같지도 않았다.

가키에다는 고유키보다 훨씬 알기 쉬운, 여자다운 여자를 좋아했다. 꼭 그날 처음 만난 가키에다의 동생이라는 여자처럼.

실제로 가키에다는 여자에게 인기가 많았다. 재학 중에는 이 여자, 저 여자 가리지 않고 다양하게 만나고 다녔다.

확실한 건 고유키가 가키에다를 좋아한다는 사실이었다.

늘 시선은 가키에다를 좇고 있었고, "둘이 친하더라?"라는 소리라도 들으면 새빨개져서 아니라며 손사래를 쳤다.

최악인 건, 두 사람 사이에 한 번쯤은 관계가 있었을 텐데도 그대로 사귀지도 않고 아무 일도 없었던 것처럼 구는 점이었다. 이대로라면 혼자서 끙끙 앓는 성격의 고유키가 언젠가 폭발할지도 모르겠다는 생각이 절로 들었다.

내심 그런 걱정을 했지만, 그런 걱정이 현실이 되기 전에 가키에다가 먼저 사라졌다. 어느 날 갑자기 모두의 앞에서 자취를 감춘 것이다.

"가키에다를? 어디서?"

동생은 고유키의 반응에 힘을 얻었는지 그쪽을 보며 말했다.

"이모부 동생 분 아들이 도호쿠 쪽에서 컨설팅 회사에 다니는데요."

"음, 그러면…"

모모타가 허공을 보며 중얼거렸다. 머릿속으로 가키에다의 가계도를 그려 보는 것이리라. 그 심정은 이해가 갔다. 이타미도 같은 생각을 했기 때문이다.

"한마디로 이모 조카죠. 저하고는 인척이고요."

"이제 알겠네"

"그 사람이 도호쿠에서 홋카이도의 지자체 컨설팅을 하는데요. 그 왜 지역 발전 사업 같은 거 있잖아요. 그런 걸 기획하는 일을 해요. 그래서 그쪽으로 출장을 갔다가 오빠하고 비슷한 사람을 봤대요.”

“어디서요?”

고유키가 다시 물었다.

“삿포로 교외에 있는 마을 목장에서. ‘가미이무라’라는 곳이래요. 아이누 말로 신이라는 뜻의 카무이에서 따온 이름이라고 하던데.”

가키에다의 동생은 초면인데도 친한 사이에서나 할 법한 잡담을 했다. 오빠 친구라고 생각해 친근감을 느끼는 걸까, 아니면 지금까지 이렇게 굴어도 모두가 받아줬던 걸까. 어쩌면 존댓말이 서툰 건지도 모른다. 나이로 봐서는 그 이유가 제일 클지도 모르겠다.

“공무원의 안내를 받아 여기저기 목장을 둘러봤는데, 거기서 본 젊은 남자가 낯이 익어서 어디서 만난 적 없느냐고 물어봤대요. 그랬더니 아니라고 대답했는데, 다른 데를 둘러보는 동안 점점 기억이 나서 가키에다 하야오라는 걸 알았다나. 목장을 다 둘러본 뒤에 다시 그 장소로 돌아갔는데 그때는 이미 없었고, 마을 사람들한테 물어봤더니 이름도 가키에다가 아니었대요.”

"그게 언제였나요?"

다나카가 정중하게 물었다. 조용한 목소리였지만 옆에 있는 이타미는 그가 긴장하고 있다는 걸 느꼈다.

"그게, 그 사람은 오빠가 사라진 걸 몰라서 그대로 잊어버린 모양인데, 이모가 가족들이 모인 자리에서 사실 하야오가 계속 집에 안 들어온다는 이야기를 꺼냈어요. 그제야 목장에서 만난 사람 이야기를 했나 봐요. 이모는 저희 부모님한테 전화로 이야기해 줬고요. 그 사람이 오빠를 만난 건 재작년 겨울이었어요."

"2년 전이라…"

"이모 조카가 그 마을에 다시 갔을 때, 이미 오빠는 떠난 뒤였대요. 그런 데는 임시로 한철 일하러 오는 사람들이 많아서 원래 다양한 사람들이 모여들었다고는 하는데, 오빠를 닮은 사람은 홀연히 나타나서 반년 동안 머물면서 크라우드 펀딩으로 자금을 모아 문 닫을 위기에 처한 목장을 다시 세우거나, 마을 축제를 부활시키자며 위원회를 만들었대요. 고작 6개월 있었는데 마을을 10년쯤 바꾸어 놓았다고 했어요."

"가키에다가 틀림없어!"

고유키가 비명에 가까운 소리로 말했다.

"그렇죠? 오빠 맞죠? 딱 오빠가 할 법한 일이잖아요."

가키에다의 동생과 고유키는 손을 맞잡고 고개를 끄덕였다.

"마을 사람들한테도 호감을 샀는지, 빈집을 공짜로 빌려줬대요. 다들 갑자기 사라져서 무척 아쉬워하더라고요."

"가키에다 맞는 것 같아. 다들 그렇게 생각하지?"

고유키는 일일이 눈을 맞추며 물었다. 이타미와 모모타가 고개를 끄덕였지만, 다나카는 고개를 갸웃했다.

"실은 지금 부모님이 그 마을을 찾아갔어요. 저는 학교 때문에 못 갔는데, 그랜마에 가서 이 이야기를 하고 뭔가 짚이는 게 없는지 물어봐 달라고 해서 온 거예요."

"부모님은 뭔가 알아내신 건가요?"

"아뇨."

그녀는 슬픈 얼굴로 고개를 저었다.

"유감이지만 이모 조카 분이 들은 것 이상의 이야기는 듣지 못했대요. 하지만 알아낸 게 하나 있어요."

"그게 뭔가요?"

"오빠를 닮은 사람이 자기 이름을 '다나카 겐타로'라고 했대요."

모두의 시선이 다나카에게 쏠렸다. 가키에다의 동생은 그를 바라보며 말했다.

"그러니까 분명 오빠일 거예요."

거기까지 말하고 나서 그녀는 전원이 나간 것처럼 입을 다물더니 두 손으로 얼굴을 가리고 울음을 터뜨렸다.

"전 절대로 오빠 포기 못해요! 오빠 사진도 늘 가지고 다녀요."

그녀는 가방에서 스마트폰을 꺼내 내밀었다. 화면 속에는 가키에다와 동생이 나란히 서 있었다. 명절에 찍은 사진인지 동생은 기모노 차림이었다. 부유하고 행복해 보이는 아름다운 남매.

처음에는 아무도 손을 내밀지 않았다. 하지만 이내 그러면 안 된다고 생각했는지 고유키가 스마트폰을 받았다.

"멋진 사진이네요."

작게 중얼거리고 다나카에게 건넸다. 다나카는 이타미에게, 이타미는 모모타에게 건넸고 모모타는 조금 망설이다 가케이에게 넘겼다.

아니, 그걸 가케이 씨한테 왜 보여 줘. 이타미는 그렇게 생각했지만 가케이는 사진을 뚫어져라 쳐다보았다. 그녀는 그 사진을 마이카에게는 보여 주지 않고 가키에다의 동생이 울음을 그칠 때까지 스마트폰을 꼭 쥐고 있었다.

　가키에다의 동생은 고유키가 역까지 바래다주기로 했다.

　오늘 처음 만난 사이인데도 두 사람은 친구처럼 나란히 나갔다.

　"아, 가케이 씨는 그만 퇴근하셔도 돼요. 마이카도."

　다나카가 웃는 낯으로 말했다.

　"마이카, 오늘 치 야근 수당은 달아 놓을게. 가케이 씨는…."

　"원래 퇴근하려던 참이었네요."

　가케이는 서둘러 나갔다. 표정이 떨떠름해 보이는 건 기분이 나빠서가 아니라 방금 전, 고용주의 해프닝을 의도치 않게 훔쳐보았기 때문일지도 모른다.

　좋건 나쁘건 나이에 비해 산전수전 다 겪은 마이카는 다나카가 권하자 "감사합니다! 오늘도 수고하셨습니다!” 하고 인사한 뒤 가케이의 뒤를 쫓듯 나갔다.

결국 이타미와 다나카, 모모타까지 셋만 남았다.

“어떻게 된 거지?”

먼저 말문을 연 사람은 모모타였다.

이타미도, 다나카도, 아무 말이 없었다.

“정말 가키에다일까?”

“글쎄.”

이타미가 말했다.

“아닐지도 몰라. 아무도… 정말 가까운 사람은 아무도 가키에다를 못 봤잖아”

하지만 셋 다 서로가 무슨 생각을 하는지 알고 있었다.

아마 가키에다일 것이다. 다나카라는 가명을 쓴 것도 그렇지만, 그게 아니더라도 가키에다라고 확신했을 것이다.

폐쇄적인 시골 마을을 찾아가 불과 반년 만에 10년쯤 마을을 바꿔 놓는다… 그런 일을 할 수 있는 건 가키에다밖에 없다.

“다나카도 흔한 이름이고.”

“그건 그렇지.”

다나카가 뒤늦게 말문을 열었다.

"일본에서 제일 많은 성씨고."

일본에서 제일 많은 성씨가 다나카였나? 사토와 스즈키가 아니고? 이타미는 그런 생각을 했지만 말하지는 않았다.

"아… 나, 가 봐야 할 것 같아."

갑자기 다나카가 일어나며 말했다.

"아니, 집에 가는 게 아니라 약속을 깜빡하고 있었어. 접대 약속이 있었는데."

그러고는 아무도 대답하지 않는 사이에 거실로 들어가 코트와 가방을 가지고 나왔다.

"미안, 고유키한테 잘 좀 말해 줘."

아, 그렇지. 가키에다의 동생을 바래다주러 나간 고유키가 있었지. 이타미는 다나카의 말에 그 사실을 떠올렸다. 그리고 감정이 불안정한 상태의 그녀를 상대해야 한다는 사실을 깨닫고 커다란 돌을 올린 것처럼 어깨가 무거워졌다.

다나카는 고유키에게서 도망치는 거다.

하지만 오히려 이렇게 서로의 속내를 가늠하려는 대

화를 계속하기보다는 널을 뛰는 고유키의 감정을 마주
하며 이야기하는 편이 마음은 편할 것 같았다.

"알았어."

침묵을 지키는 이타미 옆에서 모모타가 단념한 듯 대
답했다.

어젯밤 이타미가 에비스의 맨션으로 돌아왔을 때 아
이나가 기다리고 있었다.

이타미는 아이나가 언제든 드나들 수 있도록 열쇠를
맡겼다.

"왔어?"

저녁을 먹고 돌아간다고 말해 놓아서 오늘 밤에는 오
지 않을 줄 알았는데, 그녀의 얼굴을 보니 그저 기뻤다.

그녀는 가키에다를 모른다.

그리고 벌써 결혼한 것처럼 이타미의 묵직한 가방을
받아 다이닝룸까지 가져가거나, 코트를 벗겨 주기도 했
다. 묵직한 가방을 (아마도 일부러) 펭귄 같은 걸음걸이로
영차 영차 옮기는 뒷모습을 보고 있으면, 그것만으로도
결혼하는 의미가 있다는 생각이 들었다.

"오늘은 어땠어?"

넥타이를 푸는 이타미 옆에서 아이나가 물었다.

"그냥. 평소하고 똑같았지."

퉁명스럽게 들리지 않도록 대답했다.

"좋은 하루였어?"

잠시 생각했다. 그녀가 불안해지지 않을 정도의 시간 동안.

"좋은 하루였어! 아이나는?"

"러브는 말이야."

그녀는 스스로를 '아이(일본어로 사랑을 뜻하는 '愛'는 '아이'라고 발음한다-옮긴이)'나 '러브'라는 삼인칭으로 불렀다. 정말 응석을 부릴 때는 '러브찡'까지 나오기도 한다. 물론 다른 사람과 대화할 때나 일할 때는 평범하게 '나'라고 말한다.

새 귀걸이와 세트인 목걸이를 살지 고민하는 중이라는 아이나의 이야기를 들으며 이타미는 고유키를 떠올렸다.

그녀는 의외로 냉정했다.

고유키가 더 감정적으로 굴었다면 지금 이런 기분이

되지는 않았을 텐데.

"결국 가키에다의 부모님께서 무슨 말이든 해 주실 때까지 기다리는 수밖에 없지, 지금으로서는."

고유키는 스스로를 타이르듯 그렇게 말한 뒤 이야기를 마무리했다.

"그 목걸이, 내가 사 줄까?"

아이나의 이야기가 끝나기를 기다렸다 말문을 열었다. 동료를 생각하며 약혼자의 기분도 맞춰 주는 나, 이런 생각을 하면서.

"정말? 하지만 생일도 아니고 크리스마스는 지났잖아"

"상관없어. 그냥 주고 싶어서 주는 거야. 식사도 그렇고 평소에 잘 챙겨 주잖아"

늦은 밤, 옆에 누운 아이나가 잠들고 나서도 이타미는 잠들지 못했다.

가키에다에 대해 이타미가 기억하는 건 좌우지간 '잠이 없는 남자'라는 것이었다.

대학 시절부터 하루에 5시간도 자지 않았을 것이다.

그뿐만 아니라 뭔가에 관심을 가지면 3시간 아니, 거의 잠을 자지 않을 정도로 몰두했다.

대학 1학년 때, 학교 축제에서 "교내에서 가장 이익을 내는 가게를 만들겠다"며 교내에 동물원(동물은 렌트했다. 이익은 나지 않았지만 큰 화제를 불러일으키며 축제 방문객이 늘어났다)을 만들거나, 느닷없이 〈전국 학생 퀴즈 왕〉에 출전하겠다고 하지 않나, 미스 콘테스트뿐 아니라 남자도 참가할 수 있는 '미스터 콘테스트'를 기획하기도 했다. 그리고 그 모든 기획을 거의 성공시켰다.

평소부터 텐션이 높은 남자였지만, 그럴 때는 더욱 에너지를 내뿜으며 늘 흥분된 상태로 기관총처럼 쉴 새 없이 말을 내뱉으며 끊임없이 아이디어를 쏟아 냈다.

그가 벌이는 일은 기상천외하게 보여도, 결과적으로는 분위기를 띄우고 학교 홍보에도 도움이 됐기 때문에 학교 측에서도 관심 있게 지켜보았다. 그랜마도 그 연장선이었는지 모른다.

창업하고 처음 2~3년은 좋았다.

가키에다는 회사 개요를 만들어 투자자를 모았고 싼값에 사무실을 구했다. 집주인에게 사업 내용을 설명하며 "그런 훌륭한 이념을 가진 회사라면 꼭 돕고 싶다"는 말을 끌어냈다고 한다.

하지만 회사가 궤도에 오르기 시작하자 그가 할 수 있는 일은 없어졌다.

가키에다는 영업도, 사무도, 경리도, IT에도 소질이 없었다. 이타미를 비롯해 모두 말은 안 했지만 뭐든 할 수 있다, 누구보다 뛰어나다 생각했던 그의 능력의 실체를 보고 내심 놀랐다.

이야기를 조금 과장되게 꾸미거나, 분위기를 띄워서 투자를 받는 건 잘했다. 인맥이나 커뮤니케이션 능력을 이용해 영업의 발판을 만드는 것도. 하지만 어째서인지 성실하게 회사를 홍보하는 영업은 못했다. 게다가 좀처럼 이쪽 제안에 응해 주지 않는 영업처를 몇 번이고 찾아가 설득하는 일을 못해서 금방 포기하는 바람에 이타미가 그 뒤처리를 해야 했다. 사무 작업은 처음부터 싫어했고, 프로그래밍은 반드시 큰 버그를 만들고 그냥 내버려 뒀다.

그는 무엇 하나 끝까지 진득하게 해내는 법이 없었다.

그때까지만 해도 이타미는 자신과 가키에다가 의외로 닮은 구석이 있다고 생각했다. 하지만 실제로 같이 일하면서 조금씩 차이점을 깨닫게 되었다.

가키에다가 끝까지 해내는 일은 투자자를 모으는 것이었다. 하지만 사업 확장이 필요하다 해도 언제까지고 투자만 받을 수는 없었다. 그건 결과적으로 회사의 빚이 되니까.

그래서 다나카와 부딪쳤다.

가키에다는 좌우지간 사업을 확장하자고 주장했다. 큰 사무실로 옮기고, 직원도 여럿 고용하자고 했다. 그것이 그의 존재 의미를 증명해 줄 유일한 수단이었다.

지금은 그럴 필요 없다고 몇 번이고 다 같이 가키에다를 설득했다. 겨우 그가 사실을 받아들였을 때에는, 정말 할 일이 아무것도 없었다.

그래도 상관없었다. 이타미도, 다른 친구들도 가키에다가 빈둥거리고 있어도 뭐라 할 생각은 없었다. 그냥 있어 주기만 하면 됐다. 그리고 가끔 큰 거래처가 될 만한 사람을 데려와 준다면 더 바랄 나위 없었겠지만, 그러지 못해도 상관없었다.

모두 가키에다를 좋아했으니까. 그를 필요로 했고 진심으로 아꼈으니까.

머리가 좋고 분위기 메이커지만, 묘하게 허술한 구석이 있고 한번 뭔가에 집중하면 아무것도 안 보이는, 이 그룹의 중심인물이자 정신적 지주.

다나카는 그에게 CEO를 맡기고 좋은 의미의 '장식'으로 존재해 주기를 바랐다. 처음부터 그랬어야 한다고 했다. 모두 그 말에 찬성했다.

하지만 가키에다는 그러겠노라고 말하지 않았다. CEO가 되지 않은 건 그의 마지막 자존심이었다.

가키에다는 술에 의지하게 되었고, 아침부터 밤까지 온갖 술집을 돌며 잔을 비웠다.

술자리에서 만난 사람에게 자기 아이디어를 말하고 인생 상담을 들어 주며 금세 인기인이 되었다. 그리고 아무에게나 술을 샀다.

돈이 떨어지면 다나카를 불렀다.

장소는 대학가의 술집이나 아카바네의 스탠딩 바, 아니면 아카사카나 긴자의 클럽 등 다양했다.

다나카는 취한 가키에다를 택시에 태워 보냈고, 때로는 업어서 회사로 데려오기도 했다.

그럴 때마다 가키에다는 친구들을 비난했다.

걱정하는 고유키를 울렸고, 모모타에게 험한 말을 퍼부었으며, 이타미에게 달려들려고 했다.

그런 상황이 되면 다나카가 그를 또 어딘가로 데려갔다. 집으로 보내거나 다른 술집에 데려가서 잠들 때까지 술을 마시게 하는 것 같았다. 가키에다의 속이 풀릴 때까지 다나카 혼자 그 패악을 다 받아 주는 것 같았다.

조금씩 무언가의 끝이 다가오고 있다는 걸 모두 느끼고 있었다.

어느 날, 이타미가 회사로 출근하자 웬일로 가키에다가 혼자 나와 있었다. 그는 노트북 컴퓨터를 펼쳐 놓고 있었다.

"뭐 해?"

이타미는 그때 본 가키에다의 얼굴을 오랫동안 잊지 못했다.

오랜만에 제정신인 그를 보았다. 고개를 든 가키에다의 눈을. 시원스러운 표정으로 눈을 빛내고 있었다.

"좋은 아이디어가 떠올라서."

그랬다. 모든 건 이 한마디에서 시작됐다.

좋은 아이디어가 떠올라서.

"뭔데?"

"아직 비밀. 하지만 이걸로 일본의 유통과 의료 체계가 모두 달라질 거야."

"우리 회사도 할 수 있는 일이야?"

후후. 진심으로 즐거운 듯 웃으며 그는 고개를 끄덕였다.

그날은 중요한 스케줄이 있어서 이타미는 바로 회사에서 나가야 했다. 가키에다의 이야기를 계속 듣고 싶었는데.

그것이 가키에다와의 마지막 추억이었다.

그날, 회사로 돌아왔을 때 가키에다는 이미 사라지고 없었다. 아무도 그의 모습을 본 사람이 없었다. 그날부터 가키에다는 회사에도, 집에도 돌아오지 않았다.

왜 약속을 취소하고서라도 그의 이야기를 듣지 않았을까.

그런 후회가 줄곧 남아 있었다.

가키에다에 대한 기억은 저마다 모두 달랐다.

신기하게도 고유키는 그와의 괴로운 추억을 죄다 잊어버린 것 같았다. 가키에다 때문에 그렇게 울었어도 다음 날에 "어제는 미안했어. 이제 안 그럴게. 다시는 술

안 마셔"라고 말하면 마치 모든 게 용서되는 듯 보였다.
지금은 좋은 기억밖에 없는 듯했다.

모모타는 평범하게 가키에다 이야기를 한다. "아이디어 덩어리였다" "그때는 좋았지" 등등. 다른 누군가가 가키에다에 대해 이야기해도 부정하지 않았다.

다나카는… 어딘가에 가키에다를 묻어 두고 창업가, 기업가로서의 일면에 대해서만 가끔 형식적으로 필요할 때만 말했다.

그렇다면 자신은 어떤가? 모르겠다. 하지만 가키에다와의 관계를 모두 정확히 기억하는 건 자신뿐이라 생각했다.

"아, 피곤하다"

롯폰기에서 면접을 보고 회사에 도착한 이타미는 다나카 자리가 있는 사무실과 모모타의 IT 방을 둘러봤지만 아무도 없었다. 부엌에서는 가케이가 혼자 테이블에 앉아 턱을 괴고 있었다.

"어, 아무도 없어요?"

"아"

갑자기 말을 걸어서 놀랐는지, 가케이는 꼭 만화에 나

오는 사람처럼 용수철이 튀어 오르듯 벌떡 일어났다.

"아, 미안해요."

정중한 말씨에 이타미는 당황했다.

"제가 죄송하죠. 갑자기 말을 걸어서 놀라셨죠."

"사장님은 어디 큰 병원에 프레젠테이션하러 갔고, 고유키는 거기 따라갔어. 곧 돌아올 것 같은데… 모모타는 웬일로 유급휴가 냈어. 산에 간다나. 아르바이트 학생들은 아무도 안 왔고."

"아하. 그런데 모모타는 산에 간다는 말보단 등산이나 트레킹이라는 말을 좋아하더라고요."

어느샌가 가케이는 회사 비서나 게시판 같은 존재가 되어 있었다. 모두 그녀에게 일정이나 업무 내용을 말해서인지 회사 돌아가는 사정을 제일 잘 아는 사람이 되었다.

"아, 피곤해 죽겠네."

이타미가 머플러를 벗으며 말하자 가케이는 "차 한잔 마실래?"라고 물었다.

"한잔 주실래요?"

"당연하지. 커피? 차?"

"아무거나 좋아요. 아, 콤부차 있어요?"

가케이는 찻주전자에 뜨거운 물을 붓고 바로 콤부차를 꺼냈다.

"감사합니다."

한 모금 마시자 아, 하는 소리가 절로 나왔다. 지치고 차가운 몸에 배어드는 콤부차는 정말이지 끝내줬다.

이타미는 이내 뭔가를 깨달았다.

"어, 금방 마실 수 있네?"

"뭐가?"

"이 콤부차는 너무 뜨겁지 않아서 금방 마실 수 있네요."

"콤부차는 찻주전자를 쓰지 않고 직접 찻잔에 뜨거운 물을 붓잖아. 그러면 너무 뜨겁단 말이지. 일단 주전자나 다른 찻잔에 넣고 조금 식힌 뒤에 차를 타면 돼. 이타미는 뜨거운 거 잘 못 마시잖아?"

"감동적인 배려심이네요."

"당연한 건데 뭘."

"오, 혹시 이시다 미쓰나리◎의 후손이세요?"

....

◎ 도요토미 히데요시의 가신. 어릴 적 사냥을 하던 도요토미 히데요시가 이시다 미쓰나리가 있던 절로 찾아와 차를 청하자, 처음에는 큰 잔에 마시기 좋게 미지근한 차를, 두 번째는 첫 번째보다 작은 찻

"이상한 소리는. 무슨 말인지 하나도 모르겠네."

가케이는 이타미에게 등을 돌린 채 웃었다.

"저녁 다 됐어요?"

"그래."

"그럼 퇴근하시지 그랬어요. 다른 일도 다 끝났을 거아니에요."

어지러웠던 회사는 가케이가 올 때마다 점점 정돈되었고, 깨끗하고 깔끔해졌다. 이제 청소할 곳이 없을 정도였다. 조금 쓸쓸한 기분이 들기도 했다.

"퇴근 시간이 되면 갈 거야. 아무도 없는데 먼저 퇴근할 수는 없잖아."

가케이는 옅은 미소를 지었다.

"음, 그런가. 아무튼 가케이 씨가 와 줘서 정말 다행이에요."

"돈 받은 만큼 일하는 건데 뭐."

. . . .

잔에 따뜻한 차를, 세 번째는 작은 찻잔에 뜨거운 차를 채워 내왔다. 먼저 미지근한 차로 갈증을 해소한 뒤에 뜨거운 차를 충분히 맛볼 수 있게 한 배려였다. 이 세심한 배려에 감탄한 히데요시는 그를 가신으로 삼았다고 한다. '삼헌차三献茶'라 불리는 유명한 일화이다.

"아니, 그래도요. 이렇게까지 프로페셔널할 줄은 몰랐죠. 식사도, 청소도."

이타미는 진심으로 그렇게 생각했다.

가사 도우미라 해도 어머니나 아이나가 집안일을 하는 것과 별반 다르지 않을 거라 생각했다. 하지만 역시 프로는 달랐다. 어떤 업계든 말이다.

"그렇게 말해 주면 고맙고. 하나 물어볼 게 있는데."

"뭔데요?"

"오늘 식사 말이야. 평소처럼 저녁하고 야식을 두 종류 만들었는데 야식을 뭘로 할지 고민이 돼서."

"메뉴가 뭔데요?"

"저녁 먹고 갈 거야?"

아이나와 저녁 약속이 있지 않았던가? 순간 시선이 허공을 맴돌았다. 생각을 마치고 가케이를 보자 수수께끼 같은 미소를 짓고 있었다.

"먹고 갈게요."

"알았어."

가케이는 일어나 부엌으로 갔다.

"이타미는 식사 잘 안 하고 가더라."

식기를 준비하며 가케이가 말했다.

"그렇죠."

"여자 친구하고 먹는 거야?"

"그러기도 하고요."

회사 사람들은 모두 아이나의 존재를 알고 있으니 가케이에게도 숨길 필요는 없었다.

하지만 둘 사이가 어느 정도까지 진행됐는지, 그에 따라 어떤 변화가 일어날 것 같은지는 숨기고 싶었다.

"오늘 저녁 메뉴는 이 두 가지야."

가케이는 테이블 위에 음식을 차렸다.

"우선 이것부터."

가케이는 작은 접시 두 개를 내밀며 말했다.

"이건 도미 밥이야. 도미 회에 하나는 참깨 소스, 나머지 하나는 시코쿠의 우와지마풍 소스를 곁들였어. 하얀 쌀밥에 얹어 먹으면 돼. 참깨 소스 뿌린 건 오차즈케(밥에 녹차를 부어 먹는 일본 요리-옮긴이)로 먹어도 좋고."

"아, 호화롭네요."

"그래. 오늘은 여기 돈을 써 버려서 나머지 하나는 이거야."

다음으로 가케이는 테이블 한가운데에 냄비 받침을 놓고 솥을 올려놓았다.

　"어느 쪽이 저녁으로 먹기 좋은지 골라 줘."

　냄비 장갑을 낀 손으로 가케이가 뚜껑을 연 순간, 이타미의 입에서 "오오" 하고 탄성이 흘러나왔다.

　밥 위에 눈을 부라리고 있는 도미 대가리 두 개가 바로 보였다.

　"이것도 도미 밥이야. 구운 도미를 넣고 지었어. 뼈를 발라 밥하고 섞으면 돼."

　갓 지은 밥에서 피어오르는 김으로 가케이의 얼굴이 보이지 않을 정도였다.

　"이거 맛있겠네요. 아니, 도미 회 오차즈케도요. 둘 다 진수성찬인데요. 못 고르겠네. 돈은 부족하지 않았어요?"

　"도미 대가리는 공짜야. 도미 회 사면서 머리를 달라고 했더니 거저 줬어. 살짝 간만 해서 익히면 육수가 나와서 맛있어. 남으면 주먹밥으로 만들어 뒀다가 내일 구워 먹으면 또 맛이 달라지지."

　"이 뼈 바르는 게 쉽지 않을 것 같은데."

　"맞아, 그래서 누가 오기를 기다렸어. 누구한테 시킬

수도 없는 노릇이니까.”

"하긴. 저나 고유키는 손이 야무지지 못해서 엄두도 못 내고요. 아, 고유키한테는 말하지 마세요.”

두 손을 모으며 말하자 가케이가 살짝 웃었다.

"그럼 일단 살을 발라서 밥이랑 섞어 놓을게. 어느 쪽이든 금방 먹을 수 있게.”

"감사합니다.”

가케이는 솥뚜껑을 다시 닫아 부엌으로 가져갔다.

이타미는 빈 찻잔을 쥐었다. 처음 받았을 때의 열기는 이미 사라지고 없었다.

"도미는 오랜만에 먹어 보네요.”

"응?”

가케이가 뒤돌아봤다.

"오랜만이라고요. 접대할 때 회로는 먹어도.”

"…새 출발을 축하할 땐 역시 도미를 먹어 줘야지.”

"네?”

이타미는 가케이의 뒷모습을 바라보았다.

"뭐라고요?”

"새 출발에는 도미가 어울린다고.”

"무슨 뜻이에요?"

그러자 가케이는 밥공기를 쟁반에 올려서 가져왔다.

"자, 우선 이것부터 먹어 봐."

도미 살을 섞은 솥 밥과 맑은 장국이었다.

"새 출발이라뇨?"

눈앞에서 모락모락 김을 뿜는, 먹음직스러운 도미 밥에 손대지 않고 이타미는 그렇게 물었다.

"이직하고 결혼."

"허."

밥을 먹지 않길 잘했다. 먹었으면 분명 사레가 들렸을 것이다.

"알고 있었어요?"

"아이고, 일단 밥부터 먹어. 다 식겠네."

이타미는 머뭇거리며 젓가락을 들었다.

"이 회사 쓰레기는 내가 버리잖아. 비밀로 하고 싶으면 쓰다 만 이력서나 혼인신고서 작성 방법 프린트한 건 몰래 버려야지."

아이나에게 보여 주려고 인쇄한 것이었다.

젓가락을 든 채 힘없이 고개를 떨궜다.

"죄송합니다. 다른 사람들도 알아요?"

"아니. 여기 사람들은 다 자기 일로 정신없잖아."

"누구한테 말했어요?"

"그럴 리가."

"미안해요."

저도 모르게 다시 젓가락을 내려놓고 두 손을 모았다.

"딱히 비밀로 하려던 건 아니었어요. 기회를 봐서 얘기할 테니까 그때까지는 비밀로 해 주세요."

"알았다니까. 밥이나 먹어."

이타미는 다시 젓가락을 들고 도미 밥을 입에 넣었다.

"끝내주네."

"그렇지?"

가케이는 일어나서 반찬 접시를 앞에다 놓았다.

"반찬은 무 샐러드하고 배추 조림이야. 도미 사는 데 돈을 써서 반찬은 간소하게 했어."

"이거면 충분하죠."

누구든 쉽게 만들 수 있는 반찬이었지만 가케이가 만들면 간과 감칠맛, 차림새까지 뭔가 달라도 달랐다.

"도미 회덮밥 우와지마풍 소스에는 날계란을 넣었어.

규슈 어부들이 먹던 음식에 류큐라는 음식이 있는데, 이거랑 비슷해. 거기도 회에 날계란과 간장 소스, 설탕을 섞어서 밥에 올려 먹었대. 저렴한 생선회라도 날계란이 진한 맛을 더해 줘서 맛있어지는 거지.”

“그렇구나.”

“여자 친구한테 알려 줘.”

“이 솥 밥, 공짜로 받은 걸로 만든 거 맞아요? 믿기지 않을 만큼 맛있는데.”

“원래 어두육미라 하잖아. 도미는 뼈에서 배어 나오는 육수가 일품이지. 물론 뼈가 커서 조심해서 먹어야 하지만. 그 장국도 도미 서덜(생선의 살을 발라내고 난 나머지 부분. 뼈, 대가리, 껍질 따위를 통틀어 이르는 말-옮긴이)로 끓인 거야. 국물이 탁하지 않고 맑지?”

“정말요. 깔끔한 맛이네요.”

“도미는 역시 고마운 생선이야. 머리부터 꼬리까지 버릴 게 없어.”

“그러네요.”

“이타미는 도미야.”

가케이는 이타미와 눈을 맞추며 말했다.

"무슨 말이에요?"

"한 번밖에 말 안 할 거니까 잘 들어."

"네."

"이타미는 도미야. 머리부터 꼬리까지 어떻게든 먹을 수 있는 도미지. 아마 어딜 가도 성공할 테고, 어느 회사를 가도 잘할 거야."

"기쁘긴 한데… 과찬이에요. 저 그런 대단한 사람 아니에요."

"아니, 가끔 그런 운명으로 태어나는 사람이 있어. 밝고 축복받은 환경에 있으면서도 그걸 깨닫지 못한 사람. 뭘 해도 어느 정도는 성공하지."

살면서 그런 사람들 종종 봤지, 그 반대의 사람도 많이 봤고. 가케이는 혼잣말처럼 중얼거렸다.

"'어느 정도'라는 표현이 확 와닿네요."

"어느 정도가 딱 좋아. 그게 제일 좋다니까? 그러니까 지금 다른 데로 갈 필요 없는 거 아닐까? 이타미는 빛이야. 이 회사의 빛. 지금 그 빛이 사라지면 이 회사는 위험해."

"그렇지 않아요."

“아니, 그래.”

가케이의 낮은 목소리가 울려 퍼졌다.

“만일 그런 사람이 있다면, 그건 가키에다일 거예요. 정말 대단한 녀석이었거든요. 그 녀석이야말로 빛이었어요.”

이타미는 자신이 아니라고 말했다.

“아니. 난 그 가키에다라는 사람을 잘 몰라. 하지만 이야기를 들어 보니 아니란 생각이 들었어. 빛은 이타미, 바로 너야. 그걸 잊지 마. 모두를 위해서.”

이타미는 그 이상 부정할 수 없었다.

“이직이야 언제든 할 수 있잖아. 그러니까 조금 더 이 회사에 있는 게 어때?”

“사실 여기서 제가 할 일은 끝났다는 생각이 들어서요.”

“아직 안 끝났어.”

“네?”

“아직이라고.”

가케이는 단호하게 말했다.

“모두가 널 필요로 해.”

딱 잘라 말한 뒤, 가케이는 일어나서 여느 때처럼 서

둘러 코트와 머플러를 걸치고 돌아갈 채비를 했다.

이타미는 가케이의 뒷모습을 향해 말했다.

"잠깐만요. 약혼녀하고 그 부모님은 대기업이 좋다는데 어떻게 해요?"

"그런 소리는 신경 쓰지 마. 본인이 아직 여기 있고 싶다, 그게 무슨 문제냐, 단호하게 말하면 아무도 반대 안해. 그래도 반대하면 그런 여자는 잊어. 세상에 널린 게여자인데."

"왜 저한테 그런 말을 해 주는 거죠?"

"…콤부차 칭찬해 준 답례야. 그리고 나도 직장을 잃긴 싫으니까."

가케이를 배웅하러 나가진 않았다. 달칵. 문 닫히는소리가 났다.

명함 케이스에서 아까 받은 명함을 정중히 꺼냈다. 그러고는 스마트폰을 들고 전화를 걸었다.

"여보세요, 비서 분이시죠? 오늘 면접에서 뵀었던…"

"아, 이타미 씨. 잠깐만 기다려 주세요."

비서는 바로 이타미를 알아본 것 같았다.

"아, 저기"

"사장님이 이타미 씨한테 연락이 오면 바로 연결해
달라고 하셨어요."

이내 목소리가 바뀌었다.

"이타미 씨?"

아까 만난 사람의 목소리가 들려왔다. 일단 심호흡을
하고 단숨에 말했다.

"죄송합니다. 사장님은 정말 훌륭한 분이시고, 곁에
서 모시며 배우고 싶지만…"

이타미는 거절 멘트를 읊으며 다음에는 아이나에게
뭐라고 말할지 생각하고 있었다.

제4화

다 불은 라면을 먹어 본 사람만이

딱, 딱, 딱, 딱.

희미하지만 투명한 소리가 해질녘 산꼭대기에 울려 퍼졌다.

모모타의 등산은 일단 이 부싯돌과 부시가 부딪치는 경쾌한 소리로부터 시작된다 해도 과언은 아니었다.

물론 등산로를 오르는 과정도 좋았고 그것이 바로 등산의 왕도라는 건 잘 알고 있었지만, 이 소리를 들으면 '산에 왔다'는 실감과 기쁨이 온몸에 밀려들었다.

희미한 불꽃이 튀는 걸 확인하고 부싯돌과 함께 가지고 있던 풀에 불꽃을 붙여 나뭇가지로 옮겼다. 화로대에 쌓아 둔 마른 나뭇잎과 가지 위로 떨어뜨리자 불이 번지며 피어올랐다.

이 순간이면 기분은 더욱 고양됐다. 두근거리던 마음이 자유롭게 해방되는 느낌이었다.

가스버너를 쓰면 편하고, 실제로도 그런 사람이 더 많지만 모모타는 이 과정을 무엇보다 좋아했다.

불이 타오르는 걸 보면서 기분이 고양되다니, 좀 위험한 거 아닌가. 하지만 불에 집착하는 건 인간의 본능인 것 같기도 한데.

불 위에 비교적 굵직한 나뭇가지를 놓고, 애용하는 울퉁불퉁한 알루미늄 냄비에 물을 넣고 끓였다. 잠시 불과 냄비에 담긴 물을 바라보았다.

좋아하는 카페에서 산 드립백 커피에 끓인 물을 부었다. 간단하지만 인스턴트커피보다 맛도 좋고 피로 회복에도 좋다.

맑은 공기가 가득한 산 위에서는 커피 향조차 특별하게 느껴졌다. 이곳에 오면 후각뿐 아니라 모든 감각이 민감해지는 것 같은데, 기분 탓일까.

커피를 마신 뒤에 배낭에서 가케이가 준 종이봉투를 꺼냈다.

뭐가 들어 있으려나?

열어 보니 한국 인스턴트 라면인 '신라면' 봉지가 나왔다. 메모가 붙어 있었다.

―냄비에 물 3컵을 넣고 끓이기. 물이 끓으면 분말 스프를 넣기.

오른쪽 대각선으로 날아가듯 올라간, 조금 독특하지만 의외로 깔끔한 글씨가 빼곡하게 적혀 있었다.

가케이 씨 글씨를 보는 건 처음 아닐까.

메모에 적힌 대로 물을 다시 끓여 스프를 넣었다.

―스프가 녹으면 야채 세트와 비엔나소시지를 넣기.

종이봉투 안에는 슈퍼에서 파는 숙주와 각종 야채를 섞은 '숙주 믹스', 조금 유명한 브랜드의 훈제 소시지 팩이 들어 있었다.

"산에서 먹을 메뉴로 뭐가 좋을까요?"

얼마 전, 모모타는 그랜마의 주방에서 식사를 하며 가케이에게 물었다.

"산에서 먹을 거면 주먹밥, 계란말이, 가라아게(일본식 닭튀김-옮긴이)…"

가케이는 손가락을 하나씩 접으며 대답했다.

"아니, 그런 거 말고요. 뭐라고 할까… 예전에는 자주 편의점에서 삼각 김밥을 사서 갔는데, 이제 물렸어요. 요새는 불을 피워서 물도 끓일 수 있으니까 간단한 요리라도 해 볼까 해서요."

"그렇게 말해도 난 모모의 요리 실력을 전혀 모르는데."

"카레나 파스타 같은 건 만들 수 있어요."

가케이는 진작 모모타를 모모라 부르고 있었다.

사실 그랜마에서 가케이와 제일 친한 건 자신이 아닐까. 모모타는 내심 그렇게 생각했다.

영업이다 뭐다 해서 자리를 비우는 일이 많은 다른 동료들에 비해 늘 회사에 있고, 만들어 둔 음식도 반드시 다 먹었다.

처음에 'IT 방에 들어오지 않았으면 좋겠다'라고 했던 게 부끄러워질 정도였다. 지금까지 눅눅하고 냄새 나는 담요가 편하다고 생각했는데, 늘 보송보송하고 잘 정돈된 침구에 눕는 기쁨에 눈을 떠 버린 것이다.

결혼하거나, 여자 친구가 생겼을 때의 기분이 이런 걸까….

지금은 방을 청소해 주는 가케이가 진심으로 고마웠다. 낮에 노크도 없이 들어와 깨워도 상관없었다.

가케이가 오고부터 작업 효율이 높아졌고, 일도 잘되는 것 같았다. 구석구석 청소가 되어 있고 쓸데없는 물건이 없는 방은 마음을 편하게 했다. 샤워를 하러 들어갔을 때 욕실에 검은 곰팡이가 없는 것도 좋았다.

가케이는 이따금 "얼굴이 왜 그래? 욕조에 물 받아 놓을 테니까 좀 쉬어"라며 무뚝뚝하지만 배려가 느껴지는 목소리로 말을 건네기도 했다.

따뜻한 욕조에서 피로로 굳은 몸이 천천히 풀어지는 걸 느낄 때면, 장차 다른 회사를 설립하게 되어도 계속 가케이를 고용하고 싶다고 생각하는 자신을 깨닫고 '아차' 싶은 경우가 더러 있었다.

이거 거의 '여자 친구' 아니, '아내'잖아.

아니, 그보다 '다른 회사를 설립하게 되어도?'

이런 생각은 지금까진 해 본 적도 없었다.

대체 무슨 생각을 하는 거니.

스프가 녹자 메모에 적힌 대로 야채를 넣었다. 다시 물이 끓는 타이밍에 비엔나소시지를 넣고 끓였다.

"그럼 컵라면을 먹고 남은 국물에 주먹밥을 말아서 리소토*risotto*처럼 먹는 건 어때?"

가케이가 삼각 김밥 다음으로 제안했다.

"그건 요리가 아니잖아요. 그렇게 먹는 건 좀 슬프기도 하고."

"산에서 먹는 건데 그 정도면 됐지. 맛도 있고."

"맛은 있을 것 같은데."

"그럼 신라면을 전골처럼 먹는 건 어때? 한국식 찌개처럼."

"아, 그거 좋네요."

그때 재료와 만드는 법을 듣기는 했지만, 다음 날부터 갑자기 바빠져서 슈퍼에 갈 시간이 없었다.

"재료는 샀어?"

가케이는 마주칠 때마다 물었지만, 번번이 고개를 저을 수밖에 없던 날들이 이어졌다.

오늘 산에 가는 것도 거의 포기하고 있었다. 하지만 벌써 한 달 가까이 제대로 쉰 날이 없었고, 아르바이트 학생들이 열심히 일해 준 덕에 "이쯤 완성됐으면 나머지는 저희가 알아서 할게요"라는 말이 나오는 수준까지 왔다.

"받아."

어젯밤 가케이가 종이봉투 하나를 건넸다.

"이게 뭐예요?"

"산에 가서 먹을 거, 재료 사 왔어. 안에 만드는 방법도 써서 넣어 놨으니까 봐."

등산은 그렇다 쳐도 식사는 편의점에서 사야겠다고 포기하고 있던 참이었다.

"감사합니다!"

모모타는 가케이를 우러러보았다.

"790엔이야."

가케이는 퉁명스럽게 손을 내밀었다.

모모타는 가케이의 이런 점이 좋았다. 받을 건 확실히 받으니 마음 놓고 응석을 부릴 수 있었다.

그런데도 무심코 지갑에서 1000엔짜리 지폐를 꺼내며 "잔돈은 됐어요"라고 말해 버렸다.

"잔돈도 준비해 놨네요."

가케이는 빨간 똑딱이 동전 지갑을 꺼내 모모타의 손에 잔돈을 쥐여 주었다.

야채가 익자 알루미늄 접시에 담아 입에 넣었다. 맵지만 아직 야채에 간이 배지 않은 것 같았다.

—야채는 그대로 먹으면 싱거우니까 '소금후추'를 뿌려서 먹기.

가케이의 종이봉투에는 소분한 '소금후추'가 들어 있

었다. 살살 뿌리자 간이 딱 맞았다.

하지만 메인 요리는 단연코 비엔나소시지였다. 냄비에서 바로 건져서 입에 넣었다. 팡, 소리와 함께 육즙이 입안에서 튀었다.

"끝내준다."

저도 모르게 중얼거렸다. 신라면의 매운 국물이 비엔나소시지를 감싸고 있었다. 소시지 향과 매운맛이 식욕을 한껏 끌어올렸다.

아, 맥주 마시고 싶네. 가져올걸 그랬어.

모모타는 술을 즐겼지만, 식사 때 반드시 알코올을 필요로 하는 타입은 아니었다. 그런데도 후회가 밀려왔다.

굵직한 비엔나소시지 다섯 개를 먹으니 제법 배가 찼다. 마지막 하나를 남겨 두고 가케이의 메모를 읽었다.

―소시지를 다 먹으면 건면과 '건더기스프'를 넣고 4분 동안 끓이기. 마지막으로 치즈와 한국 김을 올려서 먹으면 끝.

치즈? 끝난 줄 알았는데 봉투를 들여다보니 슬라이스 치즈와 한국 김이 들어 있었다.

이거 분명히 맛있을 거야. 가케이 씨, 최고야.

신이 나서 건면을 잘라 냄비에 넣었다. 시계를 보며 4분 동안 끓인 뒤 치즈와 김을 얹었다.

접시에 더는 시간도 아까웠다. 젓가락으로 면을 집자 치즈가 엉겨 붙어 쭉 늘어났다. 냄비를 끌어다 면과 치즈를 섞었다.

"앗 뜨거, 매워, 그래도 맛있네!"

신라면에 치즈와 김. 절묘한 조화다. 악마의 맛이다. 역시 맥주를 가져올걸 그랬다고 새삼 후회했다.

야채, 고기, 마무리로 면과 치즈. 영양이 가득한 식사였다. 이토록 배부른 등산은 처음이었다.

가케이 씨에게 감사해야겠네. 뭔가 선물이라도 사 가자. 이 근처는 포도 산지로 유명하니, 좀 비싸긴 하지만 샤인머스캣이라도 사 갈까. 지금이 나오는 시기던가.

배가 부르니 머리도 멍해졌다. 모모타는 타닥타닥 소리를 내며 타오르는 불꽃을 바라보았다.

몸도 따뜻해졌네.

이럴 때 생각나는 건 하나뿐이었다.

가키에다, 넌 대체 지금 어디에 있니? 홋카이도는 춥지 않아?

모모타는 어릴 때부터 얌전하고 무슨 생각을 하는지 모르겠는 아이라는 소리를 들었다.

"무슨 생각을 하는지는 모르겠지만 넌 착한 애야. 머리도 좋고, 잘생겼고, 손도 안 가고. 지에미가 어릴 때는 얼마나 고마웠는데."

어머니는 지금도 그렇게 말한다. 여섯 살 어린 여동생 지에미가 태어난 뒤로 모모타는 계속 동생에게 당하기만 했다.

모모타는 동생이 태어났을 때 이미 철이 들어 있었다. 그래서 애니메이션에 나오는 아기처럼 '우엥우엥' 하고 우는, 불면 날아갈 것 같은 자그마한 동생은 지켜야 할 사랑스러운 존재였다. 초등학교에 입학했을 때라 어머니를 빼앗겼다는 외로움도 별로 느끼지 못했던 것 같다. 동생이 태어난 뒤로 부탁은 뭐든지 들어줬고, 모든 걸 양보했다.

그게 잘못이었을까.

동생은 폭군으로 컸다. 본가에 가면 집안일은 전부 모모타 담당이었고, 생일 때면 동생이 사 오라고 한 선물을 사 가야 했으며(그러지 않을 경우 울음을 터뜨렸다) 모모타가 집에 있으면 차로 역까지 태워다 달라고 했다. 모모타가 일 때문에 회사에서 묵는 일이 많아지자, 나카메구로의 자취방을 자기 집처럼 썼다.

"오빠!" 험악한 목소리로 자신을 부를 때마다 모모타는 무의식적으로 자리에서 일어나고 있었다. 뭔가 시키려고 부르는 게 틀림없었으니까.

동생이 태어난 뒤로 24년 동안 계속 이런 상태라 딱히 불만을 느끼지도 않았다.

이케부쿠로에서 30분 거리의 사이타마의 집에서 부모님과 여동생까지 네 식구가 같이 살았다. 뭐라고 할까, '평범한 가족'이랄까. 인생도, 가족도, 그림으로 그린 듯 평범했다.

자매끼리 서로를 견제하는 고유키의 가족 관계나, 마이카의 드라마틱한 어린 시절, 줄곧 운동부의 에이스 자리를 지켜 온 이타미의 반짝거리는 청춘 시절 이야기를 들으면 '허거거걱' 하는 생각이 들었다. 감탄과 경악, 공포가 뒤섞인 감상이었다. 아니, 남들이 보기에는 동생의 노예처럼 살아온 모모타의 인생야말로 '허거거걱' 소리가 나올 만한 것일지도 모를 일이지만.

어머니인 도모코에게 '착한 애' 소리를 들으면서 자랐기에 자존감이 낮은 편은 아니었다. 하지만 유일하게 마음에 걸리는 건 좀처럼 친구를 사귀지 못했다는 점이었다. 먼저 남에게 말을 거는 게 너무 어렵고 불편했다. 고등학교 시절은 결국 친구를 한 명도 사귀지 못한 채 끝났다.

성적도 좋은 편이었고, 명문고 축에 드는 학교라 따돌림 같은 걸 당하지는 않았다. 그저 홀로 방치되었을 뿐이다. 모모타는 교실에서 안 보이는 투명한 존재였다.

고등학교를 졸업하고 대학에 입학했을 때, 이번에는 무슨 일이 있어도 친구를 사귀겠다고 결심했다. 학창 시절이 앞으로 4년밖에 남지 않았으니 할 수 있는 최대한의 노력을 해 보자고 생각했지만, 그 노력이란 걸 어떻게 해야 하는 건지 도무지 알 수 없었다.

고등학교와 달리 각자 수업을 선택해 듣는 대학에서 친구를 사귀기란 더욱 어려울 것 같았다.

하지만 그 기회는 생각지도 못한 형태로 찾아왔다.

가키에다를 통해서.

어릴 적 이공계에 다니던 사촌 형이 대학에서 쓰던 포켓컴퓨터가 모모타의 집에 장난감 대신 굴러다니고 있었다. 형이 간단한 게임을 프로그래밍하는 법을 가르쳐 주었고, 모모타는 그걸로 게임을 만들어서 놀았다. 기어다니는 바퀴벌레를 없애는 게임을 만들어 푹 빠졌다.

　　이공계로 진학할까도 생각했지만, 부모님의 권유로 경제학부에 들어갔더니 '친구'가 먼저 말을 걸어와 무리에 넣어 주었다. 그로부터 모모타는 친구들 사이에서 IT 전문가로 통했다. 창업한 뒤로도 그 관계는 거의 변하지 않았다.

　　산꼭대기의 평지에 작은 1인용 텐트를 쳤다.

　　요즘은 캠핑 용품이 잘 나와 있어서, 익숙해지기만 하면 텐트 설치쯤은 몇 분 안에 끝난다.

　　텐트에 들어갈까 했지만, 아직 모닥불이 꺼지지 않아서 텐트 앞에 놓아 둔 의자에 앉아 불꽃이 사그라들 때까지 지켜보기로 했다. 이 역시 모모타가 사랑하는 시간이었다.

　　단순히 불꽃을 바라보는 게 아니었다. 타오르는 장작

과 산 날씨에 맞춰서 행동한다는 것, 자신의 행동이 자연에 좌우되고 있다는 감각이 모모타에게 더없는 쾌감을 불러일으켰다.

혼자 산에 올라 혼자 밥을 먹고 혼자 잠든다.

그것은 궁극의 자유였지만, 환경에 크게 좌우됐다.

회사에서는 늘 직접 결정하고 지시를 내렸다. 늘 제 머리로 생각하고 계획을 세운 뒤 아르바이트 학생들에게 알려 줬다. 그렇지만 이곳에서는 늘 자연에 휘둘렸다.

지에미한테는 평생 휘둘렸지만… 걔도 이 자연의 일부인가.

큭큭. 동생 생각을 하며 모모타는 웃음을 흘렸다.

지에미도 최근에 남자 친구가 생긴 뒤로는 전처럼 오빠를 불러 대지 않았다. 진심으로 다행이라 생각했다. 이제야 숨통이 좀 트였다.

종종 만화나 애니메이션, 소설에서는 여자 형제의 남자 친구에게 질투하는 남자 캐릭터가 등장하던데, 그건 대체 어느 세상 이야기란 말인가. 동생의 남자 친구에게는 그저 '미안하다. 그런 동생과 사귀어 줘서 고맙다'는 마음밖에 들지 않았다.

모모타는 산에 갈 때면 스마트폰은 들고 가도 컴퓨터는 두고 왔다. 스마트폰도 몇 시간마다 전원을 켜고 확인만 할 뿐, 거의 꺼 놓고 있었다.

　친구나 가족들은 그를 인터넷 시대의 풍운아라 여기는 모양이었지만, 이렇게 어디와도 연결되지 않은 곳에 있을 때 모모타는 정말 마음이 놓였다.

　"회사를 매각한다고 하면 모모는 어쩔 거야?"

　며칠 전 다나카가 남몰래 건넨 말이었다.

　"뭐?"

　일이 바빠서 등산을 갈 수 있을지 불분명했을 때였다. 새벽녘, 하늘이 하얗게 밝아 올 때쯤에야 모모타는 안 되겠다 싶어 누웠다. 일단 눈을 붙인 뒤에 점심쯤에 일어나려고 알람을 맞춰 놓고 잠들었다.

　문득 눈을 떴을 때 발치에 다나카가 앉아 있었다.

　"다나카?"

　정장 차림이었다. 구부정한 자세로 앉아 멍하니 앞을 보고 있었다.

　"응."

"무슨 일 있어?"

눈을 비비며 머리맡의 시계를 보자 아직 아침 6시였다.

시곗바늘을 보고 있으려니 뭔가 심상치 않은 상황이라는 사실이 조금씩 실감이 됐다. 우선 다나카가 이 시간에 회사에 있는 게 이상했다. 정장을 입고 있는 것도 이상했다. 평소에 거의 안 들어오는 이 방에 있는 게 이상했다. 그리고 말없이 발치에 앉아 있는 게… 이미 이상한 수준을 넘어섰다. 지에미라면 '소름 끼쳐'라고 했겠지. 사소한 일이지만 다나카의 엉덩이가 이불을 사이에 두고 제 발등에 닿는 감각도 뭔가 신기했다.

무슨 일이 있구나.

"깨워서 미안."

그는 공손하게 고개를 꾸벅 숙였다. 그런 점은 평소와 다름없어서 어쩐지 마음이 놓였다.

"무슨 일 있어?"

다시 한번 같은 질문을 던졌다. 자연스럽게 발을 치웠다.

그때 다나카의 대답이 "회사를 매각한다고 하면 모모는 어쩔 거야?"였다.

그 말에도 놀랐고, 상황도 이상했기에 좌우지간 머릿

속이 복잡했다. 모모타는 그제야 몸을 일으켜 다나카와 마주 봤다.

"모르겠어."

"뭐?"

"모르겠다고, 갑자기 그렇게 물어도."

"그렇겠네. 미안해."

다나카는 다시 고개를 꾸벅 숙였다.

"실은 전부터 몇 군데에서 연락이 와서."

"인수하고 싶다고?"

"그래."

처음 듣는 이야기였다.

"조건도 나쁘지 않았어."

"잠깐만, 회사를 매각한다는 게 무슨 소리야?"

그제서야 겨우 머리가 돌아가기 시작했다.

"매각한다고, 회사를 판다는 소리지. 지금까지 해 온 일들과 고객들에 대한 권리를 양도한다고 해야 하나."

"이제 여기서 일 못하는 거야?"

나지막한 비명이 터져 나왔다.

"그건 계약에 따라 다르지. 모모가 원하는 대로 하면

돼. 오히려 궤도에 오를 때까지는 회사에 붙잡혀 있어야 할 가능성도 있어. 특히 모모 너는. 하지만 관두고 싶으면 인수 금액을 깎아서라도 가급적 빨리 떠날 수 있도록 할게.”

“할게? 벌써 거기까지 일이 진행된 거야?”

뭔가 갑자기 내쳐진 기분이었다. 견갑골 언저리가 서늘해졌다.

“아냐. 그냥 일반적으로 회사를 매각하면 그럴 거란 얘기야.”

그 말을 들으니 조금 마음이 놓였다. 완전히 몸을 일으켜 다나카 옆에 앉았다. 발이 찬 원인은 정신적인 것이 아니라 방이 춥기 때문이었다. 다나카는 양복 차림이라 괜찮겠지만, 모모타는 잠옷 대신 입는 트레이닝복만 걸치고 있었다.

“아직 아무한테도 말 안 했어. 모모한테만 얘기하는 거야.”

모모타는 무심코 미간을 찌푸렸다.

“난 그런 거 싫어.”

상대방은 특별히 중요한 정보를 알려 주는 거라 생각

할지도 모르지만, 모모타는 다른 친구들에게 비밀을 만들고 싶지 않았다.

"그렇지, 미안."

다나카는 순순히 사과했다. 보아하니 모모타를 회유하기 위해 그런 이야기를 꺼낸 건 아닌 것 같았다.

"그냥 어떻게 해야 할지 몰라서. 처음에 그런 제안을 받았을 때는 별생각 없었어. 그냥 우리도 여기까지 왔구나 싶었고 바로 거절했는데, 요새 그런 제안이 여기저기서 들어와서."

"정말?"

"뭔가 나 혼자 고민하는 것도 좀 그런가 싶어. 다른 애들한테도 말하는 게 좋을 것 같긴 한데, 고유키한테는 어떻게 말을 꺼내야 할지 모르겠어. 그리고 만일 일이 성사되면 제일 영향을 받을 사람은 너잖아."

"다 같이 있을 때 말하면 되잖아."

이렇게 혼자만 듣는 건 역시 싫다.

이런 부분에서 민감하게 구는 건, 어릴 적부터 친구를 사귀는 게 힘들었기 때문인지도 모른다.

"미안해. 하지만 최근에 갑자기 일어난 일이라."

"그랬구나."

"어떻게 얘기를 꺼낼지 고민하던 차에…"

이어지는 이야기는 듣지 않아도 알 것 같았다. 가키에다의 동생이 회사로 찾아온 바람에 다나카는 더욱 이야기를 꺼내기 어려워진 것이리라.

"회사를 매각한 뒤에는 일정 기간만 지나면 다들 이회사에 매여 있지 않아도 돼. 물론 목돈도 만질 수 있을테고. 각자 원하는 일을 하면 돼…"

"매여 있는다고?"

저도 모르게 중얼거렸다. 매여 있다니, 누가?

나? 이타미? 아니면 자기 얘기를 하는 건가? 아니면 가키에다를 말하는 건가. 모모타는 점점 더 혼란스러워졌다.

"그만 됐어."

이야기를 계속하려는 다나카의 말을 끊었다. 평소에 거의 하지 않는 행동이라 스스로도 놀랐다.

"그보다 아침부터 양복은 왜 입은 거야?"

매각 이야기는 더 듣고 싶지 않았다. 자세히 보니 다나카의 턱엔 푸르스름하게 수염 자국이 있었고(그런 얼굴을 보는 건 처음이라 해도 좋았다. 그는 예전에 한번 같이 캠핑을 갔을 때에도 아침 일찍 일어나자마자 깔끔하게 면도를 하는 남자였다), 양복 등판은 구겨져 있었다. 전체적으로 추레한 모습이었다.

"접대가 있어서. 큰 거래처하고."

다나카는 고개를 숙인 채 중얼거리듯 말했다.

"언제?"

"오늘 밤."

정확히는 어제인가, 하고 중얼거렸다.

"그 거래처에서 처음 보는 남자를 데려왔더라고. 거기서 회사 매각 얘기가 나왔고."

"그랬구나."

"사실 그다음 일이 잘 기억이 안 나."

"무슨 소리야?"

"접대가 끝난 뒤에 혼자 한잔 더 하러 갔는데… 아, 미안해. 넌 일하는데."

"됐어, 그런 건."

진심이었다. 모모타는 술을 마시러 가는 것보다 이곳에… 회사에 있고 싶은 사람이었다.

"정신을 차려 보니 여기였어."

"그러지 마."

꼭 가키에다 같잖아. 뒷말은 꿀꺽 삼켰다. 다나카도 괴로워하고 있는 것이다.

"최근에 이타미나 가케이 씨도 뭔가⋯ 달라진 것 같고."

"뭐?"

그 말에 모모타는 놀란 표정을 지었다.

"가케이 씨가?"

"모르면 됐어."

"네가 남들한테 숨기는 게 있어서 다른 사람도 수상하게 보이는 거야."

"그런가."

두 남자는 얼굴을 마주 보고 살짝 웃었다.

고개를 들자 어느샌가 불이 꺼져 있었다.

다시 부싯돌로 불을 붙일까, 아니면 라이터를 쓸까. 그것도 아니면 이제 그만 들어갈까.

모모타는 한동안 가만히 앉아 생각에 잠겼다.

바람이 조금 세진 것 같았다. 나뭇가지 사이를 스치고

지나가는 바람 소리가 들렸다. 귀를 기울이고 있노라니 천천히 마음이 술렁거렸다.

그만 들어갈까.

불이 없는 곳은 금방 싸늘해진다.

주변에는 텐트 몇 개가 드문드문 설치되어 있었다. 여럿이서 같이 온 사람들도 있었고, 모모타처럼 혼자 온 사람도 있었다. 벌써 불이 꺼진 텐트도 보였다.

나도 그만 잘까. 모모타는 모닥불에 물을 끼얹어 완전히 불씨가 꺼진 걸 확인하고 텐트 속 침낭에 들어가 누웠다.

아, 이 시간도 좋단 말이야.

작아진 배낭을 베고 천장을 보며 누웠다. 지금 계절은 벌레 소리도 들리지 않는다. 멀리서 말소리가 어렴풋이 들려왔다. 아니, 어쩌면 바람 소리를 잘못 들었는지도 모른다. 단체 캠핑객들의 텐트는 조금 떨어진 곳에 있기 때문이다. 일부러 조금 멀찍한 곳에 텐트를 쳤다. 그런데도 지금은 이 소리가 사람 목소리였으면 좋겠다고 생각했다.

고독을 싫어하지는 않았다. 그저 사람 목소리를 들으

면 푹 잠들 수 있을 것 같았다.

만일 다나카가 정말 회사를 매각하면 어쩌지?

회사가 사라지다니, 상상조차 못한 일이다. 대학을 졸업한 뒤로 지금까지.

아니, 다나카가 매각한다는 말은 어폐가 있다. 회사는 모두의 것이니, 그는 반드시 그들의 의견을 물을 것이다.

그렇다면 가키에다에게는 어떻게 말할까. 그에게 확인을 받지 않아도 되는 건가? 하지만 어떻게 찾아내지? 다나카가 가키에다에게 아무 허락도 받지 않고 일을 진행시킬 리는 없다. 어쩌면 다나카는 뭔가 알고 있는 게 아닐까. 그래서 그런 이야기를 꺼낸 걸까. 아니, 사실 다나카와 가키에다는 계속 연락하고 있던 게 아닐까. 우리 모르게. 그러면 왜 더 일찍 알려 주지 않은 거지. 다나카가 뭔가 다른 것도 숨기고 있는 건가.

그 가능성을 왜 지금까지 알아채지 못한 거지.

모모타는 사고가 부정적인 방향으로 기우는 걸 느끼고 벌떡 일어났다. 그것만으로는 방금 솟아오른 불안과 불신은 사라지지 않아서 마저 고개를 힘껏 저었다. 조금 머리가 아플 정도로 움직이고 나서야 불온한 억측은 사라졌다.

　산은 이래서 무서워. 모모타는 그런 생각을 했다. 혼자라서 그런지 묘하게 편향된 생각만 하게 된다. 숨을 깊이 들이마신 뒤 단번에 내뱉었다. 가슴속의 사념을 털어 버리듯.

　예전에 고유키와 함께 다녔던 요가 교실에서 배운 방법이었다.

　그건… 가키에다가 자취를 감췄을 즈음이었다.

　평소처럼 컴퓨터 키보드를 두드리고 있는데 고유키가 들어왔다.

　그녀는 말없이 모모타의(실제로는 회사 것이지만) 침대에 앉아 찌푸린 얼굴로 물끄러미 그를 보았다. 방에는 모모타 말고 아무도 없었다.

　그 시선을 알아챘으면서도 모르는 척을 했다. 고유키를 상대할 시간도 없었고, 여러모로 성가실 것 같아서였다.

　"모모, 자세가 나쁘네."

　고유키는 불퉁한 얼굴로 말했다.

　"그래?"

　말을 거는데 대답을 안 할 수도 없었다.

"매일 컴퓨터 작업만 하고 있으면 몸에 안 좋을 것 같은데. 어깨 뭉침 같은 거 없어?"

"그야 없진 않은데…"

자주 다니지는 않았지만 헬스클럽에 등록해서 가끔 운동도 했다. 몸에 불편함을 느낀 적은 별로 없었다.

"원래 이런 건가 했지."

모모타의 경우 대부분의 일은 '원래 그런 건가' 하고 받아들이는 편이었다. 다른 몸, 다른 자신을 모르기 때문이었다.

"이렇게!"

느닷없이 고유키가 오른팔을 들고 왼손으로 자기 오른쪽 팔꿈치를 잡았다.

"어?"

"이렇게 해 봐!"

당혹스러워하는 모모타를 아랑곳하지 않고 고유키는 같은 포즈를 취하라고 권했다.

"이렇게 팔꿈치를 당기면 어깨하고 목 주변 뭉친 게 풀린대."

고유키는 팔을 들고 "해 봐, 응?" 하고 모모타를 압박

했다.

"아니…"

자신을 위해서 하는 말인 줄은 알지만 솔직히 민폐였다.

비좁고 어두운 방에 여자가 들어와 팔이 닿을 정도로 가까운 거리에서 운동을 한다…. 다른 여자, 마음에 있던 상대라면 조금 두근거릴지도 모를 상황이었다. 하지만 고유키를 상대로 그런 감정은 털끝만큼도 없었고, 오히려 불쾌했다.

고유키는 친구였다. 그런 감정을 품고 싶지 않았다. 은근히 큰 가슴이 강조되는 자세를 보고 있으려니 왠지 기분이 묘해질 것 같아서 그런 자신도 싫고 고유키도 싫었다.

하는 수 없이 컴퓨터 앞에서 멀어지는 척하며 뒤로 물러나 거리를 확보한 뒤 고유키와 같은 동작을 했다.

"그치?"

"그치는 무슨…"

"시원하지?"

아닌 게 아니라 어깨 주변의 뭉친 근육이 풀어지며 몸이 따뜻해지는 것 같았다.

"다음에 같이 요가 배우러 가자."

"요가?"

"응. 지금 일주일에 한 번 레슨 받거든. 모모도 같이 가자. 선생님이 진짜 좋아. 힘들게 찾았어. 몸도 몸이지만 머리랑 마음도 맑아져."

그럼 왜 요즘 계속 심기가 불편… 아니, 감정적인 건데? 모모타는 그렇게 묻고 싶은 걸 꾹 참았다. 고유키는 가키에다가 자취를 감춘 뒤로 금방 울먹이거나 화를 내고는 했다.

"아니, 난…"

거절하려고 운을 떼자 이미 알아챘는지 슬픈 표정을 지었다. 팔을 든 자세로. 그 모습을 보니 차마 입이 떨어지지 않았다.

"…알았어."

"간다고?"

"그래."

"잘됐다!"

그제야 고유키는 팔을 내리고 짐짓 즐거워했다. 엉덩이를 들고 박수를 칠 정도로.

"전부터 계속 마음에 걸렸어. 네가 너무 건강하지 않은 생활을 하는 것 같아서. 종일 회사에서 일만 하게 해서 미안하기도 했고."

　당시에는 아직 본격적으로 등산을 시작하기 전이었다.

　아니, 신경 안 써도 된다고 말하고 싶었지만 이 역시 참았다.

　모모타도 고유키가 기뻐하는 모습을 보는 건 싫지 않았고, 요즈음 우울의 늪에 빠진 그녀의 기운을 북돋아 줄 수 있다면 요가 레슨 한 번쯤은 기꺼이 따라가도 괜찮겠다 싶었다.

　돌이켜 보면 요가는 나쁘지 않았다.

　레슨은 금요일 저녁이었다. 장소는 나카메구로에 자리한 건물이었는데, 수강생은 스무 명쯤 됐다. 수는 적었지만 여성뿐 아니라 남성들도 간간이 보여서 생각만큼 어색하지도 않았다.

　고유키는 요가 전용 운동복인 듯한 티셔츠와 레깅스를 입고 있었지만, 모모타는 평소 입는 트레이닝복 차림이었다.

어느 사이비 종교처럼 좌선을 하거나, "야아우음" 하고 만트라(일종의 주문. 불교의 진언과 비슷하다-옮긴이)를 낭송하게 했을 때는 '어, 혹시 이상한 곳인가' 하고 살짝 불안해지기도 했지만, 종교의식 같은 건 거기서 끝이었다. 어느샌가 땀을 흘리며 제 마음에 집중할 수 있었다. 무엇보다 평소 뭔가를 생각해 스스로 행동하는 게 일상이었던지라, 남이 시키는 대로 행동하는 것에 쾌감을 느낄 수 있었다.

선생님의 "1시간 뒤에는 새로운 나로 다시 태어날 겁니다"라는 말만큼의 효과가 있었는지는 모르겠지만.

요가도 등산처럼 머리를 비우고 자기 외부의 힘에 몸을 맡기는 점이 좋았다. 그 후에 일어난 일이 없었다면 분명 계속 요가를 배웠을지도 모른다.

그러니 모모타가 등산에 심취하게 된 건 필연이었을지도 모른다.

레슨이 끝나고 나서 자연스럽게 한잔하러 가는 분위기가 되었다. 고유키는 레몬사와(레몬과즙에 소주나 청주를 넣어 만든 알코올음료-옮긴이)가 유명한 나카메구로역 앞의 가게로 모모타를 데려갔다. 예전에 잡지에서 본 뒤로 가

보고 싶었다고 했다.

"힘들게 운동한 보람이 없네."

입을 모아 그렇게 말하며 둘 다 일단 맥주로 건배했다. 고유키는 종업원과 이야기를 나누며 셰프 추천 요리인 바비큐 세트와 바냐 카우다(앤초비, 마늘, 올리브 오일을 섞어 만든 소스에 야채를 찍어 먹는 이탈리아 요리-옮긴이)를 주문했다.

"바비큐랑 같이 나오는 구운 야채는 뭐예요? 감자하고 당근하고 크레송(물냉이)? 감자는 어디 거예요? 모른다고요? 그럼 탄수화물이 적은 야채로 바꿀 수 없나요? 아, 브로콜리요. 그럼 그걸로 주세요. 당근은… 그냥 주시고요. 바냐 카우다의 야채도 가급적 탄수화물이 적은 걸로 주시고요. 아, 래디쉬(유럽 무. 비타민과 단백질 함유량이 높아 약재로도 쓰인다-옮긴이)는 좋아하는데 좀 많이 주세요. 그럼 연근을 줄이고 래디쉬로…"

고유키의 요구는 한없이 계속됐다. 모모타는 딱히 가리는 음식이 없었고, 동생과 같이 지내며 여자들의 취향에 맞추는 것도 익숙했기에 옆에서 웃으며 그 모습을 보고 있었다. 그러자 종업원이 "남자 친구 분은 원하는 거

없으세요?" 하고 웃으며 물었다.

"남자 친구 아니에요. 그냥 친구예요."

둘은 입을 모아 그 말을 부정했다.

"그러세요? 사귀는 사이인 줄 알았어요. 남자 친구 분이 참 자상하시다 생각했죠."

고유키와 이렇게 차분한 분위기에서 단둘이 식사하는 건 처음이었다. 회사에서 도시락을 사다 먹거나, 다 같이 술자리를 가진 적은 물론 여러 번 있었지만.

한참 걸려 주문을 마치고 나서 이런저런 이야기를 나눴다. 안에 든 레몬과 보드카, 탄산수까지도 모두 특별히 제조한 레몬사와를 각자 세 잔씩 마셨다.

"오늘 밤에 너희 집에서 자고 가도 돼?"

고유키가 풀린 눈으로 그렇게 말한 건, 세 잔째 레몬사와의 얼음이 녹기 시작했을 즈음이었다.

모모타가 "뭐라고?" 하고 대답하기도 전에 고유키는 "집에 가기 귀찮아서"라고 내뱉었다.

고유키의 집은 교외였다. 나카메구로와 에비스의 중간 지점에 자리한 모모타의 맨션은 걸어서 갈 수 있는 거리니, 집에 가는 것보다는 편하겠지.

"상관없는데, 동생이 있을지도 몰라."

"난 괜찮아. 소파에서 자면 되니까."

고유키는 즉시 대답했다.

"너희 집 가 본 적 없잖아."

조금 망설였지만 회사에서는 같은 방에서 잔 적도 여러 번이라 괜찮을 거라 생각하고 데려갔다.

다행인지 불행인지 동생은 없었다.

거실 소파에 마주 앉았을 때는 조금 어색하기도 했지만, 동생의 옷을 꺼내 주자 금방 씻고 잠들었다.

이상한 낌새를 알아챈 건 한밤중이었다.

불현듯 눈을 떴을 때, 고유키가 등에 착 달라붙어 있었다.

'왜 다들 자고 있을 때 그러는 거지. 아니, 자고 있을 때 허를 찔리는 체질인 걸까, 나는. 계속 그런 일을 당하는 건 나한테도 문제가 있다는 거?' 당시를 떠올리며 모모타는 그런 생각을 했다.

고유키가 모모타의 침실에 언제 들어왔는지는 모르겠다. 그저 흐느껴 우는 소리와 함께 뒤쪽 견갑골 언저리가 축축해졌다.

그때 대체 어떻게 행동했어야 됐던 걸까.

이튿날 아침, 묵직한 배낭을 짊어지고 걸으며 모모타는 계속 생각했다.

어젯밤에는 잠을 설쳤다고 말하고 싶지만, 만년 수면 부족에 어릴 적부터 누우면 곧바로 잠드는 체질이었던지라, 등 뒤로 느껴지던 고유키의 체온과 축축한 감각을 떠올리면서도 금세 잠들었다.

그날 고유키는 잠시 그러고 있다가 일어나 거실 소파로 돌아갔다.

정확히는 모르겠지만 아마 고유키는 모모타가 깬 걸 알고 있었을 것이다. 모모타가 깼으면서 모른 척하고 있는 걸 알아챘을 것이다. 모모타는 고유키가 그걸 알아챈 걸 알아챘고, 나아가 고유키는 자신이 그걸 알고 있음을 모모타가 알아챈 사실도 알아챘을 것이다.

그럴 때 대처 법을 알려 주는 소프트웨어가 있으면 얼마나 좋을까. 개발자는 노벨상을 탈 텐데.

그날 이후로 고유키와 단둘이 만난 적은 한 번도 없었다.

아침에 일어났을 때 그녀는 사라지고 없었다.

요가를 하고 밥을 먹으러 간 게 꿈은 아니었을까. 그

런 생각이 들 만큼 완벽하게 흔적도 없이 사라졌다.

하지만 요가 레슨을 할 때 입었던 운동복이 그녀가 늘 가지고 다니는 토트백에 들어 있는 걸 보고 모모타는 이 모든 일이 현실이었다는 걸 믿을 수 있었다.

그날 일을 고유키와 이야기한 적은 없었고 그 일로 관계가 어색해지지도 않았다. 주말이 지나고 회사에서 만났을 때 고유키는 평소처럼 "안녕" 하고 인사를 건넸고 전과 같은 관계가 이어졌다.

하지만 그때 대처 방식이 잘못됐던 건 아닌가 하는 생각도 들었다. 일이 어떻게 진전되었더라도 별로 바람직한 상황은 아니었을 것이다.

아니, 어쩌면 그때 따뜻한 고유키의 몸을 끌어안았다면 지금쯤….

"아, 몰라. 그만 생각해."

소리 내어 말한 뒤 다시 고개를 홱홱 저어 사념을 몰아냈다. 그러지 않으면 사라지지 않을 정도의 망상이었다.

뭔가 새로운 일을 생각하자. 고유키 생각을 하면 머리만 복잡해져.

바쁜 와중에 짬을 내서 왔으니 등산에 더 집중해야 했

지만, 오늘은 뭐라도 생각하지 않으면 고유키의 망령에서 벗어날 수 없을 것 같았다. 아니, 망령이라는 표현은 좀 그런가.

하늘을 올려다보았다. 오늘 아침은 조금 흐렸다. 그 덕분에 쌀쌀했지만, 공기가 습해서 걷기 딱 좋았다.

나무 사이로 구름처럼 흩어진 안개를 멍하니 바라보며 걸었다.

"가케이 씨가 결혼했는지 아는 사람?"

이타미가 그런 질문을 던진 건, 며칠 전 야식 시간이었다. 그날 야식 메뉴는 스프 스파게티였다. 이미 삶아서 살짝 볶아 놓은 면을 마늘이 들어간 버섯 스튜에 넣어서 먹었다. 본격적인 알 덴테*al dente*(파스타를 삶고 난 뒤 불에서 내려 건졌을 때, 약간 단단한 식감이 느껴지는 상태-옮긴이)는 아니었지만 맛있었다.

"안 했어요."

그날 함께 있던 마이카가 곧바로 대답했다.

"그걸 어떻게 알아?"

이타미가 물었다.

"전에 물어봤더니 안 했다던데요?"

"그런 사적인 얘기도 물어보고 그래? 역시…"

감탄하는 모모타를 보고 마이카는 "역시 외국 혼혈이라고요? 저 일본에서 태어난 일본인이거든요"라고 단호하게 말했다.

"아니, 그게 아니라 젊은 사람은 다르다고."

"둘 다 아니에요. 제 속성과 성격은 상관없다고요."

당황한 모모타는 스프가 짜다는 양 물을 벌컥벌컥 마셨다.

"다나카는 가케이 씨 경력 같은 것도 알지?"

고유키가 다나카를 지목해 질문을 이어 갔다.

속으로 고유키에게 고맙다고 말하며 다나카를 보았다.

"뭐, 일단 이력서는 받았는데."

모두의 시선이 다나카에게 쏠렸다.

"가사 도우미 협회에서 만든 거라 간단한 정보밖에 없어. 가족 구성 같은 건 안 적혀 있었고."

"정말? 그럼 어디 사는 누군지도 모를 사람을 회사에 들인 거야?"

고유키가 놀란 듯 물었다.

"아니, 협회에서는 엄격한 심사와 철저한 교육을 거쳐 파견한 사람이니 문제없다고 생각한 거 아닐까?"

"애초에 가케이 씨가 결혼했는지 안 했는지가 중요한가요?"

마이카가 물었다.

"아니, 평소에는 그런 거 신경 안 쓰는데…"

이타미가 변명하듯 말했다.

"얼마 전에 봤거든."

"뭘?"

"나카메구로역에서 가케이 씨가 젊은 남자하고 있는 거."

"뭐?"

그 말에 모두 놀라서 동작을 멈췄다.

"진짜로?"

"메구로 어딘가에서 만나서 집에 가는 것 같았어. 가케이 씨는 우리보다 일찍 퇴근하잖아. 같이 있던 사람도 돈키(돈키호테의 줄임말. 일본의 대표적인 대형 잡화점이다-옮긴이)가 아니라 피에로였나. 아무튼 거기서 뭘 산 것 같던데. 비닐봉지를 들고 있었거든."

이타미는 저렴한 가격의 대형 할인 잡화점의 이름을 말

했다. 트레이드마크인 노란 비닐봉지가 무척이나 튀는.

"뭘 많이 산 것 같던데. 남자가 꽤 큰 봉지를 두 개 들고 있었어."

"와."

"어떤 사람이었어?"

"하긴 돈키는 좀 가까운 사이에나 같이 가는 곳이지."

다양한 의견이 나왔지만, 다나카의 목소리가 냉정하게 울려 퍼졌다.

"아들이겠지."

"나도 그런 줄 알았는데, 아들이라기엔 좀 나이가 많던데… 사십 대쯤으로 보였어."

"가케이 씨가 몇 살이더라?"

마이카는 다나카를 향해 대놓고 반말로 물었다. 최근에는 말투에 신경을 쓰는 것 같더니. 그만큼 놀랐다는 걸까.

"쉰둘."

"뭔가 그늘이 느껴지는 남자였어. 하지만 샤프한 느낌의 괜찮은 남자던데."

"호오."

"가케이 씨도 제법이네."

"아니, 사람 나이란 게 언뜻 봐선 모르잖아. 실은 이십 대일지도 몰라."

다나카가 다시 냉정하게 말했다.

"사실… 나 가케이 씨를 따라갔거든."

이타미가 머리를 긁적이며 말했다.

"뭐라고?"

"그래도 그건 좀 그렇다."

"아니, 가케이 씨는 우리에 대해 많이 알잖아. 다들 자기 얘기도 하고, 우리 회사 사정도 알고. 그런데 정작 본인 얘기는 전혀 안 하잖아."

"그건 가케이 씨 마음이지."

"그래도 뭔가 좀 그래서. 아니, 좀 놀려 먹을 거리가 있을까 해서 따라간 거야."

"이타미 네가 웬일이야?"

고유키가 눈을 동그랗게 뜨며 물었다.

모모타도 놀랐다. 늘 밝고 시원시원한 성격의 이타미는 남의 일에 도통 관심을 보이는 법이 없었기 때문이다.

"일부러 따라간 건 아냐. 우연히 내가 가는 방향과 같

앗고… 전철도 야마노테선 외선 순환을 타길래 자연스
럽게 미행하는 모양새가 된 거지.”

“일부러 따라간 거 아니면 됐어.”

“둘이 어떤 사이처럼 보였어?”

“그게, 분위기가 괜찮더라고. 가케이 씨가 웃으면서
말을 걸고, 남자는 고개를 끄덕이며 듣고 있었어. 중간
에 자리가 하나 나니까 남자가 자연스럽게 가케이 씨한
테 앉으라고 권하더라고. 가케이 씨가 짐을 달라고 하니
까 남자가 ‘괜찮아요, 내가 들게요’ ‘아냐, 내가 들게’ ‘괜
찮아요, 안 무거워요’ 뭐 이런 식.”

이타미는 콩트를 하듯 여자 목소리와 남자 목소리를
번갈아 내며 상황을 재현했다.

“서로 짐을 들겠다고 옥신각신했어. 가케이 씨, 우리
한테는 안 보여 주는 표정으로… 뭐라고 할까.”

“여자의 얼굴? 정말?”

고유키는 자기가 말해 놓고 놀란 듯 외쳤다.

“그렇게까지는 말 안 했어. 하지만 표정이 부드러웠
어. 일할 때랑은 다르게.”

하기야 가케이 씨는 굳이 따지자면 가사 도우미라기

보다는 하드보일드계니까. 모모타는 내심 그렇게 생각했다. 하지만 '여자의 얼굴'이라는 말에 어렴풋이 불쾌감과 위화감을 느꼈다. 가케이를 어머니처럼 여겼던 건지도 모르겠다.

"그러고는 둘이 같이 신주쿠에서 내렸어."

"어디로 갔어?"

"그건 나도 모르지."

"뭐야, 잔뜩 기대하게 해 놓고."

"아무리 그래도 따라 내릴 수는 없잖아."

"뭐야."

"참 나, 처음에 미행했다고 했을 때는 뭐라고 하더니."

"시작을 했으면 끝을 봐야지."

모두가 한바탕 웃음을 터뜨린 뒤에 다나카가 조용히 말했다.

"그러고 보니 가케이 씨는 나카노에 살아."

"헉."

"정말?"

"그러니까 신주쿠에서 주오선으로 갈아탔겠지."

"그럼 집에 같이 간 건가? 동거하는 거야?"

"말도 안 되는 소리."

"아니, 뭐가 말이 안 돼."

다들 신이 나서 이야기하고 있었다. 조금 과하다 싶을 정도로.

피곤이 쌓였다는 증거겠지. 모모타는 그런 생각을 했다.

일도 바쁜데 가키에다의 동생이 찾아온 뒤로 사무실에 묘한 긴장감이 돌아서 분위기가 영 어색했다. 그나마 가케이가 요리며 청소며 신경 써 준 덕에 숨통이 트였지만.

오랜만에 모두 모였고, 마이카도 같이 맛있는 밥을 먹으며 신나게 가케이 씨 이야기를 했다. 이런 시간이 앞으로도 계속되면 좋겠다는 생각이 들 정도로 즐거웠다.

가케이 씨한테는 미안하지만 다시 그런 시간을 보낼 수 있다면 또 이야기하고 싶었다.

계속 아래를 보며 걷던 모모타는 고개를 들고 걸음을 멈췄다.

"헉"

나직한 비명이 터져 나왔다.

주변이 온통 새하얀 안개로 뒤덮여 있었기 때문이다.

여전히 계속 앞에 있을 거라 생각한 여성 등산객들의 모습은 온데간데없었다.

뒤를 돌아봤다.

아무도 없었고, 인기척도 느껴지지 않았다.

1미터 앞은커녕 자기 발밑도 보이지 않았다.

다소 흐리기는 했지만 가스(산 위의 구름─옮긴이)는 별로 없었다.

그런데 언제 이렇게 자욱하게 피어오른 거지.

모모타는 그제야 공포가 스멀스멀 솟아올랐다. 이토록 짙은 안개는 처음이었다.

어쩌지.

한동안 상황을 살펴볼까… 하지만 안개가 언제 사라질지 예측할 수 없었다. 그렇다고 시야를 전혀 확보할 수 없는 상황에서 움직이는 것도 위험했다.

그 자리에 머뭇머뭇 주저앉았다.

풀 위인지, 바위인지, 손을 휘저어 지면을 만졌다. 바위나 돌처럼 단단한 감촉도 느껴졌고, 풀처럼 부드러운 감촉도 느껴졌다. 시야가 가려지면 인간의 감각이라는 게 얼마나 불안정한 것인지 실감하게 된다.

나는 지금 어디에 있는 걸까. 모모타는 도통 알 수 없었다. 길 한복판에 있는 거라면 뒤따라오는 사람과 충돌할지도 모른다는 생각에 옆으로 비키려고 했지만, 어디부터 어디까지가 길인지도 모르겠다.

내려오는 등산객과 부딪쳐서 혼나거나… 아니, 차라리 혼나는 게 낫지. 나 때문에 다치면 어쩌지? 모모타로서는 이래저래 불안하기 짝이 없었다. 불안과 공포, 그리고 갑자기 찾아온 추위로 이가 딱딱 부딪쳤다. 자연스레 무릎을 안고 한껏 몸을 웅크렸다.

어쨌든 좀 기다려 보자. 막무가내로 움직이면 위험하니까.

일단 주머니에 넣어 둔 지도를 꺼냈다. 하지만 지금 상황에서는 아무 의미도 없었으므로 도로 접어서 넣었다.

침착해. 침착하라고. 아무튼 좀 기다려. 아, 그러고 보니 주저앉고 나서 시간이 얼마나 흘렀지?

체감상으로는 5분에서 10분. 손목시계를 코끝에 가져다 대니 간신히 글자가 보였다. 하지만 멈췄을 때 시간을 모르니 얼마나 지났는지 알 수 없었다.

지나간 시간은 신경 쓰지 말고 지금 시간을 기억해 두자. 8시 57분. 괜찮아 괜찮아, 침착해 침착해.

불현듯 요가에서 배운 호흡 법이 생각나서 코로 숨을 한가득 들이마시고 입으로 뱉었다.

마음속의 사념을 뱉어 내듯이 호흡하라고 했지. 불안을 내보내자.

몇 번 반복하자 마음이 차분해졌다.

가케이 씨 이야기를 하며 회사 사람들과 유대감을 다지려 해서 벌을 받은 건지도 모른다.

"가케이 씨, 미안해요."

그렇게 중얼거리며 억지로 웃으려 했지만 마음처럼 되지 않았다.

그래. 계속 엉망이었다.

전부터 계속 엉망이었는데 우리는 한사코 모른 척하려 했다.

그런 말이 스르륵 머릿속에 떠올랐다.

"사실 전부터 우리는 엉망이었어."

소리 내어 말했다. 인정하니까 아주 조금이지만 단전

부근이 따뜻해지는 것 같았다.

가키에다가 사라지고 나서 한동안은 아무도 그 사실을 알아채지 못했다.

지금까지도 며칠 동안, 때로는 일주일쯤 회사에 나오지 않기 일쑤였고, 학창 시절에도 툭하면 사라졌다가 새까맣게 타서 돌아오는 일도 허다했다. 인도에 다녀왔다, 오키나와 사탕수수 농장에서 아르바이트를 했다, 야쿠시마(유네스코 세계자연유산으로 지정된 일본 가고시마현 구마게에 있는 섬-옮긴이)의 전나무를 보고 왔다는 둥 홀연히 돌아와 에피소드의 가짓수를 늘려 오고는 했다. 늘 있는 일이라 이상하다는 생각을 못 하고 신경 쓰지 않았던 것이다.

2주일이 지났을 즈음, 고유키가 이상하다, 라인도 읽지 않는다, 메시지를 보내도 읽음 표시가 뜨지 않는다고 난리 법석을 피웠다. 이타미가 가키에다의 부모님에게 연락한 결과, 가키에다와 연락이 되는 사람이 아무도 없다는 사실이 밝혀졌다.

당시 가키에다는 회사 근처 곤노스케자카 근처에 집을 구해 살고 있었다. 그의 부모님이 아들 집을 찾아갔을 땐, 벌써 며칠이나 집에 돌아오지 않은 상태였다고 한다. 세간살이도 얼마 없어서 원래부터 거의 쓰지 않았던 것 같다고도 했다.

가키에다의 부모님은 만일의 경우를 생각해서라고 몇 번이나 강조하며 경찰에 실종 신고를 했다.

머리로는 알고 있었지만 막상 실종 신고를 하니 그의 부재는 현실이 되어 성큼 다가왔다.

고유키는 날마다 전화를 걸고 라인을 보냈으며, 다나카는 며칠에 한 번씩 집으로 찾아갔다.

하지만 몇 달이 지나자 모두 가키에다의 이름을 입 밖에 내지 않게 되었고, 그와 관련된 이야기를 꺼내기도 힘든 분위기가 형성됐다.

회사가 제일 바쁜 시기기도 했다. 가키에다가 자취를 감추자마자 하세가와 클리닉에서 소개를 받은 병원들의 의뢰가 쇄도했다. 아르바이트 학생을 여러 명 고용하게 되어 회사를 드나드는 사람도 많아졌다.

그들 앞에서 가키에다 이야기를 한 적은 거의 없었다. 딱히 숨기려던 건 아니었지만, 하나부터 설명해야 하는 게 귀찮았다.

잊은 게 아니다. 그저 생각하지 않으려 애썼지만, 모두가 계속 그를 생각했다. 머릿속 한가운데에는 늘 가키에다가 있었다. 도저히 그를 생각하지 않을 수가 없었다. 말하지 않으면 않을수록, 그의 부재는 모두의 가슴에 깊이 박혔다.

가키에다는 술만 마시지 않으면 모모타에게 늘 다정했다. 아마 처음에 '모모'라고 불러 준 것도 그였을 것이다.

대학에 들어와서가 아니라, 평생 처음 가져 보는 별명이었다.

모모.

그렇게 불러 주는 친구가 있었으면 했다. 평생. 늘 그랬다.

아직도 기억이 난다. 통계학 강의 시간. 어째서인지 그 시간에 가키에다는 꼭 모모타의 옆자리에 앉았다.

"통계학은 아마 세상을 바꿀 거야."

가키에다는 그렇게 말했다.

모모타는 이런 간단한 응용수학은 대응하는 소프트웨어 이름만 알려 주면 충분하다고 생각했다.

'이런 조사 결과를 해석하기 위해서는 이 소프트웨어

를 사용하면 됩니다. 이상!'

그걸로 족하다고 생각했다.

물론 기초 이론은 배워야 했고, 그런 걸 가르치는 게 대학과 학교다. 그렇지 않으면 모든 수업은 필요 없어질 테니 말이다.

모모타가 무의미하다고 생각하는 학문은 그밖에도 많았다. 통계학은 그나마 쓸모가 있어 보여서 굳이 말하지 않았다. 자기처럼 생각하지 않는 사람이 훨씬 많다는 것도 알고 있었으니까.

모모타는 세상의 거의 모든 일을 '프로그램(소프트웨어)이 있는가, 없는가' '없다면 누가 만들고 있는가?' '없다면 직접 만들 생각이 있는가'라는 세 항목으로 나누어 생각했다. 그리고 직접 만들 생각이 없거나 관심이 없는 일들은 금방 잊어버렸다.

이를테면 '친구를 만드는' 소프트웨어는 없다. 하지만 그런 걸 만든 사람이 있다면 자신과 같은 사람은 세상에 없을 것이다. 하지만 직접 만들 생각은 없고 만들 수 있을 것 같지도 않다. 이상.

입학 당시에 그런 시점으로 교수에게 질문을 했다가

호통을 들었던 적이 여러 번이었다. 그 뒤로는 하는 수 없이 가만히 있었는데, 그런 모모타에게 말을 걸어온 게 가키에다였다.

모모타의 이야기를 자상하게 들어 주었고, 이해해 주었으며 친구가 되어 주었다. 그리고… 이용했다.

'이용했다'고 하면 나쁘게 들릴지도 모르지만, 모모타는 딱히 신경 쓰지 않았다. 자신을 필요로 하는 이유가 능력이라는 사실이 분명했으므로 오히려 대하기 편했다.

가키에다는 종종 "나하고 모모는 닮은꼴이야"라고 했다.

"그래서 걱정돼. 넌 너무 착하잖아, 괜히 만만하게 보고 네 능력을 악용하려고 하는 사람이 있으면 어떡해."

분명히 그런 부분이 있기는 했지만, 자신과 닮은꼴이라고 하기에 가키에다는 너무 감성적이었다.

아니, 감성적인 말로 남을 조종하려고 들었다.

진심도 아니면서 '용기, 우정, 유대, 사랑, 약속' 같은 말을 자주 쓰며 사람들을 움직였다.

모모타는 그걸 이해할 수 없었다. 그런 걸 좋아하지

않았고, 가키에다도 좋아하지 않는 것 같은데 왜 굳이 좋아하지도 않는 말을 하는 걸까.

"모모는 계속 내 옆에 있어. 걱정돼. 지켜 주고 싶어"

몇 번이고 그런 말을 들었다.

결국 남을 조종하는 걸 즐겼던 걸지도 모르지, 그 사람은.

그 사람.

가키에다에 대해 그런 식으로 냉정하게 생각한 건 처음이었다.

가키에다 생각을 하며 얼마나 시간이 지났을까.

고개를 들자 눈앞에 장관이 펼쳐졌다.

안개가 갠 것이다.

계속 생각에 잠겨 있느라 조금씩 안개가 걷히는 걸 알아채지 못했다. 아니, 실제로 안개가 퍼진 지 10분도 채 지나지 않은 것 같았다. 바람이 안개를 걷어 낸 것이다. 시계를 보니 출발한 시간으로부터 30분쯤 지났을 뿐이었다.

그제야 새로운 공포가 발밑에서부터 서서히 피어올랐다.

눈앞에 장관이 펼쳐진 건, 앉아 있는 곳에서 불과 50센티 앞이 낭떠러지였기 때문이다.

모모타는 벼랑 위에 앉아 있었다.

슬금슬금 네 발로 기어가 아래를 내려다봤다. 그렇게 깊지는 않았지만 그래도 7~8미터는 될 것 같았다. 엉치 뼈 부근이 욱신거렸다.

한 걸음만 더 내디뎠어도 분명 절벽 아래로 떨어졌으리라.

돌아오는 길, 기묘한 고양감과 절망이 번갈아 모모타를 덮쳤다.

공포로 온몸이 덜덜 떨리고 딱딱 소리를 내며 이가 맞부딪치는가 하면, 마치 구름 위를 걷는 듯한 행복과 안도에 휩싸이기도 했다.

남들이 보기에는 그저 산길을 빠른 걸음으로 내려가는 남자처럼 보였을지도 모르지만, 모모타의 내면은 그 두 가지 감정이 번갈아 나타나는 통에 엉망진창이었다.

아드레날린 분비에 문제가 생긴 거겠지. 원인은 대충 짐작이 갔고 몇 번이나 진정하려 했지만 그 상태는 산

기슭의 온천 마을로 내려가 탕에 몸을 담글 때까지 계속됐다.

"무슨 일 있습니까?"

온천에서 물끄러미 제 손을 바라보고 있는데, 멀찍이 앉은 수염 난 중년의 남자가 말을 걸어왔다.

"아, 아뇨."

황급히 주먹을 쥐며 고개를 저었다. 모르는 사람이 말을 거는 것도, 모르는 사람과 이야기하는 것도 불편했다. 서로 실오라기 하나 걸치지 않은 상황에서는 더욱더.

"무슨 일이 있는 거면 그냥 말해 봐요."

물 위로 드러난 살짝 뽀얀 빛깔의 튼실한 목과 어깨를 보아하니 그 역시 산악인인 것 같았다.

"네?"

"억지로 얘기하라는 건 아닌데, 한번 털어놓고 집에 가는 게 좋아요. 나한테 말하기 싫으면 가족이나 친구한테라도…"

"안개에 갇혀서."

그 말을 들은 순간 입에서 툭 말이 흘러나왔다.

남자는 고개를 끄덕였다.

"왜 안개를 가스라고 하는지 알겠더라고요."

쥐었다 폈다 하는 손바닥에 시선을 고정하고 있던 모모타는 느닷없이 중얼거렸다.

"살아… 있구나."

어느샌가 눈물이 뚝뚝 물 위로 떨어졌다.

남자는 그저 말없이 고개를 끄덕였다. 눈물은 모른 척해 주었다.

다행이에요, 별일 없어서. 그렇게만 말하고 미소 지었다.

남자에게 털어놓고 나니 조금이나마 마음이 편해진 것 같았다.

감사 인사를 하려고 입을 연 순간 남자는 "먼저 일어나겠습니다"라고 말한 뒤 나갔다.

남자의 등에 세로로 길게 난 상처를 보고 모모타는 숨을 삼켰다.

온천에서 나와 남자를 찾았지만 샤워실에도, 탈의실에도 그의 모습은 없었다. 감사 인사도 못한 채 모모타는 집으로 돌아왔다.

"잘 먹었어요. 이거 감사의 뜻으로 샀어요."

월요일, 회사에서 가케이에게 선물을 건넸다.

역 근처 농협에서 산 딸기였다.

"어머, 알이 굵네. 고마워. 다 같이 후식으로 먹어야겠다."

"다른 사람들 건 따로 사서 냉장고에 넣어 놨어요. 이 건 가케이 씨랑 가족 분들 드세요."

가케이는 순간 강렬한 눈빛으로 모모타를 보더니 작 은 목소리로 "고마워" 하고 대답했다.

그제야 모모타는 전에 들은 가케이와 젊은 남자의 이 야기를 무의식적으로 떠올리고 '가족 분들'이라고 말했 다는 사실을 깨달았다.

"…신라면 전골 맛있었어요. 특히 마지막에 라면이 요. 치즈하고 김이 신의 한 수."

어떻게 대처해야 할지 몰라서 그렇게만 말했다.

"그래. 맛있었다니 다행이네."

가케이는 여느 때처럼 무뚝뚝하게 대답했다.

"간식 먹을래?"

"네?"

"신라면. 한 팩 사다 놨거든. 나도 먹고 싶어져서. 반 씩 먹을래? 모모가 먹을 거면 나도 먹고."

"아, 먹을래요."

가케이가 라면을 끓이는 동안 멍하니 그 뒷모습을 바라보았다. 주말에 어머니가 (일본식) 라멘을 끓여 주던 어린 시절이 떠올랐다.

그러고 보니 본가에 가지 않은 지도 오래였다.

뭐지, 요즘 계속 옛날 생각이 나네.

"다음 주에 집에 다녀올까."

어느새가 혼잣말처럼 중얼거렸다.

"흐음. 그러든지."

"최근에 집에 안 갔거든요. 부모님이 걱정하실지도 몰라요."

"산에서 무슨 일 있었어?"

"네?"

"왠지 마음이 딴 데 가 있는 것 같아서."

말할까, 어떡하지. 잠시 고민하다 모모타는 이윽고 말문을 열었다.

"산에서 안개에 갇혔었어요."

그러고는 산에서 있었던 일, 온천에서 만난 남자 이야기를 했다.

말없이 듣고 있던 가케이는 반으로 나눈 라면을 작은 공기에 담아 내밀었다.

"맛있다, 역시."

치즈와 김이 들어간 신라면은 끝내주게 맛있었다.

"그치?"

"그런데 뭔가 저번에 먹었을 때랑 맛이 좀 다른 것 같아요."

가케이는 모모타의 눈을 들여다보며 말했다.

"그래?"

"뭔가 냄새가… 맛이 깊어진 것 같은데."

그때 부엌 입구에 우두커니 서 있는 고유키를 발견하고 뭐지, 생각했다.

"모모!"

놀랍게도 그녀는 눈물을 글썽이고 있었다.

"왜?"

더욱 놀랍게도 고유키는 한달음에 달려와 뒤에서 모모타의 어깨를 끌어안았다.

"왜 얘기 안 했어! 그런 일이 있었다고. 내가 산에서는 조심해야 한다고 항상 말했잖아."

그렇게 말하면서 고유키는 모모타의 어깨를 때렸다.

"다행이야, 죽지 않아서 정말 다행이야."

모모 너까지 없어지면 우린 어떡하라고. 중얼거리는 목소리가 목 언저리에서 따스하게 울려 퍼졌다.

다나카도 부엌으로 들어오더니 말없이 모모타의 손을 토닥였다.

둘 다 남의 이야기를 왜 몰래 듣는 거야, 부끄럽게.

"이런저런 일을 겪고 나니 라면 맛도 다르게 느껴지는 거 아닐까."

가케이가 나지막이 말했다.

"남자로서, 아니, 그런 말은 안 좋댔지. 남녀평등이니까. 인간으로서 성장한 거야."

"맞아! 이번 일을 계기로 앞으로는 자신을 소중히 해."

고유키는 그제야 어깨를 놓아주며 말했다.

"응."

쑥스러웠지만 순순히 고개를 끄덕였다.

가키에다는 다정했다. 하지만 고유키처럼 이렇게 화를 내거나, 모모타가 곤란한 상황에 처했을 때 이야기를 들어준 적은 없었다. 지금은 그런 일들이 고맙게 느껴졌다.

"성장했나? 그랬으면 좋겠는데."

인정하기는 싫었지만 절로 그런 말이 나왔다.

"아니, 아닐걸."

가케이가 고개를 저었다.

"네?"

"내가 참기름하고 참깨를 더 넣었어."

"무슨 소리예요?"

하하하하하, 가케이는 웃으며 말했다.

"참기름하고 참깨를 넣어서 깊은 맛이 난 거야. 치즈도 두 배로 넣었거든. 다들 순진하네."

"정말요?"

"안타깝게도 사람은 그렇게 쉽게 성장하지 않거든."

"속았어."

"가케이 씨! 너무해요. 진짜인 줄 알고 감동했는데! 우리 마음을 갖고 놀았어!"

고유키가 버럭 화를 냈다.

"맞아요, 우리 라면도 끓여 주지 않으면 용서 안 할 거예요."

다나카까지 화난 시늉을 했다.

한 방 먹었다고 생각하며 모모타는 하하 웃었다.

하하하하하, 가케이는 웃으며 일어나 부엌으로 향했다.

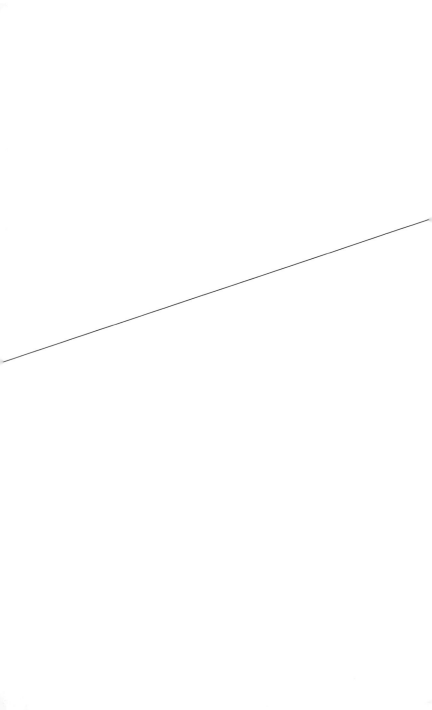

제5화

계란프라이에는 소스? 간장?

"모두 죽어 버렸으면."

가케이 미노리는 옆자리의 젊은 남자에게 그렇게 말했다.

"그러게요."

남자는 무표정으로 고개를 끄덕였다. 가케이 미노리는 남자가 자기 이야기를 전혀 듣고 있지 않다는 걸 확신했다.

조금 전부터… 도조선을 타고 이케부쿠로를 나와 시모이타바시 언저리부터 마음이 딴 데 가 있는 것 같더라니. 그래서 일부러 마음에도 없는 과격한 말을 내뱉었다.

은근히 그런 면이 있단 말이야. 늘 마음이 딴 데 가 있는 듯한 면이. 언제나 허공을 떠도는 듯, 이 세상 사람이 아닌 것 같은 면이.

살아온 내력을 생각하면 어쩔 수 없는 일이리라.

아무것도 없는 황량한 인생을 내력이라 표현해도 된다면.

"다음에 내리면 되죠?"

작은 목소리로 묻는 남자를 보고 미노리는 그가 자신을 무시한 게 아니라, 그저 앞으로 찾아갈 동네에 긴장하고 있을 뿐이라는 걸 알았다.

"응. 다음에 내리면 돼."

스마트폰 지도를 보며 한없이 다정한 목소리로 대답했다.

쇼다 쇼타라는 이름을 보았을 때, 미노리는 당연히 가명인 줄 알았다.

"흐음."

오사카 덴노지 뒤편, 간판 불빛이 늘 꺼지기 일보직전인 러브호텔의 종업원 라커에서 미노리는 자기 손에 들린 이력서를 보며 코웃음을 쳤다.

"뭡니까?"

그는 반항적인 태도로 다리를 꼬더니 도전하듯 미노리를 노려봤다.

"아냐, 아무것도…"

여기서 일한 지 3년, 매니저가 된 지 1년 남짓이었다. 직업병이라고 할까, 남자고 여자고 위험한 인간들은 신물이 날 정도로 봐 왔다. 이깟 일로 겁먹을 가케이 미노리가 아니었다.

"혹시 잘못 쓴 거니?"

"뭐가요?"

직설적으로 물으며 이력서에서 고개를 들자, 겁에 질린 눈동자와 마주쳤다. 그제야 남자가 두려움에 휩싸인 상태라는 걸 알았다.

남자의 감정은 항상 가늠할 수가 없었다. 아니, 그는 늘 오해를 샀다.

"이력서 쓰는 법이 틀린…"

"아니, 그게 아니라. 미안."

만만하게 보일 수는 없었지만, 그렇다고 상대에게 위압감을 주려는 것도 아니었다.

얼굴에 힘을 빼며 "만담가 같은 이름이네"라고 말하자 남자는 그제야 씩 웃었다. 입술 사이로 보이는 덧니가 조금 귀여웠다.

"쇼다 쇼타, 요시모토(일본의 대형 연예 기획사. 코미디언 프로덕션으로 유명하다-옮긴이)에 있을 것 같은 이름 아냐? 안녕하세요, 쇼다 쇼타입니다, 하고."

평소에 무뚝뚝하기로 소문난 여자가 이런 농담을 하다니. 스스로도 놀랐다.

"본명이 그런 걸 어떡해요."

남자는 뺨에 난 여드름을 긁으며 말했다.

입을 열자 덧니뿐 아니라 고르지 못한 치열이 눈에 들어왔다.

치열은 그렇다 쳐도 피부 관리라도 좀 하면 그럭저럭 봐줄 만한 얼굴인데. 그렇게 생각했을 때 이미 온 신경이 남자에게 쏠려 있었다.

서른일곱치고는 어려 보였다. 여드름이 날 나이도 아니잖아, 인스턴트만 먹으니까 피부가 그렇게 되는 거야. 미노리는 뭔가 서글프고 짜증이 났다.

"본명이야? 가명인 줄 알았지."

아니, 그건 뭐 상관없고. 미노리는 그렇게 덧붙였다.

어차피 이런 곳에서 일할 사람에게 신상 조사를 한들 무슨 소용인가. 요즈음은 러브호텔 청소 일 같은 걸 하겠다는 사람도 없었다.

가명이라도 상관없었고, 간단한 이력서만 가져오면 신분증 확인도 하지 않았다. 낡은 아파트◎지만 숙소도

....

◎   한국과 달리 일본에서 아파트는 대개 2~3층 정도의 복도식 빌라 구조를 의미한다.

있어서 원하면 입주할 수 있었다.

그 정도 조건을 내걸어야 겨우 면접을 보러 오는 사람이 생겼다. 그마저도 가출 소녀나 은둔형 외톨이, 니트족, 빚쟁이에게 쫓기는 사람 등등 사연 있는 사람들뿐이었지만.

쇼타도 그런 부류겠거니 했다.

"이 동네 말씨가 아니네."

"그쪽도요."

그는 살짝 눈을 치켜뜨며 미노리를 보았다.

"출신은 도쿄에요. 여기저기 떠돌다 여기까지 온 거고요."

오사카 사투리도 쓸 수 있지만, 상대가 도쿄 말씨면 자연스레 도쿄 말이 나온다고 했다.

"나도 도쿄 출신이야. 도쿄 어디?"

"사이타마요."

"도쿄 아니잖아."

헛웃음이 나왔다. 지방에 오면 간토關東 출신인데 도쿄 출신이라고 하는 사람도 꽤 많았다.

"인터넷에 숙소 제공이라고 되어 있던데."

그도 그 조건에 끌려 찾아온 것 같았다.

"숙소는 미도스지선 니시타나베역에 있어. 지하철 두 정거장인데, 자전거로 다닐 수 있는 거리야. 걸어가도 되고."

"네…"

"하나 물어봐도 되니?"

"뭔데요?"

"37년 동안 어떤 인생을 살았어?"

뜬금없는 질문이라는 건 알고 있었다. 남자가 조금 당황할 줄 알았다. 하지만 그는 주저 없이 대답했다.

"태어나지 않았으면 좋았을걸"

분노도, 불만도 느껴지지 않는 태연한 표정이었다.

한동안 그의 얼굴을 제대로 볼 수 없었다. 이유를 물어보지도 못했다.

"…그럼 내일부터 나와."

그렇게 말하자 대번에 얼굴이 환해졌다.

"채용된 건가요?"

만성적인 일손 부족이라 일하고 싶다면 솔직히 누구든 상관없었다.

"일단 처음 세 달은 수습 기간이야."

"감사합니다."

정중히 고개를 숙이는 모습을 보고 마음이 놓였다. 그래도 예의범절은 아는 모양이었다.

"그럼 내일 봐."

그렇게 말했지만 좀처럼 일어나려 하지 않고 쭈뼛거렸다.

"왜 그러니?"

"오늘부터 일할 수 없을까요?"

"보기보다 의욕이 넘치네?"

미노리는 나지막이 웃었다.

"그게 아니라… 돈이 없어서요."

"혹시 지낼 곳도 없어?"

"네."

그 대답에 쯧, 혀를 찬 건 짜증이 나서가 아니라 자칫 다정하게 대할 것 같아서, 그 마음을 외면하기 위해서였다.

"그럼 여기서 기다려. 1시간 뒤에 퇴근하니까 같이 숙소로 가자. 오늘은 일 안 해도 되니까 쉬고 있어."

그렇게 말했는데도 쇼타는 미노리가 청소하는 객실로

슬며시 올라왔다. 그러고는 말없이 물을 떠 오거나 걸레를 빨아 왔다. 고마웠지만 내색은 하지 않았다.

왜 그날, 처음 만난 이 아이에게 마음을 열어 버린 걸까. 아무리 서른일곱 살이라고 해도.

지금도 종종 그런 생각을 한다.

"일만 제대로 하면 뭘 하든 상관없는데."

그날, 숙소로 가는 길에 아침부터 아무것도 못 먹었다는 얘기를 듣고 니시타나베의 작은 상점가에 있는 가게로 데려가 라멘을 먹였다. 우적우적 면을 입에 넣는 쇼타를 보다가 저도 모르게 그런 소리가 튀어나왔다.

"그만둘 때는 한마디라도 해 주고. 갑자기 없어지면 서운하니까."

호텔에서 일하다 어느 날 홀연히 사라지는 사람도 많았다. 전날까지 아무 말도 없었는데 갑자기 나오지 않는 것이다. 전화도 안 받고 숙소에 가 보면 방도 텅 비어 있다.

익숙해져야지 하지만, 그때까지 별문제 없이 잘 일하다가 갑자기 사라지면 자기 탓인 것만 같았다. 짚이는 게 없어도 사실은 불만이 있었던 걸까, 너무 무섭게 대했나 싶어서 속으로 끙끙댔다. 하물며 꾸중한 적이라도 있으면 한동안은 잠도 못 잤다.

쇼타에게 그렇게 말했을 때 그런 일들이 상처가 되었다는 걸 깨달았다. 아무렇지 않은 양 굴었지만 계속 마음에 남아 있던 거구나, 하고.

라멘 두 개에 교자, 조금 망설인 끝에 돼지고기 야채볶음을 주문했다. 교자는 한 접시에 다섯 개가 나왔다. 쇼타는 머뭇거리며 손을 뻗더니 정중하게 딱 두 개만 먹고 더는 손대지 않았다. 야채 볶음의 야채를 덜 때도 양배추에 젓가락을 대고 미노리를 슬쩍 보더니, 자색 콩을 집으며 또 보고, 일일이 눈치를 보았다. 고기에는 손도 대지 않았다. 그 눈매가 형언할 수 없는 감정을 흔들어 놓았다.

"고기 싫어해?"

"아뇨…."

"그럼 먹어. 난 많이 안 먹으니까. 사양하지 말고."

교자를 하나 집어먹은 미노리는 접시를 홱 밀어냈다.

당시에도 가사 도우미 일은 하고 있었다.

원래 가사 도우미가 본업이었다. 지난 몇 년은 경기가

좋지 않아 일거리가 적었다. 수입을 좀 늘릴까 싶어 일이 없는 틈새 시간에 할 수 있는 걸 찾다 파트타임으로 러브호텔 청소를 시작했다.

원래 몸을 움직이는 걸 좋아했고, 늘어져 있는 건 영성미에 맞지 않았던지라 빈 시간에 용돈 벌이라도 할 공산으로 시작한 일이었다. 하지만 주말에도 싫은 티 내는 법 없이 출근하고, 일처리도 꼼꼼한 탓에 미노리는 결국 사장의 마음에 들고 말았다. 자연스레 러브호텔 일 비중이 늘어났다.

하지만 가사 도우미보다 시급이 낮기 때문에 청소 일이 늘어나면 결과적으로 수입이 줄어든다. 사장에게 솔직하게 말하자, 아르바이트와 파트타이머를 총괄하는 매니저라는 직함을 주고 시급을 50프로나 올려 줬다.

심야 시간대에는 사장의 친척인 '유키노'라는 할머니가 늘 카운터를 봤다.

미노리는 웬만한 사정이 있는 게 아니고서야 카운터를 보지 않았다.

청소 직원이 손님과 마주치는 경우는 절대로 없어야 한다는 이야기를 귀에 딱지가 앉도록 들었다. 하지만 유키노는 미노리가 마음에 들었는지 자주 그녀를 불러내 수다를 떨었다. 모두가 그녀를 유키노 씨라고 불렀지만, 그게 성인지 이름인지 결국 끝까지 모른 채 그만뒀다. 그런 사이였다.

유키노와 카운터에 있을 때 별의별 커플을 다 봤다.

손주와 조부모라 해도 믿을 만큼 나이 차가 있어 보이는 커플은 차라리 평범한 축에 속한 경우라 놀랍지도 않았다.

주부처럼 보이는 사십 대 여자가 에코 백에 한가득 장을 봐서 젊은 남자와 같이 들어가는 걸 봤을 때는, 오지랖이지만 저러다 저녁 시간에 늦는 건 아닐까 걱정하기도 했다.

방에서 나온 여자는 그 에코 백을 그대로 두고 갔다.

미노리와 유키노는 에코 백을 두고 간 여자와 슈퍼 비닐봉지를 두고 간 여자 중 어느 쪽이 더 위험한지에 대해 이야기했다. 둘 다 말할 것도 없이 '에코 백'이라 대답했다. 에코 백을 가지고 다니며 봉투값을 절약하는 알뜰한 여자가 이런 데 온다는 건 확실히 위험하다.

유키노의 보라색 머리는 늘 방금 미용실에 다녀온 사

람 같았지만, 얼굴에 화장기는 거의 없었다.

미노리는 그런 그녀를 오너의 친엄마가 아닐까 생각했다. 확신은 없었지만 그걸 숨기고 일하는 것 같았다. 또한 유키노가 파트타이머나 아르바이트를 매의 눈으로 지켜보다 사장에게 이것저것 일러바치는 것도 알고 있었다. 프락치로 심어 둔 건지도 모른다. 그래서 그녀가 아무리 사장 욕을 해도 미노리는 결코 맞장구를 치지 않았다.

그런 면은 조심했지만 유키노가 싫지는 않았고, 사장의 어머니라는 것도 모른 척했다. 굳이 캐물을 생각도 없었다. 인간이란 원래 남이 이해할 수 없는 이유로 수많은 거짓말을 하는 생물이니까.

하지만 에코 백 이야기처럼 이상한 데서 의견이 맞는 사람이었기에 오랫동안 같이 일할 수 있었던 게 아닐까. 미노리는 지금도 그렇게 생각했다.

놀랍게도 그 현모양처인지 악처인지 모를 여자는 이튿날 에코 백을 찾으러 왔다. 미노리는 그 자리에 없었지만, 유키노에 따르면 카운터 안에서 영수증과 물건을 일일이 맞춰 봤다고 한다.

"이렇게 열심히 물건을 하나씩 살펴보더라니까."

유키노는 돋보기를 내리며 여자가 하는 양을 흉내 냈다.

"누가 그런 걸 훔친다고. 사람을 무시해도 유분수지."

"냉장고에 보관해 두길 잘했네요."

미노리는 혹시나 해서 에코 백 속 내용물을 전날 냉장고에 넣어 놓고 퇴근했다.

"흥, 오늘 안 오면 내가 가져가고 버렸다고 하려고 했는데."

아하하하하, 유키노는 커다란 입을 벌리고 웃었다.

"그 사람, 노안이었어요?"

"그래. 보기보다 나이를 먹었더라고."

"호오."

"나가면서 아르바이트를 빤히 보더니 사람 안 구하냐고 그러는 거야. 안 구한다고 했지."

"왜요, 오라고 하지."

근무 표를 짤 때마다 매번 골치가 아팠기에 미노리는 진심이었지만, 유키노는 눈을 부라렸다.

"어딜, 그런 여자를. 무서워서 어떻게 써."

그 여자와 유키노 중에 누가 더 무서운 사람일까. 미

노리는 그런 생각을 했다.

지금쯤 러브호텔 사람들은 미노리와 쇼타에 대해 입방아를 찧고 있을지도 몰랐다. 평범한 중년 여자와 젊은 남자가 사랑의 도피를 했다고.

두 사람은 T라는 역에서 내렸다.

그곳에서 내린 건 쇼타가 자신이 태어나 자란 마을을 '사이타마현이고, 이케부쿠로로 가는 노선의 동물 이름이 붙은 역이었다'라고 기억했기 때문이다.

지난 한 달 동안 주말이면 이케부쿠로에서 전철을 타고 '동물 이름 역'에서 내렸다.

쇼타는 그곳에서 열 살, 열한 살 때까지 살았다고 했다. 그 뒤로 어머니와 각지를 전전하다, 열일고여덟 살 때 오사카에서 어머니와 살던 집을 뛰쳐나왔다.

"뭔가 화를 주체할 수 없었어요."

미노리가 그 이유를 묻자 그는 그렇게 대답했다.

"네가? 아니면 어머니가?"

"제가요."

그 이상은 말하지 않았다.

그가 살아온 내력을 알고 나니 그럴 법도 했다.

뭔가 이상하다는 걸 알아챈 건 쇼타가 러브호텔에서 일한 지 세 달쯤 지났을 때였다.

　　그전에도 청소 일을 해 본 적이 있어서 일은 금방 배웠다. 이야기를 들어 보니 청소뿐 아니라 건설 노동, 이삿짐센터, 공장 일 등 단기 일자리나 일용직을 전전했다고 한다.

　　다른 아르바이드 직원이나 파트타이머와 친하게 이야기를 나누거나 어울리지는 않았지만, 애초에 니트족이든 은둔형 외톨이든 성실하게 일하기만 한다면 상관없는 자리라 별문제는 없었다. 미노리도 처음 라멘을 사줬을 때를 제외하고는 딱히 친한 척하지 않고 데면데면하게 지냈다.

　　"일 꼼꼼하게 하고 지각만 안 하면 아무도 뭐라고 안 해."

　　처음에 일을 가르치며 그렇게 말하자, 고개를 끄덕이며 "다행이네요"라고 했다.

　　하지만 신기하게도 그가 단순히 '과묵한 사람'이 아니라는 건 다른 직원들도 은연중에 눈치챈 모양이었다.

　　"저 사람, 지명수배범 아냐?"

　　그런 소문이 미노리의 귀에도 들어왔다.

"함부로 그런 소리 하는 거 아냐."

휴게실에서 그 이야기를 듣고 미노리는 저도 모르게 말이 나갔다. 초등학교 4학년 때부터 열아홉인 지금까지 한 번도 학교에 가지 않았다고 당당하게 말하는 아야카라는 여자애였다.

"그치만 절대로 사진에 안 찍히려고 한단 말이에요."

아야카는 입을 삐죽이며 투덜거렸다.

등교 거부 학생에서 은둔형 외톨이를 거쳐 니트족이 된 딸을 어머니가 억지로 데려와 엉엉 울며 사장과 면접을 본 게 2년 전이었는데, 지금은 그런 과거가 믿기지 않을 정도로 일도 잘했고 사람들과도 잘 어울렸다.

수습 기간을 제외하고는 혼자 작업을 시켰고, 다른 아르바이트 직원과 마주치지 않도록 했다. 설령 마주치더라도 인사를 하거나 이야기를 나눌 필요는 없다고 했다. 그것만으로도 아야카는 조금씩 사람과의 만남에 적응하며 말문을 텄다.

"사진 싫어하는 사람 있어. 우리 할머니도 자기 얼굴 보는 게 싫다고 좀처럼 안 찍으려 했어. 장례식 때 영정 사진 찾느라 얼마나 고생했는데."

다른 사십 대 직원이 한숨 섞인 목소리로 말했다.

"나이 많은 사람들이야 그렇죠. 젊은 사람이 어디 그래요? 쇼다 씨는 아야카가 도시락 사진 인터넷에 올리려고 찍을 때도 안 찍히려고 애쓴다고요."

"괜히 배경에 찍힐까 봐 신경 써 주는 거 아냐?"

"하지만 저번에 아르바이트하는 사람들끼리 술 마시러 갔을 때도 마지막에 사진 찍었는데, 어느샌가 사라졌어요."

"원체 과묵하니까 마지막까지 자리 지키는 게 힘들었겠지."

다른 직원이 감싸듯 말했다.

"하지만 계속 마리에를 꼬시던데요? 술자리 내내 둘이 계속 얘기하던데."

방에 틀어박혀 있던 아이들도 시간이 지나면 평범한 젊은이로 돌아왔다. 그러면 수습 기간에 파트타이머 여사님들에게 신세를 졌던 일도 까맣게 잊어버리고 젊은 아르바이트 직원들끼리 어울리고는 했다.

파트타이머와 아르바이트. 시급의 차이는 없지만 어딘가에 경계선이 존재했다. 젊은 애들은 젊은 애들끼리 술자리를 갖거나, 생일인 사람이 있으면 파티를 열거나, 때로는 캠핑을 가기도 한다고 들었다.

미노리는 그것도 나쁘지 않다고 생각했다. 오히려 그들이 밝아지는 모습을 보는 건 즐거웠다.

하지만 아야카의 이야기를 듣다 보니 살짝 기분이 나빠졌다. 서른을 훌쩍 넘긴 나이지만, 미노리에 비하면 쇼타는 아직 젊으니 이성에게 관심을 가질 법도 하겠지. 그 사실을 새삼스레 확인한 기분이었다.

미노리는 쇼타가 그런 데 관심이 없는 사람이라 멋대로 생각했다.

"모르지 뭐, 빚쟁이한테 쫓기는 걸지도. 남의 얘기는 안 하는 게 좋아. 그런 분위기가 아니라 다들 여기 있는 거 아니겠니?"

평소와 달리 조금 강한 어조로 말하자, 아야카는 대번에 낯빛이 달라졌다. 원래 민감한 성격이라 금방 미노리의 말뜻을 알아들은 모양이었다.

저 때문에 그런 표정을 짓는 게 보기 괴로워서 미노리는 쓱 일어나 휴게실 문을 열었다. 거기에 쇼타가 서 있었다.

들었구나 싶었다. 계속 거기에 있던 걸까.

"네가 사진 찍는 거 싫어하니까 다들 이상한 상상하는 거잖아."

순간적으로 그런 말이 튀어나왔다.

"죄송합니다."

쇼타는 순순히 고개를 숙였다.

다음 날, 쇼다 쇼타는 모습을 감췄다.

T역은 개찰구를 중심으로 남쪽 출구와 북쪽 출구로 나뉘어 있었다.

"어느 쪽이야?"

미노리의 물음에 쇼타는 오른쪽으로 고개를 갸웃했다.

"그럼 양쪽 다 둘러볼까."

쇼타가 말없이 고개를 끄덕였다.

"어디부터 갈래?"

이번에는 왼쪽으로 고개를 갸웃거렸다.

"그럼 일단 남쪽부터 가 보자. 따뜻해 보이는 데부터."

미노리는 살짝 미소를 보였지만 쇼타는 여전히 무표정했다.

남쪽 출구는 작은 빌딩과 연결되어 있었는데, 빵집과 체인형 슈퍼마켓, 맥도널드가 있었다. 다양한 역을 다녀본 미노리는 직감적으로 이쪽이 지역의 메인스트리트라는 걸 알았다. 역에서 어느 쪽으로 나가도 모두 길이 훤히 뚫려 있었기 때문이다. 보통 대부분의 역은 어느 한쪽에 상점가나 음식점이 모여 있고, 반대편에는 주택가가 있다.

실제로 계단을 내려가자 로터리가 나왔고, 버스와 택시 여러 대가 정차하고 있었다. 그 주변을 술집과 편의점, 규동 집이 에워싼 모양새였다.

그 부근을 한 바퀴 돌자 쇼타가 말없이 따라왔다.

로터리에서 세 갈래의 길이 뻗어 있었다. 그 길을 하나씩 살펴본 뒤 미노리는 질문을 던졌다.

"어때?"

"음…."

쇼타는 그제야 소리를 내며 고개를 오른쪽으로 돌렸다.

"조금이라도 기억이 나는 쪽으로 가 보자. 틀려도 상관없으니까."

두 사람은 쇼타의 생가를 찾는 중이었다.

홀연히 사라진 쇼타가 다시 러브호텔로 돌아온 건 몇 달이 지나서였다.

심야 근무를 마치고 아침 6시에 뒷문으로 나가는데 맞은편 길에 쇼타가 서 있었다.

눈이 맞자 고개를 숙이듯 끄덕였다.

미노리가 모른 척 덴노지역 쪽으로 걸어가자 뒤따라왔다. 졸졸 따라오는 모양새가 꼭 강아지 같았다.

규동 집 앞까지 왔을 때 돌아서 고개를 까닥하며 "들어갈래?" 하고 묻자 다시 고개를 끄덕였다.

카운터에 나란히 앉았다. 다른 손님이라고는 덩치 큰 젊은 남자 한 명뿐이었다.

메뉴판을 건네자, 쇼타는 날계란과 쌀밥이 나오는 제일 싼 메뉴를 골랐다. 미노리는 규동에 반찬 몇 개가 있는 정식을 골랐다. 쇼타가 작은 소리로 "밥 곱빼기로 시켜도 되나요?"라고 물어서 고개를 끄덕였다.

식사가 나오자 쇼타는 전처럼 우적우적 먹었다.

그가 밥을 반쯤 비웠을 때 미노리는 반찬을 내밀었다.

"먹어."

"감사합니다."

"어디 갔었니?"

그는 대답하지 않았다.

"미안하지만 우린 한번 관둔 사람은 다시 안 써. 특히 말도 없이 사라진 사람은."

그런 규칙은 없었다. 그리고 자신이 중간에서 잘 말하면 사장은 다시 고용할 것임을 알고 있으면서도 미노리는 그렇게 말했다.

"말을 안 해 주면 도와줄 방법이 없어."

그러자 그는 주변을 살폈다. 안쪽 자리에 앉은 덩치 큰 남자가 이쪽에는 눈길도 주지 않고 생선 구이를 먹고 있는 걸 확인하더니 미노리의 귀에 닿을 정도로 입을 가까이 대고 속삭였다.

"호적이 없어요."

"뭐?"

생각지도 못한 대답에 미노리는 당황해 되물었지만, 쇼타는 다시 입을 열지 않았다.

예상했던 대답은 많았다. 어떤 답이 돌아와도 놀라지 않을 자신이 있었다. 빚이든, 범죄든, 야반도주든, 이혼이든… 다양한 반응을 생각해 뒀지만, 돌아온 건 생전

들어 본 적 없는 말이었다.

규동 집을 나와 근처 건물 지하에 있는 카페에 들어갔
다. 거기에도 손님이라고는 노인들 몇이 다녔지만, 미노
리는 주변에 아무도 없는 제일 안쪽 자리에 앉았다. 간
사이답게 아침에 커피를 시키면 삶은 계란과 토스트가
나왔다. 미노리는 됐다고 사양했지만, 쇼타는 그 역시
단숨에 먹어 치웠다.

미노리는 깨달았다.

자신이 배고픈 사람에게 매정하게 굴지 못한다는 걸.
결코 매몰차게 대하거나 내칠 수 없다는 걸. 그게 자신
의 약점이었다.

일단은 배불리 먹게 해 주자. 그다음에 내쳐도 된다.

"아까 그거, 무슨 말인데?"

"…난 호적이 없어요."

"그러니까 그게 무슨 뜻이냐고 묻잖아. 호적이면 그
호적? 구청에서 떼는, 종이에 적힌 서류?"

그는 토스트를 우물거리며 고개를 끄덕였다.

"아무한테도 말하지 마세요. 지금까지 이 얘기한 사
람은 하나, 둘… 세 명뿐이에요."

그중에 한 명은 같이 살았던 적도 있는 여자였지만, 사실을 털어놓자 헤어지자고 했다고 한다.

  "알았어. 어떻게 된 일인지 자초지종부터 말해 봐."

  그러자 그는 전부 털어놓았다.

  태어났을 때부터 호적이 없었다. 어머니가 결혼한 남자는 걸핏하면 심하게 폭력을 휘두르는 사람이었다. 그래서 어머니는 임신 사실을 알고는 맨몸으로 도망쳐 나왔다. 그 남자가 찾아올까 봐 출생신고도 하지 못했다. 전출·전입신고도 못하고 각지를 전전하며 살아왔다. 이름도 정말 쇼다인지 모르겠다. 열두 살 때 오사카로 왔다. 호적이 없어서 학교에 다닌 적도 없고, 제대로 된 직업을 가지지도 못했다. 아무리 부탁해도 어머니는 아버지가 찾아올까 봐 호적 신청을 해 주지 않았다. 열일곱에 호적 문제로 어머니와 크게 다투고 집을 나왔다. 10년이 지나 어머니가 살던 신세카이의 아파트를 찾아갔지만, 이미 그 아파트는 사라지고 주차장이 되어 있었다. 동네 사람들에게 물었더니 몇 년 전에 아파트에서 여자가 자살한 뒤에 그곳은 철거됐다고 한다. 이야기를 들어 보니, 자살한 여자는 어머니와 나이며 인상착의가 비슷했다….

바닥없는 늪 같은 이야기였다. 미노리는 무의식적으로 쇼타의 말을 끊었다.

"구청은 찾아가 봤어?"

"…한 번 갔었는데…"

"뭐래?"

"경찰을 불러서…"

"경찰?"

쇼타의 이야기는 두서없었지만, 미노리는 참을성 있게 몇 번이고 물어서 대략적인 내용을 파악했다. 구청에 찾아가 사정을 이야기했지만, 직원은 쇼타가 혹시 외국에서 온 불법체류자가 아닌지 의심했다. 그러자 그는 화가 나서 저도 모르게 고함을 쳤고 그 소리를 듣고 다른 직원들이 몰려들었다. 겁이 난 쇼타는 거기서 도망치려 했다. 하지만 직원이 그의 옷을 붙잡았고, 실랑이를 벌이다 주먹을 날렸다.

"그 후로는 안 갔어요. 혹시나 붙잡힐까 봐요."

그가 두려워하는 이유를 어렴풋이 알 것 같았다.

"그랬구나. 하지만 그런 일로 붙잡히진 않을 거야. 네 잘못이 아니잖아.”

하지만 그는 두려운 듯 눈을 이리저리 굴릴 뿐이었다.

“그랬구나.”

뭐라고 해야 할지 알 수 없어서 미노리는 다시 그렇게 말했다.

“어떻게 해야 할까.”

“일자리를….”

“일자리라.”

“일자리만 소개시켜 주면 돼요. 아무것도 안 바라요.”

쇼타는 그렇게 말했지만 미노리는 그를 모른 척할 수 없을 것 같았다.

이제 배는 다 찼을 텐데.

어쩌면 정말 굶주려 있는 건 미노리였는지도 모른다.

“뭔가 아닌 것 같아요.”

한참 생각에 잠겨 있던 쇼타가 입을 열었다.

“그래? 그럼 반대편으로 가 볼까?”

T역의 뒤편, 북쪽 출구에도 작은 로터리가 있었고 좁은 골목이 사방으로 뻗어 있었다. 그 사이에 체인형 라

멘 집과 테이크아웃 전문 초밥 집, 대부업체 ATM만이 곳곳에 자리하고 있었다.

흔히 볼 수 있는 동네였다. 도쿄에서도, 교외에서도, 지방에서도.

그저 서 있기만 해도 발밑에서부터 싸늘하게 식어 갈 것 같은 풍경이라고 생각했다. 옆에 있는 쇼타에게 그만 가자고 말하려 했다.

그만 가자. 이케부쿠로에서 밥 먹고 들어가자. 이제 그만하자. 그냥 우리 집에서 살아, 내가 벌잖아. 아니면 변호사 상담을 받아 보자. 어쩌면 내 호적에 양자로 들일 수 있을지도 몰라. 그게 가능하다면 내 호적에 넣어 줄게. 특별할 것 없는 호적이지만 네가 그렇게 원하면 넣어 줄게. 돈이 들면 내가 벌어서 대 줄게. 이제 쉬는 날마다 집을 찾아 헤매는 건 그만두자. 내가 꺼낸 이야기긴 하지만, 찾으면 왠지 더 서글퍼질 것 같아서….

"왠지 낯이 익어요."

"뭐?"

예상 밖의 대답에 놀란 미노리는 옆에 있는 쇼타를 보았다.

"이 분위기… 작은 광장하고 작은 집이 있는."

그는 눈앞을 가리켰다.

작은 광장이라는 건 로터리였고, 작은 집이란 대부업체 ATM이 설치된 유리 박스를 말하는 것이었다.

"정말?"

너무나 오랜 시간 허탕만 쳐 와서인지 기쁨보다 의심이 앞섰다.

"네."

그는 웬일로 미노리를 똑바로 바라보았다.

"낯이 익어요. 엄마가 늦게 오는 날엔 저기 들어가서 기다렸던 게 기억나요."

도쿄로 올라와 그가 어릴 적 살던 집을 찾아다니게 된 뒤로 이렇게 구체적인 이야기가 나온 건 처음이었다. 조금 희망이 보이는 것 같았다.

"그럼 가 볼까."

"아… 네."

본인이 기억난다고 했으면서 대답은 영 자신이 없었다.

"정신 차려. 네가 살던 집을 찾는 거잖아."

"알아요."

그는 머뭇머뭇 걸음을 옮겼지만 그 뒤로는 주저하지 않고 제일 왼쪽에 있는 갈림길, 작은 슈퍼와 부동산, 중년 여성 대상의 부티크가 있는, 상점가라 하기에도 애매한 길로 들어섰다.

미노리가 쇼다 쇼타가 돌아왔다는 이야기를 러브호텔 사장에게 했을 때, 그는 호통을 치듯 "누구?" 하고 물었다.

"쇼다 쇼타요. 예전에 여기서 일했던."

"쇼다 쇼타라."

사장은 앉아 있던 사무용 책상의 제일 큰 서랍을 열어 인사 파일을 꺼냈다.

평소부터 "난 사람 얼굴 한번 보면 절대 안 잊어버려. 파티 같은 데서 스쳐 지나간 경우면 몰라도, 직접 대화를 나눴으면 절대 안 잊지"라고 의기양양하게 말했으면서, 쇼타의 존재는 까맣게 잊어버린 것 같았다.

어차피 그가 기억하는 건 자기에게 이득이 될 사람뿐이겠지만.

"아, 갑자기 사라진 녀석."

사장은 쇼타가 쓴 간략한 이력서를 꺼냈다.

이력서에 드문드문 기입된 작고 동글동글한 글씨. 마치 종이 위에 벌레나 콩을 뿌려 놓은 것처럼 보였다.

"돌아와서 다시 일하고 싶다는데요."

"흐음."

"지난번에는 친척이 갑자기 쓰러져서 가 보느라 무단결근을 했나 봐요. 연락하기 미안해서 관뒀다네요."

미노리는 즉석에서 이야기를 지어냈다.

"뭐, 미노리 씨가 괜찮으면 난 상관없지만."

사장은 당시의 자료를 팔락팔락 넘기며 말했다.

"아, 사라지고 나서 숙소 정리하러 갔더니 아무것도 없던 녀석이네. 가재도구며 짐도 싹 정리해 놨었어."

"그랬던가요."

숙소를 정리하고 청소했던 담당이 아닌지라 미노리는 미처 그랬던 줄은 몰랐다.

"더럽게 쓰고 쓰레기 버리고 가는 것보단 나은데, 너무 아무것도 없고 생활한 흔적이 없어서 뭔가 존재감 없는 녀석이다 싶었지. 꼭 유령처럼."

"그 정도는 아니에요."

저도 모르게 그렇게 말했다.

"그래? 난 아무튼 미노리 씨가 좋다면 상관없어."

마흔둘의 사장은 러브호텔 말고도 룸살롱에 건물을 임대하거나, 원룸을 임대하는 등 다양한 사업에 손대고 있었다. 조폭 출신은 아니지만, 십대 시절엔 악명을 날렸던 모양이다. 소년원에 있을 때 지능검사를 했더니 아이큐가 상당히 높았다고 한다. 본인 말로는 학생은 물론 교사까지 모두 멍청해 보여서 학교에 적응하기 힘들었다고.

2년간의 소년원 생활 동안 부기, 지게차, 위험물 산업기사 등 딸 수 있는 자격은 모조리 땄다고 했다. 소년원에서 나온 뒤 이십 대에 사장이 되었다.

밑바닥부터 기어 올라왔지만 사장이 된 뒤로는 그다지 고생을 안 했는지, 아니면 원래 꼬인 데가 없고 솔직한 성격인지는 모르겠지만 아무튼 간에 미노리는 대하기 쉽고 편했다.

알았다고 대답하며 발길을 돌리려던 순간이었다. "하지만 다음에 무슨 문제라도 일으키면 미노리 씨가 책임지는 걸로 알게." 사장은 지나가는 말처럼 내뱉었다.

미노리가 돌아보자 사장은 자료를 책상에 다시 넣어

놓으려고 밑을 보고 있었다.

　이런 점에서 방심할 수 없는 사람이다. 그런 생각이 들었다. 혼자 힘으로 모든 걸 일궈 내 덴노지와 신세카이 일대를 주름잡는 사내다. 만만하게 볼 상대가 아니었다.

　모른다고 했지만 사실은 쇼타를 기억하고 있을지도 모른다.

　이렇게 어릴 적 살던 동네와 집을 찾아가 그의 뿌리를 조사하기 시작한 건 오사카에 있을 때부터였다.

　"어릴 때 살던 신세카이에 한번 가 보자. 그 집은 철거됐어도, 동네 사람들한테 자세히 물어보면 뭔가 알아낼 수 있을지도 몰라."

　가사 도우미에 청소 일을 겸하다 보니 평소에는 집에 거의 없어서 상관없었지만, 쉬는 날에 방 하나에 부엌이 딸린 원룸에서 둘이 얼굴을 마주하고 있으려니 왠지 어색해서 미노리가 꺼낸 이야기였다.

　러브호텔에서 다시 일하게 된 뒤로도 쇼타는 어째서인지 미노리의 집에서 나가지 않았다. 미노리 역시 나가라는 말을 못 하고 있었다.

　그러라고 한 것도 아닌데 쇼타는 한 평짜리 부엌에서

담요를 둘둘 말고 웅크려 잤다.

그 모습을 보고 있으려니 그의 뿌리를 찾아 줘야겠다는 생각이 든 것이다.

"…나갈 거예요."

아침을 먹던 쇼타는 눈을 슬쩍 들어 미노리를 보더니 그렇게 말했다.

"뭐라고?"

메뉴는 쌀밥에 미소시루(일본식 된장인 미소를 넣고 끓인 국-옮긴이), 계란프라이, 유채 오히타시(야채를 삶아 다랑어 국물로 간을 한 요리-옮긴이)… 정도였다.

미노리는 반숙 프라이를 밥에 올려서 노른자에 간장을 뿌려 먹는 걸 좋아했다. 빵과 같이 먹을 때는 소스를 뿌린다. 어차피 밥에 올려 먹을 거라도 프라이는 꼭 접시에 담아 차렸다.

처음에는 밥에도 빵에도 소스를 뿌리던 쇼타도 지금은 미노리를 따라 간장을 뿌려 먹었다.

"오래 있어서 미안해요. 금방 나갈게요."

미노리는 하얀 쌀밥 위에 올린 계란프라이를 젓가락으로 푹 찔렀다. 노란 반숙이 흘러내려 간장과 섞였다.

"갑자기 얘기가 왜 그쪽으로 빠지는데?"

내뱉은 말이 작은 비명처럼 들려서 내심 놀랐다.

"아니, 나가 달라는 뜻인가 싶어서."

"내가 언제 그랬니. 그냥 네가 어떤 사람인지 알아낼 수 있으면 했고, 호적 문제도 할 수 있는 일이 있으면 돕고 싶다는 소리였어."

정신을 차려 보니 왼손엔 밥공기를, 오른손엔 젓가락을 든 채 울고 있었다. 왜 눈물이 나는지 스스로도 이해할 수 없었다. 젓가락을 든 손으로 눈을 눌렀다.

"죄송해요. 정말 죄송해요."

오히려 쇼타가 어쩔 줄 몰라했다. 그는 젓가락을 내려놓더니 미노리의 어깨에 손을 올리고 "죄송해요, 울지 마세요"라고 했다. 그가 미노리와 접촉한 건 그때가 처음이었다.

"나는 그냥 민폐를 끼치기 미안해서…"

쇼타는 집에 온 지 며칠 뒤부터 계란프라이를 밥에 올려 간장을 뿌려 먹기 시작했다. 그 사실을 알아챘을 때, 미노리는 왠지 흐뭇했지만 금세 서글퍼졌다.

그의 변화는 계란프라이만이 아니었다. 양치질도 마

찬가지였다. 처음 왔을 때 그는 자기 전에만 양치질을 했다. 그러다 미노리가 일어나자마자 이를 닦는 습관을 보고 금방 따라했다. 아침에 체조를 하는 것, 식사 중에는 텔레비전을 끄는 것, 맑은 날에는 가급적 빨래를 하는 것… 그 모든 습관을 그는 자연스럽게 제 안에 받아들였다.

　그는 이렇게 점점 자신을 바꾸며 살아왔을 것이 분명했다. 아니, 그러지 않고서는 살아갈 수 없었던 게 아닐까.

　그렇게 남의 흉내만 내면 자기가 없어질 텐데.

　그가 앞으로 자신의 뿌리를 찾고 싶다고 생각했을 때, 혹은 찾게 되었을 때 정말 소중한 것도 사라지고 마는 게 아닐까. 같이 살았던 어머니에 대한 기억도.

　"소스였어? 간장이었어?"

　"네?"

　"계란프라이. 어머니는 소스 파였어, 간장 파였어?"

　그는 이유도 묻지 않고 고개를 갸웃하며 생각에 잠겼다.

　"소스… 였나. 잘 기억은 안 나지만."

　"찾아보자."

　"뭘요?"

"어머니에 대해서 알아보자고. 기억이 모두 사라지기 전에."

그 말을 듣고 무슨 생각을 했는지 자세히 설명하지는 않았지만, 쇼타는 순순히 "네" 하고 고개를 끄덕였다.

마지막으로 모자가 같이 살았다던 지하철역에서 도 보로 10분 거리의 목조 아파트는 들은 대로 이미 사라지고 없었다. 미노리는 동네 주민에게 말을 붙여 보기도 하고, 아파트가 있던 자리에 생긴 부동산에 가서 자살한 여자와 아파트에 대해 물었다.

동네 주민은 정말 모르는 건지 괜한 일에 엮이고 싶지 않은 건지 그저 모른다고만 했다.

부동산은 나이 차가 나는 부부가 운영하는 듯 보였다. 여든 노인과 예순쯤 되는 여자였다.

"개인 정보는 알려 줄 수 없어서…"

여자는 노인을 보며 말했다.

"그건 아는데요, 이 친구가 계속 자기 누나인 것 같다고 해서요."

미노리는 뒤에 서 있는 쇼타를 앞으로 끌어당기며 말했다.

"가족인데 연락도 안 하고 살았어?"

"…오랫동안 떨어져 살아서요."

쇼타는 변명 같지도 않은 변명을 웅얼거렸다.

하지만 그 말이 통한 모양인지, 여자가 노인을 보며 말했다.

"아마 누나는 아닐 거야. 그쪽 누나뻘 나이는 아니었어. 더 많았지. 그렇죠?"

이런 일이 자주 있는 걸까. 실은 말만 그렇게 했지 딱히 개인 정보법을 철저히 준수하는 건 아닌 모양이었다. 이곳은 그런 지역이고 그런 사람들인 것이다.

노인은 여자의 남편일까, 아버지인 걸까. 아니면 시아버지? 그런 생각을 하며 미노리가 물었다.

"그럼 나이가 어떻게 됐나요?"

"예순쯤 됐나. 3년 전에 죽었을 때."

3년 전에 예순 살이었다면 쇼타와 스물여섯 살 차이다. 가능성은 있었다.

그러고는 장부나 일지, 개인 일기를 겸한 노트를 뒤적여 자살한 날짜를 가르쳐 주었다. 집주인에게는 우리가 알려 줬다고 하면 안 된다며 당부를 했다. 하지만 집주인의 이름까지는 알려 주지 않았다.

　"그 일이 있고 나서 세입자가 하나둘 빠졌어. 이 동네에서는 그렇게까지 신경 쓸 일은 아닌데, 집주인이 이제 아파트 관리는 힘들어서 못 하겠다 그러더라고. 우리는 말렸는데 결국 건물을 철거했지."

　도서관에 가서 그날 발행된 신문을 찾아보았다. 지방지에 실린 작은 기사를 발견했지만 고인의 이름은 나와 있지 않았다. 구청과 경찰서에도 가 봤지만 이름은 알려 주지 않았다.

　오사카에서는 이제 더 알아볼 길도 없어서 미노리는 "도쿄에 가자"라고 했다. 쇼타는 조금 놀란 표정이었지만 이번에도 순순히 따라왔다.

　상점가라고 하기에는 한산한 길을 계속 따라 걷다 보니 주차장이 나왔다. 길은 세 갈래로 갈라져 있었다. 쇼타는 거기서 걸음을 멈췄다. 곰곰이 생각에 잠긴 듯 보였다.

　"틀려도 돼."

　미노리는 쇼타의 부담을 덜어 주기 위해 그렇게 말했다.

"아니다 싶으면 여기로 돌아와 다시 시작하면 되니까."

인생은 그렇게 되지 않는다. 그러니 길이야 좀 틀려도 상관없지 않을까.

"네."

쇼타는 고개를 끄덕이며 걸음을 옮겼다.

그가 택한 건 제일 왼쪽 길이었다. 양쪽에 주택가가 늘어선 줄 알았는데, 길 끝에 스포츠 클럽이 있었고 유리창 너머로 수영장이 보였다. 스포츠 클럽 건물을 따라 걷다 다시 왼쪽으로 꺾었다. 갑자기 도로가 나와서 조금 놀랐지만 쇼타는 거기서 걸음을 멈추고 주변을 두리번거리더니 길을 건넜다. 차도를 따라 쭉 걸어갔다. 대화는 거의 나누지 않았고, 어느샌가 그는 고개를 떨구고 있었다.

앞을 잘 보고 걸어야지, 그래야 맞는 방향인지 아닌지 알 거 아냐. 미노리는 그렇게 말하고 싶었지만 괜히 위축될까 싶어서 꾹 참았다.

앞에서 보행 보조기를 밀며 천천히 걸어오는, 허리가 굽은 노인이 보였다. 일본 어디서나 흔히 볼 수 있는 풍경이었다. 미노리의 눈이 절로 그녀를 좇았다. 느릿하지

만 확실한 걸음걸이로 걸어갔다. 어디로 가는 걸까. 명
확한 목적지가 있을까. 지금은 혼자지만 집에 돌아가면
가족들과 복작거리며 지낼지도 모른다. 나와 저 노인 중
누가 더 행복할까.

"이쪽이에요."

노인에게 한눈을 팔다 뒤처진 모양이었다. 5미터쯤
앞에서 골목으로 들어가려던 쇼타가 미노리를 보고 있
었다.

"미안."

황급히 그의 뒤를 따랐다.

"미안, 미안, 안미, 안미."

지금 분명 히죽거리고 있을 것이다. 평소에는 쓰지도
않는 옛날 유행어가 순간적으로 튀어나왔다.

나한테도 목적이 있다고.

"이쪽이야?"

지금까지 여러 역을 다녔지만, 생각해 보니 쇼타가 이
렇게 분명한 의지를 보이며 걸어가는 모습은 본 적이 없
었다.

"아마도요."

벌써 역에서부터 15분이나 걸었다. 하지만 쇼타와 그 어머니의 당시 상황을 고려하면 역에서 이 정도 떨어진 곳에 살았어도 이상할 건 없다.

"그래."

길을 꺾어서 10미터쯤 걸어갔을까. 그러고 나서 그는 한 번 더 골목으로 방향을 틀었다.

"아."

들어서자마자 쇼타가 작게 외쳤다.

"왜?"

미노리가 쇼타의 얼굴을 들여다봤다.

"저 집 같아요."

그는 연식이 꽤나 있어 보이는 빨간 지붕의 이층 아파트를 가리켰다. 회색인지 베이지인지 분간이 안 되는 벽. 일층에 네 가구, 이층에 네 가구씩 파란 문의 집들이 늘어선 그곳엔 녹슨 철제 계단이 달려 있었다.

그 양옆으로 단독주택이 자리하고 있었는데, 양쪽 모두 비슷하게 낡았다. 옛날 건물이어서인지 모두 남는 공간 없이 대지에 꽉 차게 지어져 있었다.

오른쪽 집은 갈색 함석으로 외벽을 만들어 놓았고, 왼

쪽 집은 콘크리트 벽에 검은 지붕이었다.

"정말?"

의심하지는 않았지만 순간 그렇게 중얼거렸다.

"네."

"그래."

"이층 가운데 집이요. 빨간 지붕 집을 그렸어요. 엄마가 크레파스를 사다 줘서 계속 그렸어요. 옆집도 그렸어요. 갈색 집을 너무 많이 그려서 갈색 크레파스가 금방 떨어졌어요. 엄마는 그 집은 그만 그리라고 혼을 냈어요. 그러다 집에서 나가면 안 된다고 했어요."

뭐라고 대답해야 할지 알 수 없었다. 지금껏 계속 이 집을 찾으러 다녔다. 오사카에서부터 그의 뿌리를 찾아 여기까지 왔다. 하지만 어딘가에 실제로 존재하는 곳인지 확증이 없었다.

불현듯 그가 '엄마'라는 말을 한 게 처음이라는 걸 깨달았다. 깨닫고 나니 가슴이 미어졌다.

고개를 돌리자 쇼타가 불안한 듯 미노리를 보고 있었다. 미노리는 정신 똑바로 차려야 한다고 스스로 되뇌었다.

아파트로 다가갔다.

양쪽 주택과 딱 붙어 있어서 고개를 꺾어서 들여다봐도 아무것도 안 보였다. 한 바퀴 돌아볼 수도 없는 구조였다.

"음, 어쩌지."

"그러게요."

집을 찾긴 찾았다만 당시 살던 사람들은 지금 없겠지….

혹시나 해서 단독주택의 초인종을 눌렀다. 몇 번을 눌러도 갈색 주택에서는 응답이 없었다. 하지만 집 앞에 있는 화분이 살아 있는 걸 보면 누가 살고 있는 건 분명했다. 반대편의 검은 지붕 집은 대문 안쪽으로 폭이 1미터도 되지 않는 손바닥만 한 마당이 있었다. 초인종을 눌렀다.

"누구세요?"

낡은 인터폰 너머로 나이 든 여자의 목소리가 들려왔다.

"실례합니다. 옆에 있는 아파트에 대해 말씀 좀 여쭙고 싶은데요."

"…네."

"죄송합니다. 잠시만 시간 내어주실 수 있을까요?"

자연스레 목소리가 커졌다. 사람이 거의 없는 주택가에 울려 퍼지는 목소리가 창피했지만, 슥 둘러봐도 이쪽을 주시하는 사람은 없었다.

한참 지나서 눈부신 듯 얼굴을 찡그리며 미닫이문을 열고 노인이 나왔다. 그 역시 아까 본 노인처럼 허리가 굽었다. 그래도 회색 조리복 차림이라 이쪽은 조금 젊어 보였다.

"무슨 일이죠?"

뜻밖에도 경계하는 눈치는 아니었다.

"죄송합니다. 이 아파트 말인데요."

아파트를 가리키며 말문을 뗐지만, 무슨 질문을 해야 할지 떠오르지 않았다.

"저기, 지금 사람이 얼마나 사는지 아시나요?"

"…글쎄. 잘은 모르겠지만… 이층에 한 명, 아래층에 두 명쯤 사는 것 같던데. 이층은─" 노인은 오른쪽을 가리키며 말했다. "저 끝 집에 한 명이고, 아래층은 양 끝 집에 한 명씩."

"그럼 일이층 다 가운데 집이 비어 있는 거군요."

"그렇지. 가운데 집보다는… 역시 끝 집을 선호하는 거 아냐?"

"그렇긴 하죠."

적당히 맞장구를 쳤다.

"예전에는 저쪽에 공장이 있었거든." 노인은 허공을 가리켰다. 미노리와 쇼타는 나뭇잎처럼 흔들리는 노인의 손가락 끝에 자신들의 미래가 있는 양 쳐다보았다. "거기서 일하던 직원들이 많이 살았는데, 공장이 없어지고 나서는 한동안 빈집이 많았지. 그러다 수급을 받는 할아버지가 이사를 와서… 기초 수급자는 월세 한도가 3만 얼마니까. 하지만 그 사람들도 하나둘 사라지고…"

미노리는 과거에 있었다는 공장이 무슨 공장인지 생각하며 물었다.

"돌아가신 건가요?"

"그것도 있고. 이 동네 월세가 점점 낮아져서 지금은 시세가 2만 엔쯤 되거든. 역 앞의 더 넓은 집으로 이사 간 거지."

"그렇군요."

"하지만 최근에 저기 큰 병원을 짓는데, 공사하는 사람들이 잠깐 사는가 보더라고."

"예전에 살던 사람을 혹시 기억하시나요? 엄마하고 어린애가 살았는데."

쇼타가 더는 못 참겠다는 양 물었다.

그제야 노인은 조금 경계심을 보이며 그의 얼굴을 보았다.

"30년쯤 전이었고요. 남자애는 이만했고 엄마 쪽은 머리가 길었어요."

"글쎄, 잘 모르겠는데."

노인은 고개를 저었다.

"30년 전이면… 나도 젊을 때라 바빴어서. 기억이 잘 안 나네."

"혹시 집주인을 아시나요?"

미노리가 물었다.

"글쎄, 역 앞에 부동산이 있으니까 거기서 물어보면 되지 않을까."

더 이야기를 나눴지만 그 이상의 정보는 얻을 수 없었다.

두 사람은 다시 역으로 이동했다. 세 번째 방문한 부

동산에서 자세한 이야기를 들을 수 있었다.

주소와 아파트 이름('사쓰키 하우스'라는 이름이었는데, 겉보기와 달리 세련된 이름이었다. 미노리는 영화나 소녀 만화에 나올 법한 이름이라 생각했는데, 단순히 집주인의 이름이 사쓰키라고 했다)을 대자 작은 키에 동그란 얼굴의 남자가 나왔다.

"네, 저희가 관리하는 물건인데요."

사십 대 중반쯤일까. 미노리가 "좀 여쭙고 싶은 게 있는데요" 하고 말하자 웃으며 의자를 가져와 앉으라고 권했다.

"실은 사람을 찾고 있어서요."

이 남자에게 잔꾀는 통하지 않을 것이다. 작은 너구리 같은 생김새지만 보기보다 훨씬 영리할 것 같다고 생각하며 미노리는 솔직하게 털어놓았다.

남자는 곤란한 표정을 지었다.

"이 친구 어머니를 찾고 있습니다."

"…아, 두 분은 모자간이 아니시군요."

"아, 네… 그냥 아는 사이인데."

"그러셨군요."

"이 친구가 30년쯤 전에 그 아파트에 살았다고 해서,

집주인 분께 당시 얘기를 좀 여쭙고 싶은데요.”

"어머니와 생이별을 했습니다. 그래서 뭔가 조금이라도 어머니 일을 알고 싶어서 찾아온 겁니다.”

쇼타는 또렷한 목소리로 말했다. 미노리는 흠칫하며 그의 얼굴을 보았다. 이 일에 진심이라는 걸 알 수 있었다.

"음…”

남자는 서글서글한 얼굴에 난처한 기색을 보였다.

"역시 개인 정보 문제가 걸리나요?”

미노리가 물었다.

"그것도 그런데, 요즘은 집주인 정보를 세입자에게 웬만하면 가르쳐 주지 않거든요.”

"그런가요.”

"다른 곳은 모르지만, 저희가 관리하는 물건은 월세를 받아 집주인에게 송금하고, 자잘한 불만 사항이나 수리 같은 건 알아서 처리합니다. 뭐, 처음 계약할 때 이름은 알려 줘도 전화번호나 주소 같은 건 말 안 하죠.”

"그렇군요.”

"좀 어려울 것 같네요.”

"어떻게 안 될까요?”

"음, 집주인에게 연락처를 말해 둘 테니 그쪽에서 연락 오는 걸 기다려 보면 어떨까요?"

좋은 의미로든 나쁜 의미로든 말이 잘 통하고 실용적인 사람이었다. 더 이야기한들 이보다 나은 조건을 제시하지는 않으리라.

미노리와 쇼타는 서로를 마주 봤다.

"그럼 부탁드리겠습니다."

미노리가 말하기 전에 쇼타가 대답했다.

"오늘 메뉴는 뭐예요?"

그랜마의 부엌에서 야채를 손질하던 미노리는 "샐러드"라고 대답했다.

평소보다 훨씬 무뚝뚝한 말투였지만 "와!" 하는 대답이 돌아왔다.

"음?"

돌아보니 모모가 만세를 외치고 있었다.

"샐러드 좋아해?"

"그냥 야채는 싫은데 가케이 씨 샐러드는 좋아"

갑자기 울컥해서 홱 고개를 돌리고 야채를 썰었다.

이 애들은 왜 이렇게 구김살 없이 솔직할까. 내가 만든 건 뭐든 남기지 않고 먹고, 돈 받고 하는 일인데도 늘 고맙다는 말을 건네고, 맛있다고 칭찬 일색이고… 아니, 대놓고 칭찬하지 않아도 얼굴을 보면 안다. 다들 흡족해하며 웃는 얼굴로 기운차게 돌아간다.

식사하는 모습을 다 본 건 아니지만, 깨끗하게 설거지된 그릇과 '주먹밥 또 만들어 주세요'란 메모를 보면 알 수 있다.

"평범한 샐러드인데 뭘."

코를 한번 훌쩍이고는 여느 때와 다름없는 목소리가 나오는 걸 확인한 뒤 말했다.

"어, 그럼 드레싱은 어디 거예요?"

"드레싱은 내가 만든 간장 드레싱이야. 금방 만들어."

"매번 직접 만들어 준 거예요?"

"만들기 쉽거든."

"그렇게 쉬워요? 나도 만들 수 있어요?"

"그럼."

"나도 알려 줘요! 매일 먹고 싶어요, 정말 맛있거든요."

"간장하고 식초, 참기름을…"

돌아보며 말을 잇는데 눈물이 흘러내렸다.

"어, 가케이 씨, 무슨 일이에요?"

모모타가 안절부절못하며 달려왔다.

"아무것도 아냐. 그냥 좀…"

미노리는 두 손으로 얼굴을 감싸고 조금 울었다.

"그냥 이런저런 일이 있어서…"

눈물은 몇 분 있다가 멎었다. 미노리는 앞치마로 얼굴을 닦으며 모모타를 보았다.

"미안해. 개인적으로 일이 좀 있어서. 자세한 얘기는 못 하지만."

"알았어요."

모모타는 중대한 비밀이라도 들은 양 진중하게 고개를 끄덕였다.

"그럼 안 물어볼게요. 나중에 얘기하고 싶을 때 말해줘요."

"지금 일은 다른 사람들한테 말하지 말고."

"당연하죠."

"드레싱은 어떻게 만드냐면." 미노리는 바로 화제를 돌렸다. "간장, 식초, 참기름, 식용유를 전부 일대일로 넣어.”

"전부요?”

"그래. 그러고 나서 취향대로 참깨나 후추를 넣어도
돼. 진한 맛을 좋아하면 소금을 살짝 넣어도 좋고.”

"그렇구나. 근데 정말 맛있어요. 시판 간장 드레싱은
사 놓고 금방 잊어버려서 처치 곤란인데.”

"직접 만들면 재료가 신선하잖아. 시판 드레싱은 만
들고 나서 금방 먹는 게 아니니까 그걸 보완하려고 이것
저것 넣을 수밖에 없지. 간단한 드레싱은 바로 만들어
먹는 게 맛있어.”

"이번 주말에 바로 시도해 봐야지.”

"아, 괜히 알려 줬네.”

"왜요?”

"이제 만들어 줘도 안 좋아할 거 아냐. 이렇게 만들기
쉬운 건지 알았으니 감동도 없을 테고.”

"아니에요. 가케이 씨가 만들어 준 게 맛있어요.”

"다른 드레싱 생각해 봐야겠어.”

"괜찮아요. 난 이 드레싱이 좋으니까.”

미노리는 다시 야채를 썰기 시작했다. 당근과 오이, 양

배추는 물론 샐러리도 잘게 다져서 넣으면 먹기 좋겠지.

모모타는 냉장고와 찬장을 열어 드레싱 재료를 꺼냈다.

"지금 만들어 볼래요. 알려 줘요."

"알려 줄 것까지도 없어. 쉽다니까."

그는 알려 준 대로 재료를 한 큰술씩 넣고 섞었다. 그런 뒤 미노리가 썰어 놓은 야채를 접시 두 개에 덜어 드레싱을 뿌렸다.

"내가 처음 만든 샐러드에요."

"그래요, 잘했어요."

"우선 이거 먹어 봐요."

"야채는 내가 손질했는데?"

둘이서 식탁에 앉아 샐러드를 먹었다.

"괜찮네."

"역시 맛있어."

이번에는 손쓸 새도 없이 가케이의 눈에서 눈물이 흘러내렸다.

이 아이들은 아무것도 모른다. 자기들이 얼마나 혜택받은 환경에 있는지. 갖가지 불만이나 고민이 있을지언정, 어릴 때부터 부모의 손에 큰 그들은 솔직하게 애정을 표현하는 방법을 알고 있다.

미노리는 열네 살에 임신했다. 아이를 지웠지만 당시 그녀의 작은 세상은 하루아침에 달라졌다. 부모는 딸과 한 식탁에 앉지 않았다. 어머니가 따로 가져다준 식사는 주먹밥 하나뿐인 날도 있었다. 아버지와는 이후 열다섯에 미노리가 집을 나갈 때까지 한 번도 식사를 함께하지 않았다.

미노리에게 식사에 얽힌 기억은 늘 고독과 서글픔, 절망과 가까운 곳에 있었다. 그래서 적어도 자신만큼은 다른 사람을 먹을 걸로 슬프게 하고 싶지 않았다.

만일 그때 그 아이를 낳았다면, 지금 쇼타와 같은 나이일 것이다.

그 아이를 낳아서 키웠다면… 아니, 그 환경에서 모모타나 다른 아이들처럼 잘 키울 자신은 없었다. 분명 아이는 쇼타처럼 컸겠지. 이곳 아이들처럼 유복한 환경에서 잘 자라지는 못했으리라.

"태어나지 않았으면 좋았을걸."

그 이상도, 그 이하의 대답도 없었다. 미노리가 제일 듣고 싶었던 말이었으며, 제일 듣고 싶지 않았던 말이기도 했다.

그런데도 이따금 미노리는 이곳 아이들이 예쁘고 좋아서 속으로 쇼타와 비교할 때가 있다. 정말 못할 짓이라는 걸 알면서도.

그래서 때로는 이 아이들이 미워지려고 한다.

집주인에게서는 아직 연락이 없었다.

제6화

가게이 미노리의 온천회

"이 집이 오늘 본 곳 중에서 가장 추천드리는 물건이에요."

부동산 회사 영업 사원 우쓰미 메이는 살짝 목소리를 높이며 경차 조수석 문을 열었다. 아침부터 목소리가 활기찼다.

"감사합니다."

평소 같았으면 여자가 차 문을 열어 주는 걸 보고만 있지는 않았을 텐데. 다나카는 다른 생각을 하다 순간 동작이 늦어졌다.

"미안해요. 뭐 좀 생각하느라."

사과하며 차에서 내렸다.

"별말씀을요."

눈부신 하얀 정장은 나쁘지 않았다. 가슴과 엉덩이가 강조되는, 몸에 딱 붙는 스타일. 그에 반해 헤어스타일은 숏컷이었다. 언뜻 봐선 어느 당의 여성 국회의원 같은 차림새였지만, 얼굴은 여성스러웠다. 남자들이 좋아하고, 여자들도 싫어하지는 않을 아슬아슬한 라인. 영업 사원으로서는 만점이었다.

"소중한 고객님이신데 이 정도야."

그렇게 말하며 과장되게 깔깔 웃었다.

두 살 어린 우쓰미와 부동산을 보러 다닌 지도 벌써 3주째였다.

잡담을 나누며 이미 서로의 경력과 집안, 연봉이며 휴일을 보내는 법까지 대충 이야기한 사이였다.

다나카의 예산과 원하는 조건도 잘 알고 있어서 괜찮은 매물이 나오면 바로 연락을 줬다. 거래가 성사되면 큰 실적을 올릴 수 있겠지.

"이 집을 꼭 보여 드리고 싶었어요. 다나카 씨가 생각하시던 것과 조금 다를 수도 있는데, 오히려 원하시는 조건과는 맞을 것 같아서요."

그녀가 안내한 집은 단독주택이었다.

위치는 나카메구로와 유텐지 중간쯤. 나카메구로역에서 걸어서 13분, 유텐지에서는 5분이었다. 부동산에서 받은 팸플릿에는 나카메구로가 더 큰 글씨로 적혀 있었지만 제일 가까운 역은 유텐지였다.

하지만 무엇보다 눈길을 끄는 건 집의 외관이었다. 일층 입구 부분이 통유리로 되어 있어서 마치 쇼룸 같았다. 하얀 벽에 원목 바닥의 실내는 산뜻한 느낌이었지만 밖에서 안이 훤히 들여다보였다.

"꽤 특이한 집이네요."

10평쯤 되는 넓은 거실에 들어선 다나카는 당혹감을 감출 수가 없었다.

"전 집주인 사모님이 플로리스트셨어요. 그래서 집을 사무실 겸 교실로 쓰셨죠."

"듣고 보니 꽃집 같네요."

다나카는 지금은 텅 비어 있는 방을 둘러보았다. 안쪽에 작은 부엌이 딸려 있었다.

"강습 교실로 쓰거나 작은 카페를 차릴 수도 있어요."

"하지만 우리 용도와는…."

다나카는 살짝 인상을 찌푸렸다.

우쓰미는 다급히 말을 이었다.

"이곳을 카페처럼 꾸며 놓으면 다나카 씨가 원하시는 대로 모두가 모일 수 있는 공간이 되지 않을까요?"

"아, 그런 뜻이군요."

듣고 보니 그렇게 꾸미면 원하는 조건에 딱 맞는 공간이 될 것 같았다.

갑자기 머릿속에 이미지가 떠올랐다.

창문으로 쏟아져 들어오는 눈부신 햇살 속에 큼지막한 앤티크 테이블을 놓자. 좀 과하다 싶을 만큼 커다란 테이블로. 거기에 모두가 둘러앉는다. 각자 컴퓨터와 마실 것을 가지고.

"밖에서 훤히 들여다보이는 게 싫으시면 커튼을 달면 되고요."

우쓰미는 자료를 보며 설명을 이어 나갔다.

"삼층 건물에 지하도 있어요. 그쪽은 출입구가 따로 있어서 임대할 수도 있고요."

지하. 거기엔 모모의 침대를 놓으면 되겠다. 언제든 졸릴 때 잘 수 있도록.

무심코 입꼬리가 올라갔다.

그 표정에 용기를 얻었는지 우쓰미는 목소리를 한 톤 높였다.

"옥상에는 선룸이 있는데, 테이블을 설치해 티타임을 즐길 수도 있고, 바비큐를 해도 좋고요."

저도 바비큐 해 보고 싶네요. 그녀는 작은 소리로 중얼거렸다. 부동산 영업 사원이 으레 하는 말인지, 아니면 진심에서 우러나온 말인지 딱히 묻지는 않았다. 아마

둘 다겠지.

"2000년에 완공됐으니 연식은 19년이네요. 시스템키친에 바닥 난방, 드레스 룸도 완비되어 있습니다."

"연식이 19년이라."

"네. 하지만 건축주가 계속 거주한 집이라 주인이 바뀐 적은 없어요. 닳고 닳은 집이 아니죠."

"건물한테도 그런 표현을 써요?"

"그럼요."

우쓰미는 다나카에게 눈을 맞추며 웃었다.

그녀와는 전에 에비스역 근처에서 술을 마신 적이 있다. 퇴근하고 집을 보러 갔다가 시간이 늦어져서, 미안한 마음에 식사라도 대접할 생각이었다. 그랬더니 밥보다 술이 좋다고 했다.

성격도 쾌활하고 열심히 사는 사람이네. 술잔을 기울이며 다나카는 그렇게 생각했고, 우쓰미는 젊은 사업가인 다나카에 대한 관심을 숨기지 않았다.

그 반응도 영업 사원 특유의 수법일지도 모르지만.

"어떻게 됐나요?"

"네…?"

"이 집을 지으신 분이요. 플로리스트 부인과 남편 분. 해외로 나가신 건가요?"

"이혼하셨어요."

그녀는 자료를 힐끗 보며 말했다. 원래 그런 정보를 고객에게 말해도 되는 건가. 다나카는 가늠이 되지 않았다.

"그렇군요."

"이런 집을 짓는 부부라도 이혼을 하네요."

어딘지 모르게 아양을 떠는 듯한 목소리였다.

"그럼 급매인가요?"

다나카가 내치듯 물었다.

"글쎄요, 잘 모르겠네요. 물론 협의해 볼 수는 있는 부분이겠지요."

제 속내를 들켰다 생각했는지, 우쓰미는 갑자기 진지한 표정으로 자료를 읽었다.

"대지가 96제곱미터, 약 30평이네요. 건물 면적은 180제곱미터…"

"얼마에요?"

그녀의 말을 끊고 다나카가 물었다.

"1억 8천만 엔에 나왔네요."

다나카의 예산에 딱 맞았다.

한 달 전부터 새집을 찾고 있었다. 언젠가 회사가 없어져도 모두 모일 수 있는 집을. 맨션이든, 단독주택이든 상관없었다.

위치는 메구로, 시나가와, 시부야역 근처에서 걸어서 5분 거리를 생각했다.

우쓰미의 차를 타고 그랜마로 돌아오는 길. 다나카는 생각에 잠겼다.

"아직 인터넷에는 올리지 않은 매물이에요. 몇몇 고객 분들께만 보여 드렸는데, 벌써 집을 보겠다는 분들이 꽤 계신 걸 보면 관심 있는 분들은 많은 것 같아요."

우쓰미는 영업 사원의 단골 멘트를 읊었지만 그 이상 권하지는 않았다.

집을 보러 다니며 꽤 친해지기도 했고, 적극적으로 권한다고 넘어올 사람이 아니라는 걸 알고 있는 것이리라. 다나카 같은 성격은 결정을 내려야 할 때는 빨리 내리지만, 본인이 아니다 싶으면 아무리 권해도 소용없다는 것을 아는 모양이었다.

"고마워요."

회사 앞에서 내리며 인사하자, 우쓰미는 "아직은 괜찮은데, 관심이 있으시면 최대한 빨리 연락주세요"라고 당부했다.

"그러죠."

건조하게 대답하며 고개를 돌린 순간, 예상 외로 필사적인 눈빛이 다나카의 시야에 들어왔다.

하긴 우쓰미도 영업직이고 아직 젊으니 한 건이라도 계약을 성사시키고 싶겠지.

"다시 연락드리겠습니다."

그렇게 말했다.

"그 집을 구입하실 거면 꼭 저한테 연락주세요."

어차피 매입할 거라면 우쓰미보다 직급이 높은 남자 직원과 이야기하는 게 좋을지도 모른다고 생각했던 게 티가 난 걸까. 살짝 죄책감이 들었다.

"당연하죠."

웃는 낯으로 말했다.

하지만 그녀의 차가 떠난 뒤, 다나카는 맨션 전성시대인 요즘 같은 때에 거의 2억 엔 가까이 하는 데다 구조도

특이한 매물이면 쉽게 팔리지는 않을 것 같다고 냉정하게 따져 보고 있었다.

　다나카가 사무실로 들어섰을 때 부엌에서 부스럭거리는 소리가 났다. 의아해하며 부엌을 들여다봤다.

　"가케이 씨?"

　그녀는 싱크대 아래쪽 서랍을 열고 뭔가를 찾고 있었다.

　아직 아침 10시였다. 오후가 돼야 출근하는 사람이 벌써 와 있는 걸 보고 다나카가 흠칫 놀랐다.

　"아, 다나카 씨?"

　황급히 일어나다 가케이가 커다란 동색 냄비를 떨어뜨렸다. 쨍그랑 소리가 났다.

　"깜짝이야."

　"그건 제가 할 말인데요. 이 시간에 웬일이세요?"

　최근에는 걱정거리가 많아서인지 사소한 일에도 의심이 들었다.

　"아니, 어제 오늘 쓸 육수를 만들어 놓고 간다는 걸 깜빡해서."

　가케이는 곧바로 침착한 표정으로 돌아와 냄비를 싱

크대 위에 올려놓았다.

"오늘 메뉴는 육수를 많이 쓰는 요리거든."

가케이가 수도꼭지를 틀어 냄비에 물을 담으며 말했다.

"육수 때문에 일부러…? 아무거나 먹어도 되는데."

"다시마는 최소 2시간은 불려야 하거든."

가케이는 평소 들고 다니는 가방에서 지퍼락을 꺼내 작게 자른 검은 다시마를 행주로 한 번 닦은 뒤 냄비에 넣었다.

"그만큼이면 돼요…?"

"이만큼이면 돼."

가케이는 차분하게 대답했다.

"차 한잔 줄까?"

"정말 그것 때문에 오신 거예요?"

"그래. 이 다시마를 불려 놓고 다시 집에 가려고 했어."

"육수 하나 때문에 그렇게까지 하는 사람이 있다니, 믿기지가 않네요."

"이 근처에 좀 볼일도 있었어."

"그러시군요."

여전히 목소리에서 의심이 묻어났는지도 모른다.

"다 대답해 줬으니까 나도 하나 물어도 돼? 집은 왜 보러 다니는 거야? 눈 튀어나오게 비싼 집만. 그런 돈이 어디서 나서?"

생각지도 못한 질문이었다.

"어떻게 아셨어요?"

"이 회사 쓰레기 버리는 사람이 누구라고 생각해? 그리고 아무도 없을 때는 전화도 받잖아. 눈치로 아는 거지."

"아무도 모르게 했는데."

"회사 접으려는 거야?"

"네?"

다나카는 순간 말문이 막혔다.

"…아직 결정된 건 아니고요."

"정말 접으려고…? 그냥 떠본 건데."

가케이는 생각보다 충격을 받은 눈치였다.

그 모습에 다나카의 경계심이 살짝 누그러졌다.

"죄송하지만 아직 다른 사람들한텐 말하지 마세요."

"말 안 할 건데…"

가케이는 다리에 힘이 풀린 듯 의자에 털썩 앉았다.

평소답지 않은 모습이었다.

"안 접으면 안 돼?"

"진심으로 그렇게 생각하세요?"

"그야…"

가케이는 제 손을 보았다. 뼈마디가 불거진 손이었다.

"요즘은 어디나 구인난이라 가사 도우미도 사람이 없어서… 일이 없지는 않아."

"그렇겠죠."

"그래도 정 들었는데 서운하지."

"죄송해요."

"그럼 그 집에 새 회사라도 차리려고?"

"아뇨… 그냥 이 회사가 없어진 뒤에도 다 같이 모일 곳이 있었으면 해서요. 다 같이 일을 하거나 밥을 먹거나, 그렇게 자연스럽게 모일 수 있는 곳이요. 셰어 오피스나 셰어 하우스 같은 공간이."

가케이는 동의하지 않고 뭔가 안쓰러운 듯 다나카를 물끄러미 바라봤다.

"생각처럼 잘될까."

"네?"

가케이는 말을 흐렸다.

"무슨 문제라도 있나요?"

"문제라고 할 것까진 없지만."

"말씀하세요."

"기왕 이야기가 나왔으니까 하는 소리야. 다나카 씨는 사장이고."

"네. 알아요. 평소에 가케이 씨가 일러바치고 그러는 사람 아니라는 거."

"…이타미는 다른 회사 면접을 보는 것 같아. 금방 이직할 생각은 없지만, 이 회사를 접으면 바로 옮기겠지. 그렇게 되면 평일에는 새 회사로 출근할 테고."

"아, 이타미는 그럴 것 같다고 생각했어요. 영업직은 어쩔 수 없죠. 그냥 쉬는 날에 놀러 와 주면 돼요."

"아니… 조만간 결혼할지도 몰라."

"네?"

"몰랐어?"

"여자 친구 있는 건 아는데."

"결혼하면 전처럼 쉬는 날에 친구들과 어울리기는 힘들지."

"그건 그렇죠."

"고유키하고 모모는…"

"네."

"둘 다 회사 관둘 생각은 없는 것 같은데…. 하지만 이 회사가 사라지면 어떨까? 새로운 데로 옮긴 뒤에도 계속 같이 있으려고 할까?"

"구체적인 근거가 있나요?"

"구체적인 근거라기보다…"

가케이는 다시 안쓰러운 눈빛으로 다나카를 보았다. 말을 꺼내기 어려운 듯 우물우물 말을 이었다.

"둘 다라고 할까, 다나카 씨도 포함해서 하는 말인데… 다들 곧 서른이잖아. 언제까지고 대학 친구들하고 친하게 어울릴 수는 없는 거 아냐."

그밖에도 뭔가 이유가 있는 것 같았지만 아직 말 못한다는 투였다. 다나카는 입을 다물었다.

"다나카 씨는 사장이고, 직원들의 리더이자 제일 중심이 잡힌 사람인 건 알겠는데."

"네."

"그래도 어딘가, 좀 아이 같은 구석이 있어."

그렇게 말하며 미소 짓는 가케이를 보고 다나카가 무심코 따라 웃었다.

   "맞아요. 저 어린애에요. 다들 날 너무 과대평가하지만."

   "물론 제일 의지가 되는 건 다나카 씨겠지만… 회사를 계속할 수는 없는 거야? 계속하면 아무도 그만두지 않을 텐데."

   "네, 그래도 되는데… 그냥 정말 그게 좋은 건지 모르겠더라고요."

   "그건… 그 사람하고 상관있는 거야? 가키에다라는 사람하고."

   다나카는 입을 다물었다.

   "저기, 내가 이런 말하긴 뭣한데."

   "네."

   "뭔가 숨기는 거 있지?"

   "네?"

   "가키에다에 대해서. 뭔가 아는 게 있는 거 아냐?"

   "아뇨, 그럴 리가… 다른 애들하고 똑같아요."

   "그래? 그럼 어떻게 생각해? 그 사람이 지금 어디 있는지, 살았는지 죽었는지. 살아 있으면 왜 돌아오지 않는지.”

“…살아 있을 거예요.”

“근거는?”

“근거는… 말 못하지만.”

“누구한테든 털어놓는 게 좋아.”

“네?”

“뭔가 아는 게 있으면 누구한테 말하는 게 좋다고. 비밀을 갖고 있으면 마음만 괴로워. 앞으로 무슨 일이 생겼을 때를 대비해서라도 말하는 게 좋아.”

가케이는 자리에서 일어났다.

“그럼 난 일단 집에 갈게. 이따 봐.”

가케이는 앞치마를 개어서 의자에 놓고 가방을 들었다.

“가케이 씨.”

“응?”

“잠깐만요.”

“왜?”

“들어 주실래요?”

“뭘?”

“가키에다 얘기요. 만일 누구한테 이야기해야 한다

면… 가케이 씨한테 하고 싶어요."

"왜?"

가케이는 어딘가 불안한 표정으로 다나카를 보았다.

"나한테 해도 되겠어?"

"네. 무슨 일이 생겼을 때를 대비해서라도 말하는 게 좋다는 얘길 듣고 놀랐어요. 그게 맞는 것 같아요."

가케이는 다시 의자에 앉았다.

"그날… 수화기 너머로 들리는 가키에다의 목소리는 금방이라도 꺼질 것만 같았어요."

여러 말들이 머릿속에 떠올랐지만 다나카가 간신히 고른 건 그 말이었다. 입 밖으로 낸 순간 갖가지 감정들이 한데 뒤섞여 폭발할 것 같았지만 꾹 참았다.

"그게 언제야?"

"가키에다가 자취를 감추고 나서 2주일쯤 지났을 때요. 가키에다가 사라진 걸 그 친구 부모님과 우리가 알아차렸을 때였죠."

"그랬구나"

"다른 사람들에게 말하지 않고 처리하려고 했어요.

결코 숨기려던 게 아니었어요. 지금이라면 아직 괜찮다. 여느 때처럼 사라졌다 나타난 거라고, 웃으며 넘길 수 있을 거라고 생각했죠."

역시나 눈물이 솟았다. 다나카는 잠시 코를 훌쩍이며 눈물을 삼켰다. 가케이는 말없이 기다려 주었다.

"처음 전화를 받았을 때는 도카치에 있다고 했어요."

"도카치? 홋카이도?"

"네. 홋카이도 동쪽 지역이요. 처음엔 착각했죠. 술에 취했는지 목소리가 작아서 잘 안 들렸어요. 다짜고짜 도카치에 있다고 했죠. 도카치의 목장에서 일하고 있다고. 그래서 당연히 오비히로 부근인 줄 알았어요."

"그러고 보니 그 동생 말로는 목장에서 가키에다를 본 사람이 있다고 했지."

"네. 나중에 그 얘기를 듣고 거기 갈 생각이 없지는 않았구나, 했죠."

"그래서 어떻게 했어?"

"아무튼 금방 갈 테니까 거기 있으라고 했어요. 바로 인터넷으로 홋카이도행 비행기 티켓을 끊었죠. 오비히로 공항까지. 하네다 공항에 도착해서 오비히로 공항의

렌터카 업체에 연락해 차도 빌려 놨어요. 홋카이도에서는 차로 이동하는 게 좋을 것 같아서… 그리고…"

　12월에 막 접어든 때였다.

　오비히로 공항에 도착한 다나카는 한 번 더 가키에다에게 전화했다. 하지만 전화를 받은 사람은 가키에다가 아니었다.

　호텔 직원이라는 그는 정중한 태도로 멋대로 전화를 받은 걸 사과하며 가키에다가 너무 취해서 전화를 받을 수 없는 상태라고 했다.

　"호텔 위치가 어떻게 되나요?"

　"도야호(홋카이도 남서부에 자리한 호수-옮긴이)입니다."

　호텔 직원은 가키에다가 일시적으로 W호텔 의무실에 있다고 했다. 정중한 목소리였지만 상당히 난감해하고 있다는 게 수화기 너머로도 느껴졌다.

　W호텔은 도야호 온천에 있는 최고급 호텔이었다. 다나카도 텔레비전이나 잡지에서 몇 번 본 적이 있었다. 가키에다가 전화도 못 받는 상태이고, 그런 고급 호텔에 열흘 넘게 묵고 있다는 이야기를 듣고 흠칫했지만 안 갈 수도 없었다.

렌터카 업체에서 빌린 승용차를 타고 내비게이션으로 경로를 확인하자 최소 4시간은 걸리는 거리였다.

다행히 오비히로 공항을 출발할 때는 눈이 내리지 않았다. 노면은 얼어 있었지만 빌린 차가 빙판용 타이어에 타이어에 사륜구동으로 되어 있어 다행이었다.

하지만 도카치를 나와 미나미후라노에 접어들었을 때부터 눈보라가 쳤다. 제설 작업이 되어 있는 고속도로였고, 다나카는 도호쿠 출신이었기 때문에 그리 동요하지는 않았지만 내심 심상치 않은 날씨라 생각했다.

W호텔은 도야호 온천의 한가운데에 위치한, 고도 약 600미터의 포로모이산 정상에 자리하고 있었다. 도야호 온천이 내려다보이는 그 모습은 마치 이 일대를 다스리는 왕가나 귀족의 저택 같았다.

새하얀 풍경 속에서 산을 타고 올라간 다나카는 호텔에 차를 댔다.

로비에서 이름을 대자 이내 중년의 호텔리어들이 나타나 다나카를 이층에 있는 라운지로 데려갔다. 그중 한 명은 지배인이었다.

라운지는 다른 호텔의 메인 레스토랑 급으로 호화로

웠지만 고상한 분위기였다. 짙은 갈색 바닥과 장식품들이 샹들리에 불빛을 받아 은은하게 빛났다. 이곳에 쉬러 온 거였다면 얼마나 좋았을까. 내심 그런 생각을 했다.

비수기의 평일이라 라운지에 다른 손님은 없었다. 저녁 영업 준비 중인지 라운지 입구에 있는 브래서리(술과 음식을 함께 제공하는 음식점의 형태–옮긴이)에서 갓 구운 빵 냄새가 났다.

그곳 가장 안쪽 테이블에 가키에다가 턱을 괴고 앉아 있었다. 다나카를 보고는 "왔어" 하고 손을 들었다. 그러고는 조금 쑥스러운 듯 웃었다.

이 미소다. 다나카는 생각했다. 이 미소에 늘 우리는 그를 용서하고 만다.

테이블 위에 놓인 은색 와인 쿨러에 샴페인 두 병이 들어 있었다.

"미안해."

다나카가 입을 열기 전에 가키에다는 미안하다는 말을 건넸다.

"마실래?"

가키에다는 집어 든 샴페인의 이름을 확인조차 하지

않았다.

"가자. 차 가져왔어."

다나카는 무표정한 얼굴로 대꾸했다.

"어?"

"바로 나가자."

그러고는 옆에 있던 호텔리어에게 부탁했다.

"계산 부탁드립니다. 그리고 방에 있는 짐을 싸서 로비로 가져다주시겠습니까?"

"잠깐만."

가키에다가 끼어들었다.

"야, 모처럼 홋카이도 시골까지 왔는데 이 호텔 서비스를 받아 봐야 할 거 아냐. 1박이라도 하고 가. 같이 맛있는 거 먹고 온천욕이라도 하면서 얘기하자고."

빈말이라는 걸 알았다. 가키에다도 다나카가 머리끝까지 화가 났다는 걸 모를 리 없을 테고, 여기 더 있을 생각도 없으리라. 그게 아니면 다나카를 부르지도 않았겠지.

"일단 계산 부탁드립니다."

"알겠습니다."

지배인은 공손하게 고개를 숙였지만, 내심 어깨춤을

추고 싶을 정도로 기뻐하는 눈치였다.

"그럼 내가 묵었던 방은 내가 치울게. 그 정도는 해야지."

가키에다가 자리에서 일어나려 했지만 다리가 휘청거렸다.

"지금 같이 갈 거 아니면 난 이대로 갈 거야. 다시는 너 안 봐."

다나카는 조용히 말했다. 그리고 지배인을 향해 "번거로우시겠지만 이 친구도 같이 로비로 데려와 주시겠습니까? 저는 로비에서 기다리고 있겠습니다"라고 말한 뒤 로비로 내려갔다.

가키에다와는 한 번도 눈을 마주치지 않았다.

지배인이 가져온 계산서에는 예상대로 일곱 자리의 숫자가 찍혀 있었다.

"예상은 했지만 직접 보니까 현기증이 나더라고요."

다나카는 쓴웃음을 지었다.

"그 돈을 냈어?"

"네. 회사가 겨우 안정권에 접어들면서 조금씩 돈을

모으고 있었거든요. 탈탈 털어서 냈죠. 꼭 제 통장을 들여다본 사람처럼 금액도 딱 맞더라고요."

거기까지 말한 뒤 다나카는 숨을 삼켰다.

"왜 이제 알았지. 정말 통장을 봤을지도 몰라요. 저축액이 얼마인지 알고 있었고, 딱 맞게 계산해서 불렀을지도 모르죠. 진탕 취해서 안하무인으로 굴면서요."

"왜 그런 짓을 해?"

"제… 생명력이라고 할까, 체력이며 기력 같은 걸… 모조리 박살 내 버리려고요."

"박살 내서 어쩌게?"

다나카는 잠시 생각에 잠겼다. 생각하는 바는 있었지만 입 밖으로 내지는 않았다.

"뭐, 그래. 우연이었을지도 모르니까."

가케이는 됐다는 듯 고개를 끄덕였다. 아마 본인이 아니라 다나카를 위해서.

"호텔에서 나와 차를 몰고 달렸어요. 저녁이었지만 주변은 이미 어두워지고 있었죠. 북쪽 지방은 해가 빨리 지니까요. 그렇지만 어디서 묵어가거나 쉴 생각은 없었죠. 미리 끊어 둔 비행기를 못 탈 건 알고 있었어요. 하지만 왠지 차를 세우면 지는 거란 생각이 들었죠. 좌우지간 공항에 가서 차를 반납하고, 거기서 밤을 새울 작정이었습니다. 아니, 사실은 아무 생각도 없었어요. 생각 없이 그저 달렸죠."

올 때 지났던 고속도로가 아니라 일반 도로로 들어갔다.

"가키에다는 뒷좌석에서 뻗어 자고 있었어요. 조금이라도 술을 깨게 해야겠다고 생각했죠. 어차피 그날 비행기는 못 타니까요. 또 모처럼 홋카이도에 왔는데 아무것도 못 보고, 못 먹고 돌아가야 하는 나 자신을 위로하고 싶었던 건지도 몰라요. 홋카이도 기분을 조금이라도 맛보고 싶었다고 할까."

다나카는 숲속을 달렸다. 주변은 이미 어두컴컴했고 세찬 눈발이 날렸다.

"제가 도호쿠 출신이 아니었다면 무서워서 차를 세웠을지도 몰라요. 국도지만 가로등도 없어서 헤드라이트 불빛에 의지해 달렸거든요. 도중에 농산물 직판장이라고 해야 하나… 주차장에 화장실만 딸린 휴게소 같은 곳이 있었는데, 거기 전광판에 마이너스 3도라고 표시되어 있던 게 기억나네요."

국도를 따라 시무캇푸 산속을 달렸다. 눈보라는 더욱 더 심해졌다.

"눈 속을 달리는 동안 기분이 점점 이상해졌어요. 눈은 새하얀데 하늘과 숲은 까맸죠. 그런 곳을 계속 달린 거예요. 희미한 라이트 불빛을 따라서. 마치 세상천지에 저하고 가키에다만 남겨진 기분이었어요. 세상은 멸망했고, 다른 사람은 아무도 없고 우리만 남겨진 것 같았죠."

하지만 그런 감상적인 기분을 깨부순 것도 가키에다였다.

"1시간쯤 지났을 때 갑자기 깨더니 저를 힐난하기 시작했어요."

처음에는 혼자 중얼거려서 무슨 소리를 하는지 알아들을 수가 없었다.

"아니, 힐난이라기보다도 도발하려던 건지도 몰라요."

다나카는 둔하고, 이타미는 겉만 번지르르한 멍청이, 모모타는 컴퓨터만 잘하고 나머지는 아무것도 못하는 덜떨어진 놈….

"그런 말을 들은 게 처음은 아니었어요. 그전에도 몇 번이고 들었죠. 그래서 못 들은 척했어요. 하지만 그것만은 참을 수 없었어요."

다나카가 무시하자 가키에다는 고유키를 건드렸다.

"도저히 입에 담을 수 없는 말을… 용서할 수 없었어요. 고유키가 너무 가여워서…"

"그 애를… 성적으로 모욕했구나?"

"비슷해요."

"그럼 말 안 해도 돼. 뭔지 알 것 같으니까."

다나카는 눈을 내리깔았다.

잊으려 해도 이따금 되살아났다. 그날 가키에다가 쏟아 낸 저열한 말들이. 고유키는 탐욕스럽고 꼴사나운 여자다, 늘 탐욕스러운 눈빛으로 날 바라봤지. 그걸 알면서도 무시했지만, 이용 가치가 제일 클 때 잤다. 그 뒤로 그 여자는 나에게 가장 편리한 무기가 되었어. 고유키의 마음은 내가 원하는 대로 움직일 수 있다. 너무나도 쉽게. 때로는 그걸 즐기려고 괴롭히기도 했지. 그럴 때 그 여자의 몸은 이런 반응을….

"그런 말까지는 참을 수 없어서 그만두라고 했어요.

고유키를 위해서이기도 했지만, 어떤 의미로는 같은 남자로서 가키에다를 용서할 수 없었죠. 그런 저열한 표현과 말로 남을 매도하는 건, 무엇보다 자기 자신을 모욕하는 짓이나 마찬가지라고 했죠. 하지만 그렇게 말하면서도 마음 한구석으로는 생각했죠. 가키에다가 술이 깨면, 다시 그 천사 같은 얼굴로 말하면, 난 거부하지 못하고 그를 용서할지도 모르겠다고요. 그러니까 한겨울의 홋카이도까지 달려갔겠죠."

하지만 가키에다의 패악은 거기서 끝나지 않았다.

"그는 기뻐하며 웃었어요. 제게서 그런 반응을 끌어낸 게 즐거웠던 거죠. 그리고 그러더군요. 네가 그렇게 말하는 건–"

다나카는 거기서 괴로운 듯 미간을 찌푸리며 말을 흐렸다.

"됐어, 대충 알아들었어."

가케이는 다나카를 말렸다. "힘든 기억을 억지로 떠올리지 않아도 돼. 다 알았으니까."

"아뇨, 이 말을 하지 않으면 그 후의 제 행동을 설명할 수 없어요…. 가키에다는 이렇게 말했어요. 너와 고유키가 똑같기 때문이라고.”

“무슨 말이야?”

“이해하지 못하실지도 모르겠지만… 네가 고유키고, 고유키는 너라고 했어요.”

“둘이 똑같다고…?”

“너도 뭔가 바라는 게 있는 사람처럼, 관심을 갈구하듯 늘 내 주변을 얼쩡거리고 있지 않느냐고. 갈 곳 없는 길 잃은 개처럼. 그래서 주워 줬다. 내가 하자는 대로 움직여 줄 테니까.”

“…그래서 어떻게 했어?”

“그만하라고 했어요. 그만하라고 소리를 질렀죠. 차 안에서 녀석은 실실 웃고 있었어요. ‘그만해, 닥쳐!’ 바보처럼 계속 소리쳤어요. 가키에다는 아무 말도 하지 않는데. 그만해, 그만하라고 몇 번이나 계속.”

“다나카가 그런 식으로 소리 지르는 모습은 상상이 안 가네.”

“그러자 가키에다는 네가 그렇게까지 감정적으로 구는 건 자기가 고유키보다 위라고 생각하기 때문이라고 했어요. 결국 넌 위선자일 뿐이라고.”

가케이는 그렇지 않다고 중얼거렸지만, 다나카는 고개를 저었다.

　"그랬을지도 몰라요. 의식한 적은 없었지만 그 말에 이성을 잃었으니까."

　"아니야. 그런 인간들은 그렇게 사람들을 싸움 붙여서 이간질하지. 나도 살면서 그런 인간 만나 본 적이 있어서 잘 알아."

　다나카는 고마워요, 하고 중얼거렸다.

　"난 울면서 소리쳤어요. 넌 결국 아무것도 모른다. 다들 얼마나 널 걱정하는지. 널 얼마나 소중하게 여기고, 네 사업을 함께해 왔는지. 성공이 눈앞에 보이는데 왜 그런 소리밖에 못 하는 거냐고. 하지만 가키에다는 계속 히죽거리며 너희도 날 계속 이용했다, 너희 성공은 전부 내 것이다, 내가 없으면 아무것도 못하는 놈들이라고 했죠. 가키에다 너는 참 불쌍한 녀석이구나, 그렇게 말해 버렸어요. 이제 알았다, 도쿄에 가면 회사를 접자. 전부 돌려주겠다, 다 끝내겠다고. 그제야 가키에다는 입을 다물었죠. 그때 그게 나타났어요."

　"그거? 그게 뭔데?"

다나카는 잠시 침묵했다. 턱을 괴고 식어 버린 차를 천천히 마셨다.

"안 믿으실지도 모르겠지만."

"그렇게 말하면 무섭잖아."

"괜찮아요. 무섭긴 한데 말만 들어서는 무섭지 않아요."

가케이는 웬일로 겁에 질린 눈빛을 보였다.

"그런 건 고향 시골집에서도 본 적 없었어요…"

다나카는 아련한 눈빛으로 말했다.

"사슴이 도로로 뛰어들었어요. 뿔이 없는 거대한 암사슴이었죠. 황급히 브레이크를 밟았어요. 그러자 그 뒤에서 자그마한 사슴들이 차례차례 숲에서 나왔어요. 일렬로 서서 커다란 사슴을 뒤따르듯이. 가족이었을까요. 한마디로 어둡고 하얀 숲속에서 사슴 떼가 국도를 가로지른 겁니다. 전부 대여섯 마리였을까. 몸은 헤드라이트 불빛을 받아 어둠 속에서 까맣게 떠올랐죠. 그런 뒤 마지막으로 다른 사슴들보다 훨씬 덩치가 큰 수사슴이 나타났어요. 커다란 뿔이 양쪽으로 뻗은 모습이 마치 숲의 왕, 산신령 같았어요. 사슴은 느긋한 걸음으로 우리 앞을 가로지르더니 길을 다 건넜을 때 고개를 돌려 우리를 물끄러미 바라봤어요. 당황한 기색 없이, 조용히, 아주 차분하게요. 우리를 감시하는 것 같기도 했고, 가족을 지키려는 것 같기도 했어요. 사슴은 길을 다 건넜으니 그대로 출발할 수도 있었죠. 하지만 뭔가 압도당한 기분이라 몸을 움직일 수가 없었어요. 얼마 후에 사슴은 숲속으로 들어갔어요. 마치 영화의 한 장면 같은 아름답고 장엄한 풍경이었죠."

가케이는 말없이 고개를 끄덕였다.

"사슴이 떠나고 다시 출발하려고 했을 때였어요. 가키에다가 갑자기 뒷문을 열더니 사슴이 떠난 방향으로 달려가는 거예요. 눈 깜짝할 새에 일어난 일이었죠. 어디 가는 거냐고 불러 세울 틈도 없었어요. 숲속으로 들어가더니 순식간에 사라졌거든요."

"사라졌다고?"

"네. 전 한 박자 늦게 차에서 내려 가키에다를 쫓았어요. 하지만 숲속으로 들어가지 못하고 망설였어요. 숲은 덤불로 뒤덮여 있었고, 눈까지 쌓여 있었죠. 가키에다는 주저 없이 덤불을 뛰어넘어 숲속으로 들어갔지만, 전 그런 용기가 없었죠. 어둡고, 깊고, 얼마나 큰지 전혀 알 수 없었거든요. 거기에 우두커니 서서 가키에다를 불렀어요. 물론 대답은 돌아오지 않았고, 아무 소리도 나지 않았죠. 숲은 그저 정적에 휩싸여 있었어요. 가키에다의 이름도 불러 봤지만 소용없는 짓이었죠. 잠시 후 충격에서 깨어나자 추위와 공포로 온몸이 덜덜 떨려 왔어요. 여기 이렇게 있으면 안 되겠다 싶어서 차를 갓길에 대고 가키에다를 기다렸죠. 달리 방법이 없었거든요. 눈은 점점 내리지, 기온은 떨어지지, 스마트폰도 통화권 이탈 지역이라고 뜨지. 게다가 오가는 차도 없었어요. 차 안에 있는데도 한기가 들어서 하는 수 없이 천천히 시동을 걸었죠. 가키에다를 찾으며 서행하다 보니 다음 중계점이라고 할까, 주차장과 화장실이 있는 무인 휴게소 같은 곳이 나왔어요. 거기서 화장실에 들렀다가 다시 차를 몰고 원래 있던 곳으로 돌아갔죠. 하지만 솔직히 그곳이 정말 가키에다를 놓친 곳인지… 잘 모르겠더라고요. 풍경을 잘 기억해 두며 움직였다고 생각했는데… 숲은 어디나 비슷한 것 같았고 컴컴했어요. 그대로 더 가서 반대편 주차장까지 갔다가 다시 천천히 원래 주차장으로 돌아오는 짓을 하룻밤 내내 반복했죠. 가키에다가 도로로 나오면 찾을 수 있을 거라 생각하고요.”

"경찰에 신고는 안 했어?”

"그날 밤 제 행동을 지금도 이해할 수가 없어요. 바깥에는 새하얀 눈보라가 휘몰아치고, 춥고, 한기가 들고, 피로와 공포로 머리가 멍했죠. 경찰에 신고해야겠다는 생각을 안 한 건 아니었지만, 그런 상황에서 설령 경찰이 와도 못 찾을 것 같았어요. 어떻게 설명해야 할지도 막막했고요. 무엇보다 마음 한구석에서 그런 생각이 들더군요. 찾을 수 있을지 없을지는 가키에다에게 달린 거라고. 그가 돌아오고 싶으면 이 길로 나올 테고, 돌아오고 싶지 않으면 내가 아무리 찾아도 찾을 수 없을 거라고. 자기 발로 나갔으니까. 뭐랄까, 이상한 얘기지만 그 사실만큼은 가키에다도 알고 있을 테고, 마음이 통할 거라 생각했어요. 돌아올 거면 당장 나오라고요. 하지만 아침까지만 기다릴 거야. 마음속으로 중얼거렸죠. 결국 10시간 이상을 그 길에서 기다린 것 같아요. 그동안 환각일지도 모르지만, 숲속에서 가키에다가 숨을 죽이고 빤히 이쪽을 바라보는 시선을 느꼈어요. 그 수사슴이 이쪽을 바라봤을 때처럼. 그래서 오한이 드는 몸으로

한 번만 더, 한 번만 더, 왕복할 수 있었죠. 그렇게 아침이 되었을 때 이제 됐다고 생각했어요. 가키에다가 사라진 부근에서 내려서 아침놀 속에서 그의 이름을 외쳤어요. 몇 번이고, 몇 번이고. 마지막이라고 생각하면서. 그러고는 생각했죠. 이제 됐다, 이렇게까지 했으니까 이제 됐어. 이제 우리는, 아니 난 가키에다를 버려도 돼. 그렇게 결심했어요. 아니, 가키에다 자신이 돌아오길 원하지 않는다고 생각했죠. 그리고 결국 어느 쪽이든 단지 우리를 괴롭히기 위해 이러는 거라는 걸 알고 있었어요. 지긋지긋했어요, 정말. 이제 더는 휘둘리기 싫다고 생각했죠. 스스로를 납득시키기 위해서 그랬는지도 모르지만."

"그 심정 알아."

가케이는 고개를 끄덕였다. 그걸 보고 다나카는 살짝 안도했다. 누군가에게 털어놓음으로써 처음으로 용서받은 기분이 들었다.

"오비히로 공항으로 돌아와 렌터카를 반납하고 비행기를 탔어요. 적어도 그날만큼은 아무 죄책감도, 후회도 없었죠. 하는 데까지는 했고, 더 할 수 있는 일도 없었고요. 무엇보다 가키에다는 제 발로 떠났으니까요."

"그건 그렇지."

"하지만 도쿄에 돌아와 며칠이 지나자, 두려움과 죄책감에 휩싸였죠. 왜 거기서 그냥 돌아왔지? 전화 연결이 안 되는 곳이라 해도 경찰에 신고했어야 하는 게 아닌가. 아침이 밝았을 때 더 찾아볼걸 그랬다고."

가케이는 일어나 가스에 주전자를 올려놓았다. 다나카는 그제야 깨달았다. 그날처럼 몸이 굳고 싸늘해지고 있다는 사실을.

"지쳤던 것도 사실이에요. 더는 가키에다와 얽히고 싶지 않았죠. 그 즈음에는 늘 술에 취해서 불평불만을 쏟아 내고, 시비를 걸고, 피해망상의 결정체에, 끔찍했어요. 인간 말종이었죠. 예전에는 그러지 않았어요. 정말 멋진 녀석이었죠. 하지만 지쳐 버렸어요. 회사도 바빠졌고, 점점 그의 존재를 머리 한구석으로 몰아내고 잠시라도 잊으려 했어요. 저 진짜 나쁜 놈이죠."

"잊고 싶었던 거 아냐?"

"네, 맞아요. 하지만 동생이 찾아와서 가키에다가 살아 있다고 했잖아요."

"동생이 말한 시기가 둘이 만나고 나서였어?"

"네, 그건 틀림없어요. 그가 살아 있다는 걸 알았죠. 근처 농가에서 일하고 있었던 거죠. 솔직히 마음이 놓였어요. 어쩌면 그 수사슴은 역시 신령이었는지도 모르겠다 싶었죠. 그 찰나의 만남을 통해 가키에다는 회개하고 스스로 떠난 건지도 모른다고 생각했어요. 하지만 한편으로는 어쩌면 언젠가 회사로 찾아와 내가 저지른 짓을 모두에게 폭로할지도 모른다고 생각했어요. 무서웠죠. 분명 모두 화를 낼 테고, 그의 말을 의심하지 않고 믿겠죠. 그렇게 되면 전 끝이에요. 분명 모두 다시는 절 보려 하지 않을 거예요."

"그건 모르는 일이지. 잘 설명하면 돼."

다나카는 조용히 고개를 저었다. 절망스러울 뿐이었다.

"그럴 리 없어요. 가키에다에겐 그런 쪽으로는 당해 낼 수 없어요. 제 말은 아무도 안 믿을걸요."

"그래서 회사를 접으려고?"

"모르겠어요. 다 같이 얘기를 해 봐야… 하지만 만일 그렇게 되면 회사를 매각해서 대금을 분배하든지… 전 딱히 쓸데도 없고, 하고 싶은 일도 없으니 집을 사려고 했어요. 그럼 어쩌면 누군가는 와 줄지도 모르죠."

"그 애들을 좋아하는구나."

다나카는 가케이가 타 준 홍차를 마셨다. 레몬과 벌꿀이 들어가서 뜨겁고 달았다.

"자, 저는 전부 얘기했어요. 다음은 가케이 씨 차례에요. 가케이 씨 비밀을 알려 주세요."

"무슨 소리야?"

"가케이 씨한테도 비밀이 있잖아요."

가케이는 흠칫하며 다나카를 노려봤다.

"없어."

"있을걸요."

"내가 그런 게 어디 있겠어."

가케이의 목소리는 떨리고 있었다.

"그럼 제가 얘기하죠."

"이미 얘기했잖아."

"제 얘기가 아니라 가케이 씨 얘기요."

"뭐라고?"

"죄송해요. 가케이 씨에 대해 좀 알아봤어요."

"무슨 뜻이야?"

가케이는 다나카를 노려봤다.

"정말 죄송해요. 그냥 최근에 가케이 씨 얘기가 화제에 올라서…"

다나카는 가케이와 젊은 남자가 같이 걸어가는 모습을 이타미가 봤다고 이야기했다.

"그래서 아는 탐정한테 알아봐 달라고 부탁했어요."

"아니, 친구들끼리 얘기하다 궁금해져서 바로 흥신소에 뒷조사를 시키다니… 정말 별나기도 하지. 공짜도 아닐 텐데."

"그러니까 죄송하다고 했잖아요."

가케이는 허공을 노려본 채 대답하지 않았다.

"알아낸 것만 얘기할게요."

다나카는 그렇게 말했다.

"먼저 같이 있던 남자하고는 같이 살고 있죠."

"…너희가 생각하는 그런 사이 아냐."

가케이는 순간적으로 발끈해서 반박했지만, 이내 쯧, 하고 혀를 찼다.

"그 사람은 어디 다니는 곳도 없고 가케이 씨 집에서 거의 나오지도 않아요. 하지만 완전히 집에 틀어박힌 건 아니라서 장을 보러 가거나, 둘이서 외출할 때도 있죠.

하지만 일은 나가지 않고요.”

“무서워라, 감시까지 붙이다니.”

“매주 반드시 둘이서 사이타마 쪽으로 외출한다는 보고도 받았어요. 뭔가를 찾는 것 같다고.”

가케이는 대답하지 않았다.

“그러니 은둔형 외톨이 같은 건 아니죠. 그리고 두 사람은 여기 오기 전에 오사카 호텔에서 같이 청소 일을 하다 관두고 도쿄로 왔어요.”

“그런 것까지 용케도 알아냈네.”

“가케이 씨가 가사 도우미 협회에 제출한 이력서에 전 직장도 적혀 있었잖아요. 탐정이 연락해서 알아봤어요. 호텔에는 가케이 씨가 새로 취직한 회사 인사과 사람이라 하고요.”

“흐음.”

“그런 쪽으로는 프로니까요. 호텔 사장이 술술 불었다고 하더라고요.”

“그랬어?”

이제 포기한 건지 아니면 성이 난 건지, 가케이는 팔꿈치로 테이블을 짚었다.

"그 양반은 내키면 뭐든 줄줄 말하고 싶어 하는 사람이라."

"그 남자의 이름은 쇼다 쇼타. 나이는 서른여덟. 호텔에 제출한 이력서도 팩스로 받아 봤어요. 지금까지 일했던 곳에도 연락해 봤지만, 실제로 일했던 곳도 있고 허위로 써낸 곳도 있더라고요."

"내가 모르는 것까지 아네."

가케이는 쓸쓸하게 웃었다.

"하지만 취직 전의 행적은 알아낼 수 없었죠. 열여덟 살에 첫 직장인 신문 보급소에서 일하기 전까지의 행적이 묘연해요. 이력서에 적혀 있던 학교들에 다닌 적도 없었고요."

가케이는 대답하지 않았다. 그저 식탁에 난 흠집을 손끝으로 소리 내어 만지고 있었다.

"알아내지 못한 게 하나 더 있어요. 두 사람의 관계에요. 탐정은 그 사람이 가케이 씨의 형제나, 자식, 남편, 연인은 아닐 거라고 했어요. 숙련된 탐정인데도 무슨 관계인지 도무지 알 수 없다고 했죠. 그리고 구청에 알아보니 가케이 씨 주민표는 있었지만 그 사람 건 없었어요.”

다나카는 아무것도 보지 않고 술술 이야기했다. 한번 읽은 건 대부분 외울 수 있었다. 특히 이렇게 인상적인 이야기는 더욱더.

“그 탐정은 전직 경찰이에요.”

가케이가 고개를 들었다.

“자신의 경험을 바탕으로 쇼다 씨의 정체에 대해 몇 가지 가능성을 얘기해 줬죠.”

“참 팔자도 좋아.”

가케이는 그제야 말문을 열고 중얼거렸다.

“심심풀이로 큰돈을 들여 남의 인생을 샅샅이 파헤치고.”

너희가 재미로 한 일 때문에 우리는 이제 이곳을 떠나야 할지도 모르는데. 가케이는 들리지 않을 만큼 작은 소리로 중얼거렸다.

“죄송합니다. 하지만 그게 다가 아니에요.”

가케이가 인상을 썼다.

“만나는 남자가 또 있죠?”

가케이는 강렬한 눈빛으로 다나카를 보았다. 마음속을 들여다보는 듯한 눈이었다. 하지만 아까처럼 험악한 느낌은 아니었다.

다나카는 분위기를 다잡고 다시금 이렇게 말했다.

"괜찮으시다면 전부 얘기해 주세요."

믿어도 될까… 가케이는 필사적으로 다나카의 속내를 가늠하려는 표정을 하고 있었다. 다나카는 그에 응하겠다는 뜻으로 살짝 고개를 끄덕였다.

"…그 애한테, 쇼다 쇼타에게 물어봐도 될까? 얘기해도 될지."

가케이는 약간 쉰 목소리로 물었다.

"네, 물론이죠."

스마트폰을 들고 일어난 가케이는 다른 방으로 가서 조용히 통화를 했다.

이야기는 생각보다 빨리 끝났다.

"내가 믿는 사람이라면 상관없대."

그러고 나서 가케이는 이야기를 시작했다.

기나긴 이야기를.

"자, 식사 준비를 해 볼까. 배고프지?"

다나카가 고개를 들었을 때는 이미 시곗바늘이 12시

를 지나 있었다.

"이제 다들 출근할 때도 됐고 오늘은 일찌감치 만들어 두지, 뭐."

"…네. 다시마는요?"

"2시간 불렸으니 이제 됐어."

가케이는 냄비를 불에 올리고 물이 끓기 직전에 다시마를 꺼냈다. 그러고는 큰 손으로 가다랑어포를 한 움큼 쥐어서 넣었다.

다나카는 같이 부엌에 서서 그 모습을 지켜봤다.

"오늘은 서둘러서 식혀야겠네."

가케이는 육수를 그릇에 넣고 얼음으로 식혔다.

육수를 식히는 동안 쌀을 씻어 놓고 당근, 우엉, 유부를 잘게 다졌다.

"계란 다섯 개 꺼내서 계란 물 만들어 줄래?"

"네."

다나카는 냉장고에서 꺼낸 계란을 깨서 그릇에 넣었다.

"계란은 그렇게 모서리에다 깨지 말고 평평한 데다깨. 모서리에 깨면 껍질이 섞일 수도 있으니까."

"그게 비법이군요."

"비법이라 할 정도는 아니고."

대충 식힌 육수를 쌀을 담은 돌솥에 붓고 야채와 유부를 넣었다.

"쌀 4컵에 소금 작은술, 연간장도 작은술, 설탕 반 스푼."

"네."

"계란에는 육수 1컵, 소금 1/3스푼, 연간장 한 방울."

"알겠습니다."

"맥 빠지는 대답이네."

가케이는 한숨을 내쉬며 다나카를 보더니 두 손을 허리에 올렸다.

"남자애들은 이래서 재미없어. 평소에 요리를 하면 '네? 계란에 육수를 한 컵이나 넣는다고요? 간장하고 소금은 그렇게 조금만 넣어요? 잘 말아지나요?' 등등 물어볼 텐데."

"그런가요? 평소에 안 해서요. 고유키가 해도 그런 대답은 안 할 거예요."

"그건 그래. 육수에 작은술로 전분을 넣으면 좀 말기 쉬울 거야."

가케이는 그렇게 말하며 전분을 넣었다.

"육수를 이 정도로 안 넣으면 교토식 다시마키(다시마 육수를 넣어 만든 일본식 계란말이–옮긴이)라고 할 수 없지. 육수를 진하게 냈으니까 소금을 많이 안 넣어도 돼. 밥도 마찬가지고."

"그래서 가케이 씨가 만들어 준 계란말이는 입에 넣으면 육수가 터져 나오는군요."

"예쁜 소리 하네."

계란말이 팬에 얇게 계란 물을 붓고 가케이는 솜씨 좋게 돌돌 말았다.

"내가 제일 자신 있는 요리야. 우리 할머니한테 배웠지. 이 계란말이만큼은 어딜 가도 나보다 맛있게 하는 사람 못 봤어."

"다른 음식도 잘하세요."

"예전에 이 계란말이를 가게에서 팔아 보면 어떻겠느냐는 얘기를 들은 적도 있어."

가케이는 웬일로 자랑하듯 말했다.

영양 밥이 다 지어지자, 가케이는 가볍게 섞어 준 뒤에 천을 덮어 뜸을 들였다. 그러고는 남은 육수로 장국을 만들었다.

"어? 가케이 씨 오늘은 일찍 왔네요."

모모타가 부엌을 들여다보며 말했다.

"그래."

가케이는 그렇게만 대답했다.

"일이 있어서 일찍 오시라고 했어."

다나카가 대답했다.

"점심 먹었어?"

"아니, 아침도 못 먹고… 평소에도 거의 안 먹지만. 편의점에서 먹을 거 사왔어."

모모타가 편의점 봉지를 들며 말했다.

"그럼 가케이 씨 밥을 먹자. 도시락은 냉장고에 넣어놓고 밤에 먹든지."

"알겠어."

모모타는 순순히 고개를 끄덕였다.

"고유키하고 이타미가 오면 할 얘기가 있어."

가케이는 식탁에 테이블 매트 4장을 깔고 식사 준비를 했다. 영양 밥과 교토식 계란말이, 장국 말고도 청경채와 유부 조림, 무와 곤약 두부무침도 있었다.

이타미와 고유키가 출근하자 다나카는 두 사람을 불러다 손을 씻으라고 한 뒤 식탁에 앉혔다.

"가케이 씨도 같이 드시죠."

뒷정리를 하는 가케이에게도 권했다.

"난 됐어."

하지만 이내 가끔이니까 뭐, 하고 중얼거리며 작은 그릇에 밥, 계란말이, 반찬을 조금 덜고 머그에 장국을 담아 식탁 위쪽에 자리를 잡았다.

"모두 모인 건…" 고유키가 자리에 앉으며 말했다.

"오랜만이네." 이타미가 말을 받았다.

"아니, 가케이 씨까지 같이 모인 건 처음이야."

모모타가 끼어들었다.

"다나카, 할 얘기 있다면서."

"얘기는 나중에 하고 식사부터 하자."

다나카가 정리하듯 말했다. 그러고는 가케이에게 눈짓을 했다.

"그럼 우선 이것부터 먹어 봐."

가케이가 무뚝뚝하게 말했다.

"잘 먹겠습니다."

저마다 젓가락을 들었다. 순간 정적이 찾아들었다.

"이 영양 밥, 맛있다. 깊은 맛이 나."

고유키가 깊은 숨과 함께 몸속에서 말이 배어나듯 중얼거렸다.

"지금까지 만들어 주신 다른 솥 밥들도 전부 맛있었지만, 이 밥은 뭔가 맛이 다른 것 같아."

다나카도 장국을 한 모금 마신 뒤 영양 밥을 먹었다.

쌀에는 거의 색이 배지 않았다. 흰쌀밥에 가까운 밥에 잘게 다진 고명을 섞어 놓았을 뿐이다. 그런데도 깊은 맛이 났다. 입에 넣으면 육수 향이 코를 지나 빠져나갔다. 쏙 빠져나가는 게 아니라 진득하게 흔적을 남기고 빠져나갔다.

평소에 요리를 거의 하지 않는 다나카도 놀라기는 마찬가지였다. 아까 그녀가 말한 대로 적은 조미료만 가지고 이렇게 깊은 맛을 낼 수 있는 거구나, 싶었다.

씹을 때마다 그 맛은 밥의 단맛과 어우러져 더욱 깊어졌다.

쌀과 육수는 왜 이토록 사람의 마음을 움직일까. 마음과 몸에 서서히 온기가 돌았다. 그날 이후로 싸늘하게 식어 있던 몸이 원래대로 돌아오는 것 같다고 다나카는 생각했다.

"맛있다."

한숨처럼 감탄이 터져 나왔다.

가케이는 부자연스러울 정도로 무표정하게 먹고 있었다. 맛있다는 말들을 못 들은 척하고 있었지만, 내심 뿌듯해한다는 반증일지도 모른다.

계란말이도, 두부무침도 모두 칭찬 일색이었다.

"늘 맛있지만 오늘은 더 특별하네요. 모두 담백한 일식인데 질리지도 않고 단조롭다는 생각이 안 들어요. 가케이 씨, 이런 요리도 잘하시네요. 교토의 맛이라는 게 바로 이런 거였어. 이번에 처음 알았어."

모모타가 감격에 차서 외쳤다.

"고마워."

이 말에는 가케이도 나지막이 대답했다.

"접대하면서 이런저런 음식을 많이 먹어 봤지만, 일류 가이세키(작은 그릇에 다양한 음식이 조금씩 순차적으로 담겨 나오는 일본의 연회용 코스 요리-옮긴이) 요릿집에도 뒤지지 않는 맛이야. 지극히 심플하지만 복잡하면서 다정한 맛."

다나카의 말에, 마찬가지로 다양한 음식을 섭렵해 온 이타미가 힘주어 고개를 끄덕였다.

"가케이 씨, 교토에 연고가 있어요? 교토 출신은 아니죠?"

다나카는 가케이와 눈을 맞추며 고개를 끄덕였다.

마치 '자, 가케이 씨. 하고 싶은 데부터 이야기하세요' 라고 말하듯.

°°°

어릴 적, 난 간토 근교에 살았어.

뭐랄까, 아무것도 없는 동네였지. 언덕이 있고, 길이 있고, 집이 있고, 학교가 있고, 역이 있고, 상점가가 있었어. 나름대로 번듯한 집들과 깔끔한 풍경이 끝없이 이어졌지. 옆 동네도 분위기는 비슷했고. 그런 동네가 도쿄 근처까지 쭉 이어졌을 거라고 생각했지. 내 인생도 그럴 거라고 생각했어. 오늘이 가면 내일이, 내일이 가면 모레가 자연스럽게 이어지겠지, 하고 말이야. 솔직히 지루

했어.

도쿄 방면이 아니라 그 반대쪽은 어떨까. 물론 옆 동네는 우리와 비슷했지만, 도쿄 반대편으로 계속 걸어가다 보면 어디선가 뚝 끊어질까.

그런 것도 모르는 어린애였지. 나는.

아버지는 평범한 회사원이었고, 어머니는 전업주부였어. 어머니는 내가 중학교에 입학할 무렵, 터미널 역 빌딩에 있는 보석상에서 파트타임으로 일했지. 머리도 단정하게 넘기고, 화장도 짙게 하고. 고운 여자였어. 본인도 외모에 자신이 있었지.

나는 맏이였는데 세 살 터울의 남동생하고 여동생이 있었어. 둘은 쌍둥이였지. 그다지 안 닮았지만, 늘 둘이 콩깍지처럼 붙어 다녔어. 지금은 어떻게 사는지 몰라.

아, 음식은 할머니한테 배웠어. 친할머니가 교토 사람이었거든. 한때 같이 살았던 적이 있어. 큰아버지 집을 새로 지으면서 아무래도 임시 거처가 좁아져 잠깐 우리집에서 모시기로 했지. 3개월 정도였어.

할머니는 평범한 분이셨지만 별다를 것 없으면서도 정성이 담긴 음식을 만드셨어. 우리 어머니가 적당히 조리

된 음식을 사다가 식탁을 차리는 걸 보고 당신이 하겠다고 나섰지. 그러고는 나한테만 몰래 음식을 가르쳐 주셨어. 어머니가 딱히 살림이나 요리에 관심이 없는 사람이라 다행이었어. 그래서 살림 가지고 싸우는 일도 없었지.

할머니한테 배운 건 가다랑어포와 다시마로 제대로 육수를 내는 방법, 그리고 그 육수로 만드는 음식 몇 가지뿐이었어.

하지만 그게 내 음식의 기본이 되었지. 그것만 잘 배워 두면 나머지는 응용해서 써먹을 수 있거든. 할머니한테는 정말 고마운 마음뿐이야. 할머니한테 배워 두지 않았다면 열다섯에 집을 나온 뒤로 내 앞가림을 어떻게 했을지….

그래, 난 열다섯에 집을 나왔어. 그때부터 한 번도 돌아가지 않았고, 가족과 얼굴을 마주한 적도 없어.

한마디로 말하자면, 열네 살 때 임신했거든.

상대는 같은 학년 남자애였어. 하지만 드라마나 영화에 나올 법한 아름다운 이야기는 아니었지. 둘 다 평범하기 그지없는 애들이었는데 어쩌다 그렇게 됐는지 몰라. 그렇게 좋아하지도 않았는데. 계기가 뭐였는지도 거의 기억이 안 나.

학교에서도 웃음거리가 됐던 모양이야. 특히 내가. 그렇게 못난 애들도 연애를 한다면서. 어렸을 때는 외모가 못난 사람한테 못되게 구니까. 그 뒤로 학교에 거의 안 나가서 잘은 모르지만.

하지만 남자 쪽은 어느 정도 충격이 가시고 나서부터 인기인이 된 모양이야. 그 시절 여자애들이란 조금이라도 어른스러운 남자한테 끌리는 법이니까. 여자를 임신시킬 능력을 가진 남자가 된 거지. 나는 학교도 못 가게 됐는데, 남자는 아무 일도 없었던 것처럼 학년에서 제일가는 '인기남'이 되다니… 세상 참 불공평하지.

하지만 이제 누군가를 탓하는 건 그만두려고. 나 자신을 포함해서. 동정하는 것도 그렇고. 이제 쉰이 넘었으니까.

하지만 그보다 날 힘들게 했던 건 임신한 걸 안 부모와 학교의 태도였어. 그게 정말 힘들었지.

아버지는 날마다 날 잡아먹을 것처럼 화를 냈고, 어머니는 어쩔 줄 몰라할 뿐이었지.

아버지가 엄한 사람이긴 했지만 그렇게 화를 내는…

아니, 화를 낸다고 해야 하나, 뭐라고 해야 할까. 나를 자기 세상에서 배제하려고 했지. 더러운 것처럼.

아버지는 문제가 발각된 뒤로 같은 집에 살면서도 나를 무시했어. 식사는 가족과 따로 먹게 했고, 또 당신이 밖으로 나돌아서 애가 삐뚤어졌다며 어머니 탓을 했지. 덕분에 어머니는 일을 그만두어야 했고. 어머니도 화가 났겠지. 한없이 쌀쌀맞았어.

밥이라고는 주먹밥 두 개에 미소시루만 먹는 날이 이어졌지.

그때부터였어. 주먹밥을 1인분에 꼭 3개씩 만들게 된 건. 주먹밥 2개가 그릇에 놓인 모습을 보는 게 너무 싫거든. 뭔가 속에서 신물이 올라오는 것 같아.

그걸 방에서 먹었어.

아이를 지운 뒤에도 계속 그렇게 먹었으니 피골이 상접해졌지. 밖에도 못 나가고 있을 때였으니까. 그제야 뭔가 이상하다는 걸 알아챈 학교에서 아동상담소에 연락을 했지. 나하고 부모, 학교 선생님이 면담을 한 결과 난 시설에 들어가게 됐어.

뭐, 일종의 보호라고 할까, 격리였지.

보통은 그런 조치가 내려지면 부모가 싫어하거나 반대할 테지만 우리 부모는 내가 얼마나 꼴 보기 싫었는지 아주 좋아하더라고.

그때가 열다섯이었어. 시설은 중학교를 졸업하면 나가야 했지만, 부모는 집으로 돌아올 생각 말라며 내쳤지. 고등학교 학비를 대 주지도 않아서 결국 혼자 살게 됐어.

이제 와 부모와 비슷한 나이가 되어서 생각하는 건데, 내가 싫거나 더러워서가 아니라 그저 어떻게 해야 하는지 몰랐던 건지도 몰라. 아버지는 같은 집에 성 경험이 있는 사람이 있다는 사실을 견딜 수 없었던 게 아닐까.

다니던 중학교에서 취직자리를 알아봐 줬어. 당시에도 중학교만 졸업하고 일하는 애들은 많지 않았지만, 지금보다는 꽤 있었어. 거품경제가 시작되기 조금 전이라 경기도 나쁘지 않았지. 첫 직장은 기숙사가 제공되는 꽤 좋은 회사의 자회사 공장이었어. 거기서 많은 걸 배웠지. 사회생활에 필요한 예의범절이나 일하는 법 같은 것들을. 그런 데서 사회생활을 시작한 건 감사한 일이야.

그때부터는 쭉 혼자 살아왔어. 결혼도 한 번 했어. 아이는 안 생겼고. 나는 일은 열심히 해도, 다른 누군가를 위해 열심히 살지는 못하는 체질인 모양이야. 결혼 생활은 어딘가 공허했고, 상대가 먼저 이혼하자는 얘기를 꺼냈지.

너희가 봤다는 남자는 쇼다 쇼타라는 이름이고 서른여덟 살이야. 본인 말이 사실이라면.

열네 살 때 아이를 낳았다면, 지금 그 나이가 됐겠지.

이유는 그뿐이야.

그 애를 위해서라면 열심히 살 수 있을 것 같아서. 나보다 더 고독하게 살아온 그 애를 위해서라면.

○○○

가케이의 이야기가 끝나자, 고유키가 머뭇거리며 말했다.

"그럼 가케이 씨하고 같이 산다는 남자가…"

"고유키, 잠깐만."

다나카가 고유키의 말을 끊었다.

"미안한데 일단 내 얘기를 들어줘."

"어?"

"무슨 얘기…? 무슨 일 있어? 가케이 씨하고 상관있는 일이야?"

"직접적으로는 없어. 하지만 아주 상관이 없지도 않지. 모든 게 연결되어 있는 것 같아."

"뭐가…?"

"…가키에다 일 말이야. 전부 말하고 싶어, 내가 아는 걸 전부."

"무슨 소리야?"

고유키의 목소리에서 동요가 묻어났다. 이미 불길한 예감에 휩싸인 듯 울먹이는 목소리였다. 고유키는 울겠지. 분명 그럴 것이다.

친구를 울리고 만 것에 죄책감을 느끼며 다나카는 말문을 열었다.

그 겨울날의 일을.

가케이에게 이야기한 것처럼 가키에다의 연락을 받고 도야호 호텔을 찾아간 데서부터, 숲속에서 그가 사라진 일까지. 하지만 그가 고유키를 어떻게 모욕했는지는 말할 수 없었다.

"왜!"

고유키는 벌떡 일어나 다나카를 힐난했다.

"왜 경찰에 신고하지 않았어? 왜 찾아서 데려오지 않았어? 왜?"

그녀는 역시 울음을 터뜨렸다.

"미안해. 미안하다는 말밖에 못하겠어. 그냥 그때는 그럴 수밖에 없었고, 다른 생각이 안 들었어."

"너처럼 냉정한 사람이 어떻게 그래."

흐느끼던 고유키는 다나카의 발밑에 주저앉았다.

"난 그렇게 냉정하지 않아."

"이제 와서!"

"…변명처럼 들리겠지만 그때는 너무 지쳐 있었어. 솔직히 더는 가키에다를 책임질 수 없다고 생각했어. 가족도, 연인도 아니니까. 나도 한계였어. 그것도 내 잘못이라면 경찰에 신고해도 좋아."

"너무해, 내가 그러지 못하리란 걸 알면서."

"고유키, 그만해."

놀랍게도 그렇게 말한 건 모모타였다.

"그래, 고유키. 나도 다나카한테 뭐라고 못 하겠어."

이타미도 말문을 열었다. "나도 다나카하고 같은 상황이었다면 그렇게 했을지도 몰라."

"그리고 가키에다는 살아 있었다면서."

"그래."

다나카는 고개를 끄덕였다.

"가키에다의 동생 말이 사실이라면 그 일이 있은 뒤에 마을 목장에 나타났어. 살아남은 거지."

"그럼…."

"살아서 어딘가에 있겠지."

"어디 있는데?"

"왜 연락을 안 하는데!"

고유키가 비명처럼 외쳤다.

"어디 있는지가 문제가 아니라."

가케이가 처음으로 입을 열었다.

"이곳에 찾아오지 않는다는 게 문제지."

"네?"

모두가 가케이를 보았다.

"나도 그렇게 생각해."

다나카도 동의했다.

"가키에다는 우리를 찾아오지 않았어. 그날부터 모습을 드러내지도 않고. 어떻게 된 일일까?"

"넌 어떻게 생각하는데?"

모모타가 물었다.

"적어도 지금은 나타나고 싶지 않은 거겠지."

"그런가. 누가 찾아 주기를 기다리는 건지도 모르지."

고유키가 중얼거렸다.

"그러니까 그런 게 이제 질린다고."

격해진 말투에 모두가 놀란 걸 느끼며 다나카는 말을 이었다.

"내가 이렇게 말하는 게, 그때 자기가 한 일을 정당화하려는 거라 생각할 수도 있어. 그렇게 생각하고 싶으면 그래도 돼. 하지만 난 이제 지긋지긋해. 가키에다에게 지배당하는 건."

"지배라니."

"이제 알 것 같아. 가키에다가 이 회사를 세운 것도, 다시 돌아오지 않는 것도 결국 우리를 지배하기 위해서야. 우리가 죄책감을 느끼며 걱정하고 안절부절못하며 자기를 찾는 상황을 즐기는 거지."

고유키, 이타미, 모모타… 가케이를 제외한 모두가 고개를 떨궜다. 다나카는 가케이의 눈을 보며 말했다.

　"어쩌면 이미 죽었을지도 몰라. 하지만 그것도 우리를 지배하기 위해서야. 이제 다 끝내고 싶고, 내 인생을 살고 싶어."

　"구체적으로 어떻게?"

　"회사를 매각하려고 해."

　고유키가 놀란 듯 숨을 삼켰고, 모모타가 "결정을 내린 거야?" 하고 물었다.

　"계속 망설였어. 제의도 많이 들어왔지만 좀처럼 마음을 굳힐 수가 없었지. 하지만 이제 충분한 것 같아. 우리는 열심히 살았어. 매각 대금을 받으면 다 같이 나누고 앞으로는 하고 싶은 대로 살자."

　"하지만 처음에 아이디어를 낸 건…"

　"그래도 여기까지 회사를 키운 건 우리야. 얼마나 고생했는지 잊었어? 처음 회사를 세웠을 때, 계약을 따내지 못해서 전전긍긍했을 때… 모두 최선을 다했어. 이제 그만해도 되잖아. 스스로를 과대평가하는 것도 좋지 않지만, 과소평가하는 것도 좋지 않아. 특별한 재능은 없을지도 모르지만, 그래도 우린 열심히 살았어."

"그럼 회사 매각 대금을 나눌 때 가키에다는 제외할 거야?"

"그 문제는 변호사와 상의하려고. 가족에게 드려도 되고."

고유키, 이타미, 모모타는 서로 얼굴을 마주 봤다.

"어떻게 생각해?"

"난… 회사 매각 얘기는 전에 다나카한테 언뜻 듣긴 했는데, 실제로 성사될 줄은 몰랐어… 너무 갑작스러워서 머리가 복잡해."

"음, 나는 그것도 괜찮은 것 같아."

이타미는 가케이 쪽을 힐끗 보며 말했다.

"다른 회사에서 이직 제의도 받았고."

"그래? 아…"

고유키가 그제야 깨달은 듯 나지막이 중얼거렸다.

"회사가 없어지면 이제 다 같이 만나는 일도 없어지는 거야?"

"나도 그게 마음에 걸렸어."

다나카가 말했다.

"사실 회사가 사라져도 다 같이 모일 수 있는 집을 사려고 했어. 내 몫으로 말이야. 거기서 모이면 돼. 셰어 오피스처럼 언제든 누구나 와도 돼."

"그렇구나…"

"모모는 어떻게 할 거야?"

모두가 모모타를 보았다.

"나는… 나도 전에 다나카한테 들었어."

모모타는 침을 꿀꺽 삼켰다. 울대뼈가 위로 올라갔다 내려왔다.

"처음에는 말도 안 된다고 생각했는데, 이것저것 생각하다 보니 그것도 괜찮겠다 싶어. 무엇보다 벌써 몇 년 동안 쉬지도 못하고 일만 했잖아. 나도 좀 지쳤어. 회사를 매각해도 아마 이 시스템을 이행해야 하니 난 한동안 그 회사에서 일해야겠지. 하지만 다 끝나면… 해외로 나가서 여행을 하고 싶어. 너무 뻔한가. 외국에 있는 산들을 타 보는 것도 좋겠네."

다나카는 고개를 끄덕였다.

"금방 정해지진 않을 거야. 하지만 잘 생각해 봤으면 좋겠어. 그리고…"

다나카는 가케이를 보며 말을 이었다.

"하나 제안하고 싶은 게 있어. 매각 금액 중 일부를 가케이 씨의 동거인 쇼다 씨의 호적을 취득··· 취득한다고 해야 하나, 아무튼 그 절차를 밟는 데 쓰고 싶어. 변호사 비용이나 조사 비용 같은 걸로 돈이 꽤 들 거야. 얼마가 들든 필요한 비용은 전부 부담하고 싶어."

가케이가 놀라서 고개를 홱 들었다.

"그게 무슨 소리야?"

"너희가 반대하면 내 몫에서 낼게. 사실 계속 고민하다가 쇼다 씨 이야기를 듣고 매각을 결정하게 됐어. 우리가 여기까지 온 건 물론 우리 노력의 성과이기도 하지만, 결과적으론 그런 노력이 가능한 환경에 있었기 때문이야. 그러니 아무것도 없는 상태에서 시작할 수밖에 없었던 사람에게 조금이라도 환원하고 싶어."

다나카는 일동을 둘러보며 말했다.

"지금 상황에서도 물론 지원은 가능하지만, 그렇게까지 큰돈은 들일 수 없어. 하지만 회사를 매각하면 가능해지지. 위선일지도 모르지만, 그래도 상관없어. 우리에겐 그럴 능력이 있으니까."

"물론 우리도 찬성이에요. 사양하지 마세요."

모모타의 말에 고유키와 이타미도 동의했다.

"왜 이렇게 잘해 주니. 아직 잘 알지도 못하는 사이인데."

가케이가 떨리는 목소리로 말했다.

"왜일까요, 잘 모르겠네요."

다나카는 생각했다. 어쩌면 죄책감 때문일지도 모른다. 가키에다의 아이디어를 가지고 여기까지 온 주제에 결국에는 그를 버렸다. 그 죄책감에서 벗어나기 위해 위선을 떠는 건지도 모른다.

하지만 그래도 상관없다.

적어도 고독한 청년을, 만나 본 적도 없는 한 인간을, 우리의 죄책감을 지우기 위해 돕는 것도 인생이며 사회이며 인연인 게 아닐까.

"…고마워. 그 애한테 물어볼게."

가케이는 그렇게 말하며 밖으로 나갔다.

그 뒷모습을 보았을 때 생각이 났다.

눈보라가 휘몰아치는 가운데 차에서 내려 달려가던 가키에다의 모습을. "내가 없으면 아무것도 못하면서" 라고 악을 쓰던 그의 모습을.

저주다. 그건 우리를 옭아매는 저주였다.

그에게 아직 대답하지 못했다.

아니, 사실 그는 그 답을… 다나카의 진지한 답이 듣고 싶어서 뛰쳐나간 걸지도 모른다.

"우리, 괜찮을까. 정말 이렇게…"

고유키가 불안한 목소리로 말했다.

"이렇게 자유로워져도 되는 걸까?"

그 목소리에 대답하는 이는 없었다. 그저 '자유'라는 울림만이 네 사람 사이에 짙게 녹아들었다.

가케이 미노리는 메구로역 근처의 패밀리 레스토랑 제일 안쪽의 4인용 좌석에 혼자 앉아 있었다.

등 뒤의 커다란 창문에서 환한 햇살이 쏟아져 들어왔다. 미노리는 눈을 가늘게 뜨고 바깥 풍경을 내다보았다.

날씨가 참 좋네.

"늦어서 죄송합니다."

한 남자가 다가와 미노리 맞은편에 앉았다.

미노리는 말없이 힐끗 남자의 얼굴을 보았다.

"갑자기 보자고 하셔서 놀랐어요."

그는 히죽거리며 웃었다.

"그래?"

이렇게 웃는 건 기분이 좋다는 증거다. 조금 이야기하기 편할지도 모르겠다.

"할 얘기란 게 뭡니까?"

미노리는 숨을 들이마시며 빤히 그를 보았다.

“가케이 씨가 절 보자고 한 적은 처음이죠. 뭔가 긴장하신 것 같은데 괜찮아요?”

“아니. 별일 아냐.”

생각했던 것보다 쉰 목소리가 나왔다.

“그러니까 무슨 일인데요.”

“앞으로 너하고 볼 일 없을 거라고 얘기하러 온 거야.”

“볼 일 없다고요…?”

그의 입꼬리가 더욱 올라갔다. 뭔가 새로운 장난감을 발견한 어린애 같았다. 그 얼굴만 봐도 명치께가 욱신거리는 듯했다.

“무슨 말이에요? 잘 모르겠네.”

“알 텐데. 이제 너 안 보겠다고.”

미노리는 명치에 손을 대고 위장 부근을 꾹 눌렀다.

“네 말대로 스파이 짓은 안 하겠다고. 그 회사 말이야.”

남자의 얼굴에 서서히 미소가 번졌다.

“스파이라뇨, 무슨 그런 말씀을. 난 그 회사 임원입니다. 회사가 걱정됐을 뿐이에요. 혹시라도 무슨 일이 생기면 바로 도울 수 있도록.”

“이제 네 도움을 필요로 하는 사람은 아무도 없어.”

그의 표정이 진지해졌다.

미노리는 이 남자의 이런 얼굴을 보는 건 처음이라는 걸 깨달았다. 늘 여유 만만한 모습만 보여 줬으니까.

"무슨 말인지 모르겠네. 하지만 당신은 거부할 수 없어. 거부하면…"

그는 미노리의 얼굴을 들여다봤다. 미노리는 눈을 돌리고 싶은 걸 꾹 참았다.

처음에는 전혀 몰랐다.

그가 미노리 앞에 나타난 건 그 회사… 그랜마에서 일한 지 일주일쯤 되었을 때였다.

가사 도우미 협회에 새로 온 직원이었다. '다나카 다이스케'라는 이름으로.

'다이짱'은 금세 협회에 적응했다. 애초에 젊은 남자가 거의 없는 직장이었다. 대부분의 직원이 사람 좋은 중년 아주머니들이었고, 협회장만 남자였다. 그런 곳에 일도 잘하고 싹싹한 성격에 외모도 괜찮은 다이짱이 들어온 것이다. 금세 다른 직원들과 등록된 가사 도우미들의 아이돌이 되었다. 만성적인 일손 부족에 시달리던 협회에 이런 인재가 들어오다니, 믿을 수 없다고 다들 입을 모아 말했다.

다이짱은 미노리에게도 살갑게 말을 붙였다. 일하는데 힘든 점은 없냐고 걱정하는 척하며 그랜마의 내부 사정을 물어 댔다.

어, 뭔가 이상하다 싶었을 때는 이미 훌랑 넘어가 회사 사정을 대충 말한 뒤였다.

뭔가 경계심이 들어서 그의 질문에 조심하게 되었을 즈음, 미노리는 가키에다의 동생이 보여 준 사진을 보고 그제야 상황을 파악했다.

다이짱이 가키에다, 가키에다 하야오라는 걸….

"그럼 경찰에 신고해도 돼요? 가케이 씨가 신원도, 국적도 모르는 수상한 남자를 집에다 숨기고 있다는 걸. 출입국관리국에서 잡으러 나오면 어쩌죠."

미노리가 그의 정체를 알아채고 그랜마 이야기를 하지 않게 되자, 그는 쇼다 쇼타의 비밀을 알아냈다. 그 방법 역시 놀라웠다. 늘 사람을 경계하며 거리를 두는 쇼타가 유일하게 찾는 곳… 근처의 커피 체인점에서 그에게 접근해 본인에게 직접 '무호적자'에 관한 이야기를 들은 것이다. 그리고 그걸 빌미로 미노리를 협박하기 시작했다. 전처럼 그랜마의 정보를 알려 주지 않으면 이곳에 있지 못하게 해 주겠다고.

"그러든지. 쇼타 일은 정식으로 변호사한테 맡겼어. 취적 절차를 밟을 거야. 실력 좋은 탐정에게 의뢰해서 진짜 부모와 고향을 찾는 중이고. 그리고 요새는 유전자 검사를 해서 혈육을 찾을 수도 있는 모양이더라고."

"흐음."

가키에다는 탐탁잖은 표정으로 나지막이 신음했다. 하지만 잠시 미노리의 얼굴을 바라보더니 다시 히죽거리기 시작했다.

"그거 잘됐네요. 하지만 그 돈은 누가 내주고요? 당신네들 형편에 감당 못 할 텐데."

미노리의 눈을 빤히 바라보며 가키에다가 말을 이었다.

"그래, 다나카 짓이군. 녀석이 돈을 대 주고 탐정을 소개시켜 줬겠지. 가케이 씨, 알고 보니 아주 무서운 사람이네. 수완이 좋아. 그런 세상물정 모르는 애들을 잘 구워삶았어. 하기야 산전수전 다 겪은 당신들한테는 일도 아니었겠지."

"그럼 어쩔 건데?"

"그럼 지금까지 있었던 일을 애들한테 다 말하죠 뭐. 당신이 내 스파이고, 그랜마 사정을 죄다 말해 줬다고…"

미노리는 숨을 삼켰다.

"그것만큼은 밝히고 싶지 않겠죠? 지금까지처럼 정보를 제공하지 않으면 애들한테 다 말할 거야."

하지만 미노리는 다시 숨을 들이마셨다. 여기서부터가 본론이다.

"그것도 이미 다나카에게 다 말했어."

"뭐?"

겨우 가키에다를 놀라게 하는 데 성공했다.

"이렇게 널 만나서 정보를 제공했다. 협박을 당해서 어쩔 수 없었다고 설명했지. 다나카는 이해해 줬어."

"다나카는, 말이죠."

"넌 도쿄로 돌아와 그랜마로 복귀할 기회를 노렸어. 그러던 중에 날 발견하고, 나를 이용해 밖에서 그랜마를 조종하려 했지. 그렇게 다나카를 내쫓고 본인이 다시 지배자로 군림할 속셈이었겠지만."

가키에다는 아무 말도 하지 않았다.

"이거."

미노리는 가방에서 소형 녹음기를 꺼냈다.

"변호사 선생님이 주더라고. 지금 한 얘기는 전부 녹음했어. 그만두지 않으면 경찰에 협박죄로 신고할 거야?"

가키에다는 녹음기를 향해 손을 뻗었지만 간발의 차로 미노리가 먼저 낚아챘다.

"이제 끝이야. 포기해. 이제 너 때문에 상처받을 사람은 없어."

"그래요? 그럼 나도 그랜마에 얼굴을 비쳐야겠네. 다나카는 몰라도 모모타나 고유키는 날 따를걸. 내가 잘 이야기하면."

"그러고 싶으면 그러든지. 하지만 우리는 안 져. 성실한 태도로 진실을 말할 거야. 너와 맞서 싸울 거라고."

두 사람은 서로를 노려봤다. 먼저 눈을 돌린 건 가키에다였다.

"그러니까 말했잖아. 넌 이제 끝이라고."

미노리가 말했다. 의기양양한 기색은 느껴지지 않는 서글픈 목소리였다.

"너 같은 사람들은 남들을 속이고, 지배하고, 상처 입히지. 하지만 마지막에 웃지는 못해. 가엾게도 말이야."

미노리는 안쓰럽다는 표정으로 가키에다를 보았다.

"어딘가 이상하다는 걸 다들 언젠가는 알아채지. 그 뒤로 기다리는 건 파멸뿐이고."

"무슨 소리를 하는지 도통 모르겠네."

가키에다는 눈을 치켜뜨며 미노리를 노려보았다. 눈을 희번덕거리는 모습에서는 여느 때의 여유는 찾아볼 수 없었다. 증오에 찬 표정은 그를 추하게 만들었다. 하지만 그런 사실조차 깨닫지 못한 것 같았다.

"그래, 살다 보면 어떤 장면에서는 너 같은 사람도 필요하지. 그래서 지금까지 도태되지 않고 살아남은 거고. 하지만 마지막에는 반드시 실패하고 비참한 인생만 남을 거야. 왜냐고? 만일 너 같은 인간들의 논리가 옳다면, 인류는 너희 같은 인간들만 남았을 테니까. 하지만 그렇지 않잖아. 역시 넌 언제까지고 트러블 메이커일 뿐이야."

노려보는 가키에다를 향해 미노리는 가방에서 큼지막한 갈색 봉투를 꺼내 내밀었다.

"다나카가 맡긴 서류야. 네 몫의 금액이 적혀 있어. 변호사한테 상담을 받아 계산한 거야. 네 기여 분, 아니, 그보다 조금 많은 액수지. 큰돈이야. 그거 받고 다시는 그랜마 애들에게 접근하지 마. 각서도 같이 들어 있어. 거기 사인해서 보내면 돈은 반드시 지급할 거래. 그 돈이 있으면 한동안 놀고먹을 수 있겠지.”

가키에다의 표정에는 변화가 없었다.

“긴말 안 할 테니 내 말대로 해. 이 돈을 받고 사람들을 대할 땐 진심으로, 성실하게, 거짓말하지 말고 똑바로 대해. 재능은 있는 것 같으니.”

“잘난 척하긴. 당신 따위… 아니, 그랜마 녀석들도 마찬가지야. 아무것도 못하는 주제에. 아무 힘도 없는 벌레만도 못한 인간들 주제에 누구한테.”

가키에다의 성난 목소리가 패밀리 레스토랑에 울려 퍼졌다.

“맞아. 하지만 난 음식을 만들었어. 정성을 담아, 그 애들한테 최고의 음식을 만들어 줬지.”

“뭐? 무슨 헛소리야?”

가키에다는 다시 미노리를 노려보더니 봉투를 낚아채 밖으로 나갔다.

미노리는 그 뒷모습을 바라보며 크게 한숨을 내쉬었다.

떨리는 손으로 가방에서 스마트폰을 꺼냈다.

"끝났어."

잠시 수화기 너머로 들려오는 목소리에 귀를 기울이다 "알았어, 고마워" 하고 전화를 끊었다.

미노리는 스마트폰을 테이블에 내려놓고 다시 눈을 감고 깊은 한숨을 내쉬었다.

"그 사슴은 정말 신령님이었던 게 아닐까."

그 얼굴에는 부드러운 미소와 함께 눈물이 번져 있었다.

우선 이것부터 먹고

1판 1쇄 인쇄	2022년 10월 19일
1판 1쇄 발행	2022년 11월 2일

지은이	하라다 히카
옮긴이	최고은
발행인	황민호
본부장	박정훈
책임편집	김사라
기획편집	김순란 강경양
마케팅	조안나 이유진 이나경
국제판권	이주은 김준혜
제작	심상운
발행처	대원씨아이㈜
주소	서울특별시 용산구 한강대로15길 9-12
전화	(02)2071-2017
팩스	(02)749-2105
등록	제3-563호
등록일자	1992년 5월 11일
ISBN	979-11-6944-548-1 03830